康熙出巡時鹵簿的旗幟部分。本圖採自《紫禁城》月刊。

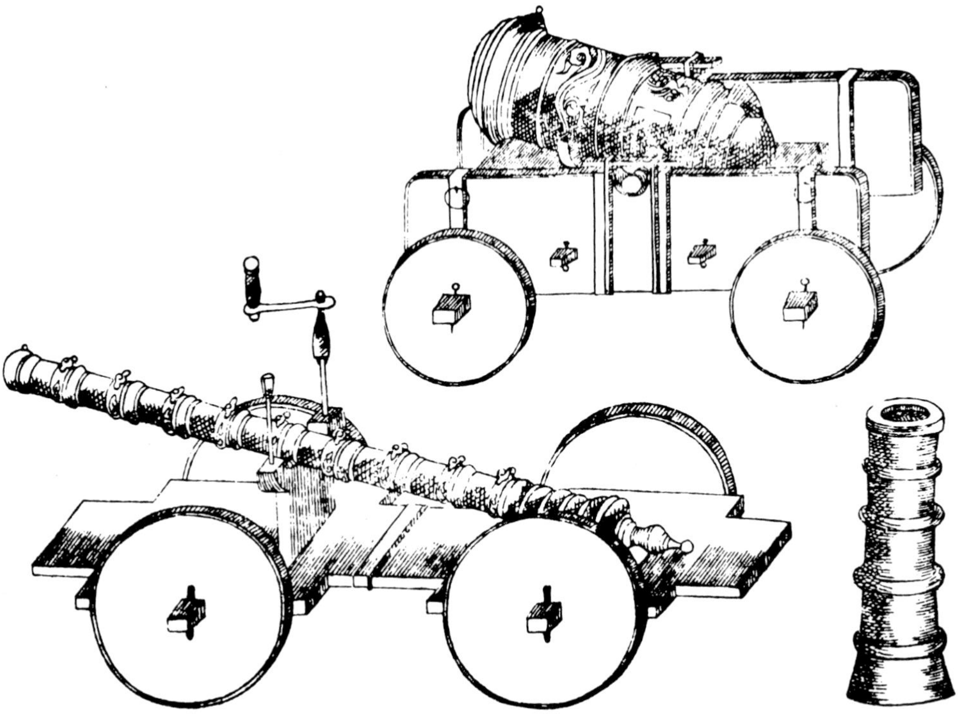

康熙年間的大砲

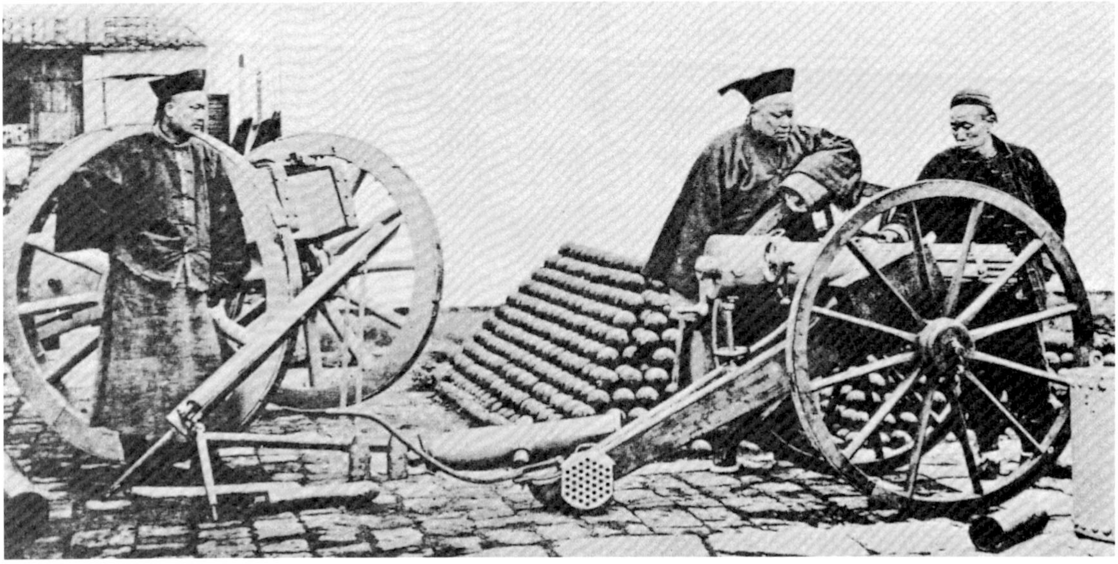

清軍的大砲（堆積的圓形物是砲彈）

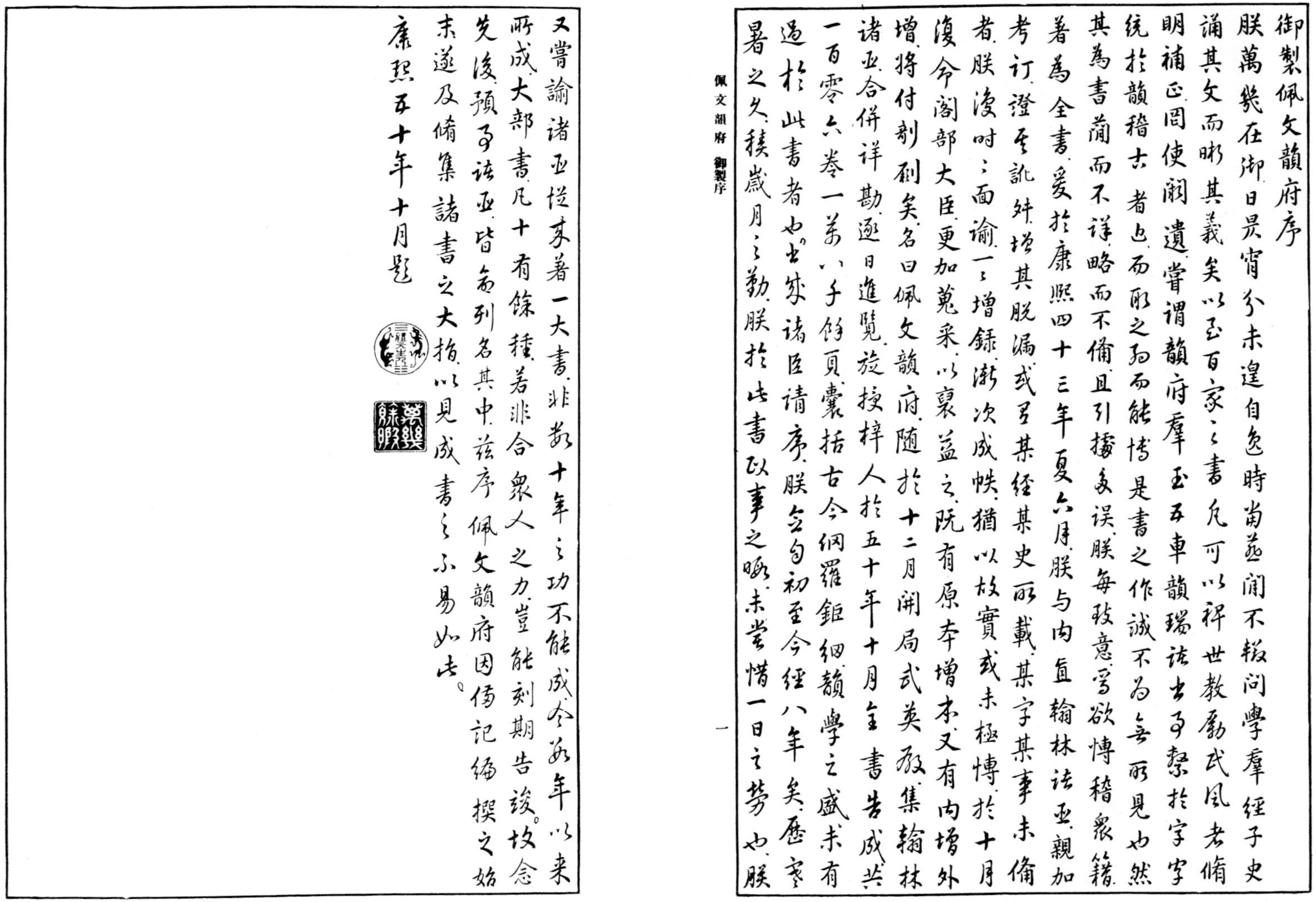

御製佩文韻府序
朕萬幾在御日昃宵分未遑自逸時尚無間不輟問學羣經子史
誦其文而晰其義矣以至百家之書凡可以稗世教勵民風者備
明補正罔使闕遺嘗謂韻府羣玉五車韻瑞諸書于字學
統於韻稽古者足而取之而能博是書之作誠不為無所見也然
其為書簡而不詳略而不備且引據多誤朕每致意焉欲博稽眾籍
著為全書爰於康熙四十三年夏六月朕與內直翰林諸臣親加
考訂證其訛舛增其脫漏或書其經其史所載其字其事未備
者朕復時時而諭之增錄漸次成帙猶以故實或未極博於十月
復命閣部大臣更加蒐采以裒益之既有原本增末又有內增外
增將付剞劂矣名曰佩文韻府隨於十二月開局武英殿集翰林
諸臣合併詳勘逐日進覽旋授梓人於五十年十月全書告成共
一百零六卷一萬八千餘頁囊括古今網羅鉅細韻學之盛未有
過於此書者也出茲諸臣請序朕念自初至今經八年矣歷寒
暑之久積歲月之勤朕於此書以事之曠未嘗惜一日之勞也朕

佩文韻府 御製序

一

又嘗諭諸臣從來著一大書非數十年之功不能成今數年以來
所成大部書凡十有餘種若非合眾人之力豈能剋期告竣故念
先後預事諸臣皆命列名其中茲序佩文韻府因傳記編撰之始
末遂及備集諸書之大指以見成書之不易如此
康熙五十年十月題

康熙書法「御製佩文韻府序」——《佩文韻府》是極重要的詩詞辭典，共一萬八千餘頁。序中說：「若非合眾人之力，豈能克期告竣？」可見康熙並不將一切成就都歸功於己，而說是「合眾人之力」。

清朝皇帝之玉璽——國璽共二十五枚，分別藏於壽皇殿、交泰殿。
右為大清受命之寶，左為大清嗣天子寶。

清宮三大殿鳥瞰圖。

清朝盛時北京後門大街的市容。

清宮太和殿丹陛。

吳三桂鬥鵪鶉圖——此圖原藏清內務府錢糧庫，錄自一九二九年出版之《故宮》月刊第二期。該刊編者注云：「無款誌，雖破碎不堪，然所繪人物神采奕奕，洵寶物也。」吳三桂及隨從均作明裝，當為起兵反清之後所繪。

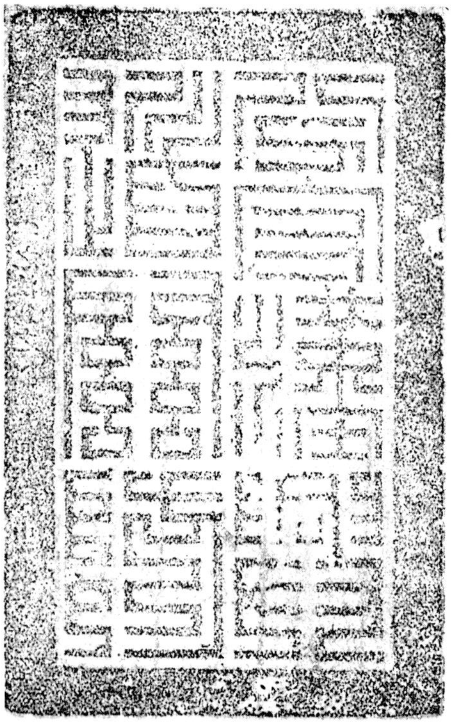

吳三桂之分守漢興道關防

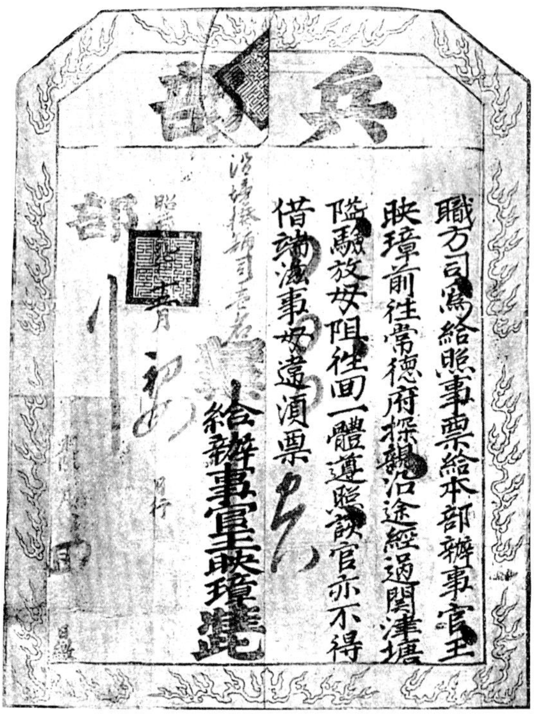

吳三桂起兵反清後所用之兵部護照
（用「昭武」年號）

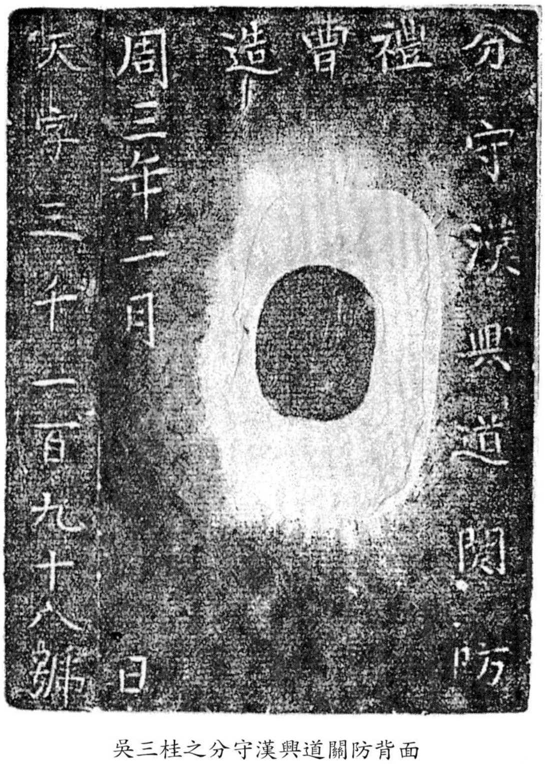

吳三桂之分守漢興道關防背面
（用「周」年號）

大字版

鹿鼎記

金庸

⑥詭計多端

鹿鼎記(大字版) / 金庸作. -- 二版.
-- 臺北市：遠流, 2017.10
冊； 公分. -- (大字版金庸作品集；63–72)

ISBN 978-957-32-8144-3 (全套：平裝).

857.9 106016892

大字版金庸作品集㊽

鹿鼎記 (6)詭計多端 「公元2006年金庸新修版」

The Duke of the Mount Deer, Vol. 6

作　者／金　庸

封面設計／唐壽南　內頁插畫／姜雲行

發 行 人／王 榮 文
出版・發行／遠流出版事業股份有限公司
臺北市中山北路一段11號13樓
電話／25710297　**傳真**／25710197　**郵撥**／0189456-1

□2006年10月 1 日　初版一刷
□2022年 3 月16日　二版四刷

大字版 每冊 *380* 元（本作品全十冊，共3800元）

〔另有典藏版共36冊（不分售），平裝版共36冊，新修版共36冊，新修文庫版共72冊〕

ISBN 978-957-32-8144-3（**套：大字版**）
ISBN 978-957-32-8139-9（**第六冊：大字版**）
Printed in Taiwan

YLib 遠流博識網
http://www.ylib.com E-mail:ylib@ylib.com

目錄

韋小寶摘下帽子，說道：「我頭髮越練越短，頭頂神功已經練成，等到練得頭髮一根都沒有了，你就是砍在我胸口也不怕了。」那青海喇嘛見了，更多信了幾分。

第二十六回

草木連天人骨白
關山滿眼夕陽紅

次日三人向南進發，沿路尋訪阿琪的下落。一路之上，韋小寶服侍二人十分周到，心中雖愛煞了阿珂，卻不敢露出絲毫輕狂之態，只怕給白衣尼察覺，那就糟糕之極了。阿珂從來沒對他有一句好言好語，往往乘白衣尼不見，便打他一拳、踢他一腳出氣。韋小寶只要能陪伴著她，那就滿心喜樂不禁，偶爾挨上幾下，那也是拳來身受，腳來臀受，晚間睡在床上細細回味她踢打的情狀，但覺樂也無窮。

這一日將到滄州，三人在一家小客店中歇宿。次日清晨，韋小寶到街上去買新鮮蔬菜，交給店伴給白衣尼做早飯。他興匆匆的提了兩斤白菜、半斤腐皮、二兩口蘑從街上回來，見阿珂站在客店門口閒眺，當即笑吟吟的迎上，從懷裏掏出一包玫瑰松子糖，說道：「我在街上給你買了一包糖，想不到在這小鎮上，也有這麼好的糖果。」

阿珂不接，向他白了一眼，說道：「你買的糖是臭的，我不愛吃。」韋小寶道：「你吃一粒試試，滋味可真不差。」他冷眼旁觀，早知阿珂愛吃零食，只是白衣尼沒甚麼錢給她零花，偶爾買一小包糖豆，也吃得津津有味，因此買了一包糖討她歡喜。

阿珂接了過來，說道：「師父在房裏打坐。我氣悶得緊。這裏有甚麼風景優雅、僻靜無人的所在，你陪我去玩玩。」韋小寶幾乎不相信自己的耳朵，登時全身熱血沸騰，一張臉脹得通紅，道：「你……你這不是冤我？」阿珂道：「我冤你甚麼？你不肯陪我，我自己一個兒去好了。」說著向東邊一條小路走去。韋小寶道：「去，去，爲甚麼不去？姑娘就是叫我赴湯蹈火，我也不會皺一皺眉頭。」忙跟在她身後。

兩人出得小鎮，阿珂指著東南方數里外一座小山，道：「到那邊去玩玩倒也不錯。」韋小寶心花怒放，忙道：「是，是。」兩人沿著山道，來到了山上。

那小山上生滿了密密的松樹，確實僻靜無人，風景卻一無足觀。

但縱是天地間最醜最惡的山水，此刻在韋小寶眼中也是勝景無極，何況景色好惡，他本來也不大分辨得出，當即大讚：「這裏的風景當眞美妙無比。」阿珂道：「有甚麼美？許多亂石樹木擠在一起，難看死啦。」韋小寶道：「是，是。風景本來沒甚麼好看。」阿珂道：「那你怎麼說『這裏的風景當眞美妙無比』？」韋小寶笑道：「原來的風景是不好看的，不過你的容貌一映上去，就美妙無比了。這山上沒花兒，你的相貌卻比一萬朵鮮花還要美麗。山上沒鳥雀，你的聲音可比一千頭黃鶯一齊唱歌還好聽得多。」

阿珂哼了一聲，說道：「我叫你到這裏，不是來聽你胡言亂語，是叫你立刻給我走開，走得遠遠地，從今而後，再也不許見我面。如再給我見到，定然挖出了你眼珠子。」

韋小寶一顆心登時沉了下去，哭喪著臉道：「姑娘，以後我再也不敢得罪你啦。請你饒了我罷。」阿珂道：「我確是饒了你啦，今日不取你性命，便是饒你。」說著唰的一聲，從腰間拔出柳葉刀，又道：「你跟著我，心中老是存著壞念頭，難道我不知道？你如此羞辱於我，我……我寧可給師父責打一千次一萬次，也非殺了你不可。」

韋小寶見刀光閃閃，想起她剛烈的性情，心知不是虛言，說道：「師太命我幫同找尋阿琪姑娘，找到之後，我就不再跟著你便是。」阿珂搖頭道：「不成！沒有你幫，我們也找得到。就算找不到，我師姊又不是三歲小孩，難道自己不會回來？」提刀在空中虛劈，呼呼生風，厲聲道：「你再不走，可休怪我無情！」

韋小寶笑道：「你本來對我就挺無情，那也沒甚麼。」阿珂大怒，喝道：「到了此刻，你還膽敢向我風言風語？」縱身而前，舉刀向韋小寶頭頂砍落。

韋小寶大駭，忙躍開閃避。阿珂喝道：「你走不走？」韋小寶道：「你就算將我碎屍萬段，我變成了鬼，也跟定了你。」阿珂怒極，提刀呼呼呼三刀。幸好這些招數，在少林寺般若堂中都已施展過，澄觀和尚一一想出了拆解之法。韋小寶受過指點，當下逐一避過。阿珂砍他不中，氣惱愈甚，柳葉刀使得越加急了。再過數招，韋小寶已感難以躲閃，只得拔出匕首，噹的一聲，將她柳葉刀削爲兩截。

阿珂驚怒交集，舞起半截斷刀，向他沒頭沒腦的剁去。韋小寶見她刀短，不敢再用匕首招架，自己武藝平庸，一個拿捏不準，如此鋒利的匕首只消在她腕上輕輕一帶，便割下了她手掌，避了幾下，只得發足奔逃下山。

阿珂持著斷刀追下，叫道：「你給我滾得遠遠地，便不殺你。」卻見他向鎮上奔去，心下大急：「這小壞人去向師父哭訴，那可不妥。」忙提氣疾追，想將他迎頭截住。但白衣尼只傳了她一些武功招式，內功心法卻從未傳過，她的內功修爲和韋小寶半斤八兩，始終追他不上，眼見他奔進了客店，急得險些要哭，心想：「倘若師父責怪，只好將他從前調戲我的言語都說了出來。」收起斷刀，慢慢走進客店。

一步踏進店房，突覺一股力道奇大的勁風，從房門中激撲出來，撞上她身，登時立足不定，騰騰騰倒退三步，一交坐倒。

阿珂只覺身下軟綿綿地，卻是坐在一人身上，忙想支撐著站起，右手反過去一撐，正按在那人臉上，狼狽之下不及細想，挺身站起，回身看時，見地下那人正是韋小寶。

她吃了一驚，喝道：「你幹甚……」一言未畢，突覺雙膝一軟，再也站立不定，一交撲倒，向韋小寶摔將下來。這一次卻是俯身而撲，驚叫：「不，不……」已摔在他懷裏，四隻眼睛相對，相距不及數寸。

阿珂大急，生怕這小惡人乘機來吻自己，拚命想快快站起，不知如何，竟全身沒了絲毫力氣，只得轉過了頭，急道：「快扶我起來。」

韋小寶道：「我也沒了力氣，這可如何是好。」身上伏著這個千嬌百媚的美女，心中眞快活得便欲瘋了，暗道：「別說我沒力氣，這當兒就有一萬斤力氣，也決不會扶你起來。是你自己撲在我身上的，又怎怪得我？」

阿珂急道：「師父正受敵人圍攻，快想法子幫她。」原來剛才她一進門，只見白衣尼盤膝坐在地下，右手出掌，左手揮動衣袖，正與敵人相抗。對方是些甚麼人，卻沒看清，只知非止一人，待要細看，已給房中的內力勁風撞了出來。

韋小寶比她先到了幾步，遭遇卻一模一樣，也是一腳剛踏進門，立給勁風撞出，摔在地下，阿珂跟著趕到，便跌在他身上。韋小寶先摔得屁股奇痛，阿珂從空中跌下，壓得他胸口肚腹又一陣疼痛，心裏卻欣喜無比，只盼這個小美人永遠伏在自己懷中，再也不能站起，至於白衣尼跟甚麼人相鬥，可全不放在心上，料想她功力通神，再厲害的敵人也奈何她不得。

阿珂右手撐在韋小寶胸口，慢慢挺身，深深吸了口氣，終於站起，嗔道：「你幹麼躺在這裏，絆了我一交？」她明知韋小寶和自己遭際相同，身不由己，但剛才的情景實在太過羞人，忍不住要發作幾句。韋小寶道：「是，是。早知你要摔在這地方，我該當向旁爬開三尺才是。不，三尺也還不夠，若只爬開三尺，和你並頭而臥，卻也不大雅相。」

阿珂啐了一口，掛念著師父，張目往房中望去。

只見白衣尼坐在地下，發掌揮袖，迎擊敵人。圍攻她的敵人一眼見到共有五人，都是身穿紅衣的喇嘛，每人迅速之極的出掌拍擊，但爲白衣尼掌力所逼，均背脊緊貼房中板壁，難以欺近。阿珂走上一步，想看除了這五人外是否另有敵人，但只跨出一步，便覺勁風壓體，氣也喘不過來，只得倒退兩步，乘勢踢了韋小寶一腳，嗔道：「喂，還不站起來？你看敵人是甚麼路道？」

韋小寶手扶身後牆壁，站起身來，見到房中情景，說道：「六個喇嘛都是壞人。」他站在阿珂之側，多見到了一名喇嘛。阿珂道：「廢話！自然是壞人，還用你說？」韋小寶笑道：「是不是壞人，也不一定的。好比我是好人，你偏說我是壞人。這六個喇嘛膽敢向師太動手，可比我壞得多啦。」阿珂橫了他一眼，道：「哼，我瞧你們是一夥。這六個喇嘛是你引來的，想要來害師父。」韋小寶道：「我敬重師太，好比敬重菩薩一樣；敬重姑娘，好比敬重仙女一樣，那有加害之理？」

阿珂凝神瞧著房中情景，突然一聲驚呼。

韋小寶向房內望去，只見六個喇嘛均已手持戒刀，欲待上前砍殺，只是給白衣尼的袖力掌風逼住了，欺不近身。但白衣尼頭頂已冒出絲絲白氣，看來已出盡了全力。她只一條臂膀，獨力拚鬥六個手執兵刃的喇嘛，再支持下去，恐難以抵敵，韋小寶想上前相助，但自知武藝低微，連房門也走不進，就算在地下爬了進去，白衣尼不免要分心照顧，反而幫她倒忙。焦急之下，忽見牆角落裏倚著一柄掃帚，當即過去拿起，身子縮在門邊，伸出掃帚，向近門的一名喇嘛臉上亂撥，只盼他心神一亂，內力不純，就可給白衣尼的掌力震死。

掃帚剛伸出，便聽得一聲大喝，手中一輕，掃帚頭已遭那喇嘛一刀斬斷，隨著房中鼓盪的勁風直飛出來，擦過他臉畔，劃出了幾條血絲，好不疼痛。

阿珂急道：「你這般胡鬧，那……那不成的。」

韋小寶身靠房門的板壁，只覺不住震動，似乎店房四周的板壁都要爲刀風掌力震坍一般，心念一動，看清了六名喇嘛所站的方位，走到那削斷他掃帚的喇嘛身後，拔出匕首，隔著板壁刺了進去。

匕首鋒利無比，板壁不過一寸來厚，匕首刺去，如入豆腐，跟著插入了那喇嘛後心。那喇嘛大叫一聲，身子軟垂，靠著板壁慢慢坐倒。韋小寶聽得叫聲，知已得手，走到第二名喇嘛身後，又一匕首刺出。轉眼之間，如此連殺四人。匕首刃短，刺入後心之後並不從前胸穿出，每名喇嘛中劍坐倒，房中餘人均不知他們如何身死。

其餘兩名喇嘛大駭，奪門欲逃。白衣尼躍身發掌，擊在一名喇嘛後心，登時震得他狂噴鮮血而死，左手衣袖一拂，阻住了另一名喇嘛去路，右手出指如風，點了他身上五處穴道。那喇嘛軟癱在地，動彈不得。

白衣尼踢轉四名喇嘛屍身，見到背上各有刀傷，又看到板壁上的洞孔，已明其理，向那喇嘛喝道：「你……你是何……」突然身子一晃坐倒，口中鮮血汩汩湧出。六名喇嘛都是好手，她以一敵六，內力幾已耗竭，最後這一擊一拂，更以全力施為，再也支持不住。

阿珂和韋小寶大驚，搶上扶住。阿珂連叫：「師父，師父！」白衣尼呼吸細微，閉目不語。韋小寶和阿珂兩人將她抬到炕上，她又吐出許多血來。阿珂慌了手腳，只是流淚。

客店中掌櫃與店小二等見有人鬥毆，早躲得遠遠地，這時聽得聲音漸息，過來探頭探腦，見到滿地鮮血，死屍狼藉，嚇得都大叫起來。韋小寶雙手各提一柄戒刀，喝道：「叫甚麼？快給我閉上鳥嘴，否則一刀一個，都將你們殺了。」眾人見到明晃晃的戒刀，嚇得喏喏連聲。韋小寶取出三錠銀子，每錠都是五兩，交給店伙，喝道：「快去僱兩輛大車來。五兩銀子賞你的。」那店伙又驚又喜，飛奔而出，片刻間將大車僱到。

韋小寶又取出四十兩銀子，交給掌櫃，大聲道：「這六個惡喇嘛自己打架，你殺我，我殺你，你們都親眼瞧見了，是不是？」那掌櫃如何敢說不是，只有點頭。韋小寶道：「這四十兩銀子，算是房飯錢。」和阿珂合力抬起白衣尼放入大車，取過炕上棉被，蓋在她身上，再命店伙將那給點了穴道的喇嘛抬入另一輛大車。

韋小寶向阿珂道：「你陪師太，我陪他。」兩人上了大車。韋小寶吩咐沿大路向南，心想：「師太身受重傷，再有喇嘛來攻，那可糟糕。得找個偏僻所在，讓師太養傷才好。」生怕那喇嘛解開穴道，可不是他對手，取過一條繩子，將他手足牢牢縛住。

行得十餘里，阿珂忽然叫停，從車中躍出，奔到韋小寶車前，滿臉惶急，說道：「師父的氣息越來越弱，只怕……只怕……」韋小寶一驚，忙下車去看，見白衣尼已氣若遊絲。阿珂哭道：「有甚麼靈效傷藥，那就好了。咱們快找大夫去。只是這地方……」

韋小寶忽然想起，太后曾給自己三十顆丸藥，叫甚麼「雪參玉蟾丸」，是高麗國國王進貢來的，說道服後強身健體，解毒療傷，靈驗非凡，其中廿二顆請自己轉呈洪教主和夫人，當即從懷中取出玉瓶，說道：「靈效傷藥，我這裏倒有。」倒了兩顆出來，餵在白衣尼口中。阿珂取過水壺，餵著師父喝了兩口。韋小寶乘機坐在白衣尼車中，與阿珂相對，說道：「師太服藥之後，不知如何，我得時時刻刻守著她。」命兩輛大車又行。

過了一盞茶時分，白衣尼忽然長長吸了口氣，緩緩睜眼。阿珂大喜，叫道：「師父，你好些了？」白衣尼點了點頭。韋小寶忙又取出兩顆丸藥，道：「師太，丸藥有效，你再服兩顆。」白衣尼微微搖頭，低聲道：「今天……夠了……我得運氣化開了藥力……停……停下車子。」韋小寶道：「是，是。」吩咐停車。白衣尼命阿珂扶起身子，盤膝而坐，閉目運功。

阿珂目不轉睛的望著師父，韋小寶卻目不轉睛的瞧著阿珂。

但見阿珂初時臉上深有憂色，漸漸的秀眉轉舒，眼中露出光采，又過一會，小嘴邊露出一絲笑意，韋小寶不用去看白衣尼，也知她運功療傷大有進境。再過一會，見阿珂喜色更濃，韋小寶心想：「倘若車中沒有師太，就只我和小美人兒兩個，而她臉色也這般歡喜，那可眞開心死我了。」

突然間阿珂抬起頭來，見他呆呆的瞧著自己，登時雙頰紅暈，便欲叱責，生怕驚擾了師父行功，一句話到得口邊，又即忍住，狠狠白了他一眼。韋小寶向她一笑，順著她眼光看白衣尼時，見她呼吸已然調勻。

白衣尼呼了口氣，睜開眼來，低聲道：「可以走了。」韋小寶道：「再歇一會，也不打緊。」白衣尼道：「不用了。」韋小寶又取出五兩銀子分賞車夫，命他們趕車啓程。當時僱一輛大車，一日只須一錢半銀子，兩名車夫見他出手豪闊，大喜過望，連聲稱謝。

白衣尼緩緩的道：「小寶，你給我服的是甚麼藥？」韋小寶道：「那叫做『雪參玉蟾丸』，是朝鮮國國王進貢給小皇帝的。」白衣尼臉上閃過一絲喜色，說道：「雪參和玉蟾二物，都是療傷大補的聖藥，幾有起死回生之功，想不到竟教我碰上了，那也是命不該絕。」她重傷之餘，這時說話竟然聲調平穩，已無中氣不足之象。

阿珂喜道：「師父，你老人家好了？」白衣尼道：「死不了啦。」韋小寶道：「我這裏還有二十八顆，請師太收用。」說著將玉瓶遞過。白衣尼不接，道：「最多再服兩三顆，也就夠了，用不著這許多。」

韋小寶本性慷慨，心想：「三十顆丸藥就都給你吃了，又打甚麼緊？老婊子那裏一定還有。」說道：「師太，你身子要緊，這丸藥既然有用，下次我見到小皇帝，再向他討些就是了。」將玉瓶放在她手裏。白衣尼點了點頭，但仍將玉瓶還了給他。

又行一程，白衣尼道：「有甚麼僻靜所在，停下車來，問問那喇嘛。」韋小寶應道：「是。」命大車駛入一處山坳，叫車夫將那喇嘛抬在地下，然後牽騾子到山後吃草，說道：「不聽我叫喚，不可過來。」兩名車夫答應了，牽了騾子走開。白衣尼道：「你問他。」

韋小寶拔出匕首，嗤的一聲，割下一條樹枝，隨手批削，頃刻間將樹枝削成一條木棍，問道：「老兄，你想不想變成一條人棍？」

那喇嘛見那匕首如此鋒利，早已心寒，顫聲問道：「請問小爺，甚麼叫做人棍？」

韋小寶道：「把你兩條臂膀削去，耳朶、鼻子也都削了，全身凸出來的東西通統削平，那就是一條人棍。很好玩的，你要不要試試？」說著將匕首在他鼻子上擦了幾擦。那喇嘛道：「不，不，小僧不要做人棍。」韋小寶道：「我不騙你，很好玩的，做一次也不妨。」那喇嘛道：「恐怕不好玩。」韋小寶道：「你又沒做過，怎知不好玩？咱們試試再說。」說著將匕首在他肩頭比了比。那喇嘛哀求道：「小爺饒命，小的大膽冒犯了師太，實是不該。」

韋小寶道：「好，我問一句，你答一句，只消有半句虛言，就叫你做一條人棍。我將你種在這裏，撒泡尿當肥料，過得十天半月，說不定你又會長出兩條臂膀和耳朶、鼻子來。」那喇嘛道：「不會的，不會的。小僧老實回答就是。」韋小寶道：「你叫甚麼名字？爲甚麼來冒犯師太？」

那喇嘛道：「小僧名叫呼巴音，是青海的喇嘛，奉了大師兄桑結之命，想要擒……擒拿這位師太。」韋小寶心想桑結之名，在五台山上似乎也聽說過，問道：「這位師太好端端地，又沒得罪了你那臭師兄，你們爲甚麼這等膽大妄爲？」呼巴音道：「大師兄說，我們活佛有八部寶經，給這位師太偷……不，不，不是偷，是借了去，要請師太賜還。」韋小寶道：「甚麼寶經？」呼巴音道：「是差奄古吐烏經。」韋小寶道：「胡說八道，甚麼嘰哩咕嚕烏經？」呼巴音道：「是，是。這是我們青海人說的西藏話，漢語就是《四十二章經》。」韋小寶道：「你的臭師兄，又怎知道師太取了《四十二章經》？」呼巴音道：「這個我就不知道了。」

韋小寶道：「你不知道，留著舌頭何用？把舌頭伸出來。」說著把匕首一揚。呼巴音那裏肯伸，求道：「小僧眞的不知道。」韋小寶道：「你臭師兄在青海，那有這麼快便派了你們出來？」呼巴音道：「大師兄和我們幾個，本來都是在北京，我們是一路從北京追出來的。」韋小寶點點頭，已明其理：「那自然是老婊子通了消息。」問道：「你們這一夥臭喇嘛，武功比你高的，跟你差不多的，還有幾個？」

呼巴音道：「我們同門師兄弟，一共是一十三人，給師太打死了五個，還有八個。」韋小寶暗暗心驚，喝道：「甚麼八個？你還算是人麼？你早晚是一條人棍。」呼巴音道：「小爺答允過，不讓小僧變人棍的。」韋小寶道：「餘下那七條人棍，現今到了那裏？」呼巴音道：「我們大師兄本領高強得很，不會變人棍的。」韋小寶在他腰眼裏重重踢了一腳，罵道：「你這臭賊，死到臨頭，還在胡吹大氣。你那臭師兄本事再大，我也削成一條人棍給你瞧瞧。」呼巴音道：「是，是。」可是臉上神色，顯是頗不以爲然。

韋小寶反來覆去的又盤問良久，再也問不出甚麼，於是鑽進大車，放下了車帷，低聲將呼巴音的話說了，又道：「師太，還有七個喇嘛，如果一齊趕到，那可不容易對付。若在平日，師太自也不放在心上，此刻你身子不大舒服……」

白衣尼搖頭道：「就算我安然無恙，以一敵六，也難以取勝，何況再加上一個武功遠遠高出儕輩的大師兄。聽說那桑結是西藏密宗寧瑪派的第一高手，大手印神功已練到登峯造極的境界。」

韋小寶道：「我倒有一個計較，只是……只是太墮了師太的威風。」白衣尼嘆道：「出家人有甚麼威風可言？你有甚麼計策？」韋小寶道：「我們去到偏僻所在，找家農家躲了起來。請師太換上鄉下女子裝束，睡在床上養傷。阿珂姑娘和我換上鄉下姑娘和小子的衣衫，算是師太……師太的兒子女兒。」白衣尼搖了搖頭。阿珂道：「你這人壞，想出來的計策也就壞。師父是當世高人，這麼躲了起來，豈不是怕了人家？」白衣尼道：「計策可以行得。你兩個算是我的姪兒姪女。」韋小寶喜道：「是，是。」心道：「最好算是你的姪兒跟姪兒媳婦。」阿珂白了他一眼，聽師父接納他的計策，頗不樂意。

韋小寶道：「留下這喇嘛活口，只怕他洩漏了風聲，咱們將他活埋了就是，不露絲毫痕跡。」白衣尼道：「先前與人動手，是不得已，難以容情。這喇嘛已無抗拒之力，再要殺他，未免太過狠毒。只是……只是放了他卻也不行，咱們暫且帶著，再作打算。」

韋小寶應了，叫過車夫，將呼巴音抬入車中，命車夫趕了大車又走。一路上卻不見有甚麼農家，生怕桑結趕上，只待一見小路，便轉道而行，只是沿途所見的岔道都太過窄小，行不得大車。

正行之間，忽聽得身後馬蹄聲響，有數十騎馬急馳追來。韋小寶暗暗叫苦：「糟了，糟了！臭喇嘛竟有數十名之多。」催大車快奔。兩名車夫口催鞭打，急趕騾子。但追騎越奔越近，不多時已到大車之後。

韋小寶從車廂板壁縫中一張，當即放心，透了口大氣，原來這數十騎都是身穿青衣的漢子，並非喇嘛。頃刻之間，數十騎馬都從車旁掠過，搶到了車前。

阿珂突然叫道：「鄭……鄭公子！」

馬上一名騎者立時勒住了馬，向旁一讓，待大車趕上時與車子並肩而馳，叫道：「是陳姑娘？」阿珂道：「是啊，是我。」聲音中充滿喜悅之意。馬上騎者大聲道：「想不到又再相見，你跟王姑娘在一起嗎？」阿珂道：「不是，師姊不在這裏。」那騎者道：「你也去河間府？咱們正好一路同行。」阿珂道：「不，我們不去河間府。」那騎者道：「河間府很熱鬧的，你也去罷。」他二人說話之時，車馬仍繼續前馳。

韋小寶見阿珂雙頰暈紅，眼中滿是光采，神情歡喜，便如遇上了世上最親近之人一般，霎時之間，他胸口便如給大鎚子重重搥了一下，心想：「難道是她的意中人到了？」低聲道：「咱們避難要緊，別跟不相干的人說話。」

阿珂全沒聽見他說話，問道：「河間府有甚麼熱鬧事？」

那人道：「你不知道麼？」車帷一掀，一張臉探了進來。

那人面目俊美，約莫二十三四歲年紀，滿臉歡容，說道：「河間府要開『殺龜大會』，天下英雄好漢都去參與，好玩得很呢。」阿珂問道：「甚麼『殺龜大會』，殺大烏龜麼？那有甚麼好玩？」那人笑道：「是殺大烏龜，不過不是眞的烏龜，是個大壞人。他名字中有個『龜』字的。」阿珂笑道：「那有人名字中有個『龜』字的？你騙人。」那人笑道：「不是烏龜的龜，聲音相同罷了，是桂花的『桂』，你倒猜猜看，是甚麼人？」

韋小寶嚇了一跳，心道：「名字中有個桂花的『桂』，那不是要殺我小桂子麼？」卻聽阿珂拍手笑道：「我知道啦，是大漢奸吳三桂。」那人笑道：「正是，你眞聰明，一猜就著。」阿珂道：「你們把吳三桂捉到了麼？」那人道：「這可沒有，大夥兒商量怎麼去殺了這大漢奸。」

韋小寶舒了口氣，心道：「這就是了。想我小桂子是個小小孩童，他們不會要殺我的，就算要殺，也用不著開甚麼『殺龜大會』。他媽的，老子假冒姓名，也算倒霉，冒得名字中有個『桂』字。」

只見那人笑吟吟的瞧著阿珂，蹄聲車聲一直不斷。這人騎在馬上，彎過身來瞧著車裏，騎術甚精。

阿珂轉頭向白衣尼低聲道：「師父，咱們要不要去？」

白衣尼武功雖高，卻殊乏應變之才，武林豪傑共商誅殺吳三桂之策，自己亟願與聞，但桑結等衆喇嘛不久就會追趕前來，情勢甚急，沉吟片刻，問韋小寶道：「你說呢？」

韋小寶見到阿珂對待那青年的神態語氣，心中說不出的厭憎，決不願讓阿珂跟他在一起，忙道：「惡喇嘛一來，咱們對付不了，還是儘快躲避的爲是。」

那青年道：「甚麼惡喇嘛？」阿珂道：「鄭公子，這位是我師父。我們途中遇到一羣惡喇嘛，要害我師父。她老人家身受重傷，後面還有七名喇嘛追來。」

那青年道：「是！」轉頭出去，幾聲呼嘯，馬隊都停了下來，兩輛大車也即停住。那青年躍下馬背，捲起車帷，躬身說道：「晚輩鄭克塽拜見前輩。」白衣尼點了點頭。鄭克塽道：「諒七八名喇嘛，也不用掛心，晚輩代勞，打發了便是。」阿珂又驚又喜，又有些躭心，說道：「那些惡喇嘛很厲害的。」鄭克塽道：「我帶的那些伴當，武藝都很了得，諒可料理得了。咱們就算不以多勝少，一個對一個，也不怕他七八個喇嘛。」

阿珂轉頭瞧向師父，眼光中露出詢問之意，其實祈求之意更多於詢問。

韋小寶道：「不行，師太這等高深的武功，還受了傷，你二十幾個人，又有甚麼用？」阿珂怒道：「又不是問你，要你多囉唆甚麼？」韋小寶道：「我是關心師太的平安。」阿珂怒道：「你自己怕死，卻說關心師父。你這小惡人，就只會做壞事，還安著好心了？」韋小寶道：「這姓鄭的本事很大麼？比師太還強麼？」阿珂道：「他帶著二十幾人，個個武藝高強。難道二十幾個人還怕了七個喇嘛？」韋小寶道：「你怎知道二十幾人個個武藝高強？我看個個武藝低微。」阿珂道：「我自然知道，我見過他們出手，每個都抵得你一百個。」

白衣尼沉吟不語，韋小寶要她扮作農婦，躲避喇嘛，事非得已，卻實在大違所願，若只兩個小孩子知道，那也罷了，要她當著二三十個江湖豪客之前去喬裝避禍，那是寧死不為，緩緩的道：「這些喇嘛只衝著我一人而來，鄭公子，多謝你的好意，你們請上路罷。」

鄭克塽道：「師太說那裏話來？路見不平，尚且要拔刀相助，何況……何況師太是陳姑娘的師父，晚輩稍效微勞，那是義不容辭。」阿珂臉上一紅，低下頭去，卻顯得十分得意。

白衣尼點了點頭，道：「好，那麼咱們一起去河間府瞧瞧，不過你不必對旁人說起。我生性疏懶，不願跟旁人相見。」鄭克塽喜道：「是，是！自當謹遵前輩吩咐。」白衣尼道：「鄭公子屬何門派？尊師是那一位？」問他門派師承，那是在考查他的武功了。

鄭克塽道：「晚輩蒙三位師父傳過武藝。啓蒙的業師姓施，是武夷派高手。第二位師父姓劉，是福建泉州少林寺的俗家高手。」白衣尼道：「嗯，這位劉師傅尊姓大名？」鄭克塽道：「他叫劉國軒。」

白衣尼聽得他直呼師父的名字，並無恭敬之意，微覺奇怪，隨即想起一人，道：「那不是跟臺灣的劉大將軍同名麼？」鄭克塽道：「那就是臺灣延平郡王麾下中提督劉國軒劉大將軍。」白衣尼道：「鄭公子是延平郡王一家人？」鄭克塽道：「晚輩是延平郡王次子。」白衣尼點了點頭，道：「原來是忠良後代。」

鄭成功從荷蘭人手中奪得臺灣。桂王封鄭成功爲延平郡王、招討大將軍。永曆十六年（即康熙元年）五月，鄭成功逝世，其時世子鄭經鎮守金門、廈門，鄭成功之弟鄭襲在臺灣接位。鄭經率領大將周全斌、陳近南等回師臺灣，攻破擁戴鄭襲的部隊，而接延平郡王之位。鄭經長子克壓，次子克塽，自鄭成功的父親鄭芝龍算起，鄭克塽已是鄭家的第四代了。

其時延平郡王單以一軍力抗滿清不屈，孤懸海外而奉大明正朔，天下仁人義士無不敬仰。鄭克塽說出自己身分，只道這尼姑定當肅然起敬，那知白衣尼只點點頭，說了一句「原來是忠良後代」，更無其他表示。他不知白衣尼是崇禎皇帝的公主。他師父劉國軒是父親部屬，他自己對之便不如何恭敬，在白衣尼眼中，鄭經也不過是一個忠良的臣子而已。

韋小寶肚裏已在罵個不休：「他媽的，好希罕麼？延平郡王有甚麼了不起？」其實他知道延平郡王是了不起的，他師父陳近南就是延平郡王的部下，心下越來越覺不妙。

眼看鄭克塽的神情，對阿珂大爲有意。他是坐擁雄兵、據地開府的郡王的堂堂公子，比之流落江湖的沐王府，又不可同日而語，何況這人相貌比自己俊雅十倍，談吐高出百倍，年紀又比自己大得多。武功如何雖不知道，看來就算高不上十倍，七八倍總是有的。阿珂對他十分傾心，就是瞎子也瞧得出來。倘若師太知道自己跟鄭公子爭奪阿珂，不用鄭公子下令，只怕先一掌將自己打死了。師太又讚他是忠良後代，自己是甚麼後代了？只不過是婊子的後代而已。

白衣尼眼望鄭克塽，緩緩問道：「那麼你第一個師父，就是投降滿淸韃子的施琅麼？」鄭克塽道：「是。這人無恥忘義，晚輩早已不認他是師父，他日疆場相見，必當親手殺了他。」言下甚是慷慨激昂。

韋小寶尋思：「原來你的師父投降了朝廷。這個施琅，下次見到倒要留心。」

鄭克塽又道：「晚輩近十年來，一直跟馮師父學藝，他是崑崙派的第一高手，外號叫作『一劍無血』，師太想必知道他的名字。」白衣尼道：「嗯，那是馮錫範馮師傅，只不知他這外號的來歷。」鄭克塽道：「馮師父劍法固然極高，氣功尤其出神入化。他用利劍的劍尖點人死穴，遭殺之人皮膚不傷，決不見血。」

白衣尼「哦」的一聲，道：「氣功練到這般由利返鈍的境界，當世也沒幾人。馮師傅他有多大年紀了？」鄭克塽十分得意，道：「今年冬天，晚輩就要給師父辦五十壽筵。」白衣尼點了點頭，道：「還不過五十歲，內力已如此精純，很難得了。」頓了一頓，又道：「你帶的那些隨從，武功都還過得去罷？」鄭克塽道：「師太放心，那都是晚輩王府中精選的高手衞士。」

韋小寶忽道：「師太，天下的高手怎地這麼多啊？這位鄭公子的第一個師父是武夷派高手，第二個師父是福建少林派高手，第三個師父是崑崙派高手，所帶的隨從又個個是高手，想來他自己也必是高手了。」

鄭克塽聽他出言尖刻，登時大怒，只不知這孩童的來歷，但見他和白衣尼、阿珂同坐一車，想必跟她們極有淵源，當下強自忍耐。

阿珂道：「常言道：明師必出高徒。鄭公子由三位明師調教出來，武功自然了得。」韋小寶道：「姑娘說得甚是。我沒見識過鄭公子的武功，因此隨口問問。姑娘和鄭公子相比，不知那一位的武功強些？」阿珂向鄭克塽瞧了一眼，道：「自然是他比我強得多。」鄭克塽一笑，說道：「姑娘太謙了。」韋小寶點頭道：「原來如此。你說明師必出高徒，原來你武功不高，只因爲你師父是低手、是暗師，遠不及鄭公子的三位高手明師。」

說到言辭便給，阿珂如何是韋小寶對手，只一句便給他捉住了把柄。阿珂一張小臉脹得通紅，忙道：「我……我幾時說過師父是低手、是暗師了？你自己在這裏胡說八道。」

白衣尼微微一笑，道：「阿珂，你跟小寶鬥嘴，是鬥不過的。咱們走罷。」

大車放下帷幕。一行車馬折向西行。鄭克塽騎馬隨在大車之側。

白衣尼低聲問阿珂：「這個鄭公子，你怎麼相識的？」阿珂臉一紅，道：「我和師姊在河南開封府見到他的。那時候我們……我們穿了男裝，他以為我們是男人，在酒樓上過來請我們喝酒。」白衣尼道：「你們膽子可不小哇，兩個大姑娘家，到酒樓上去喝酒。」阿珂低下頭去，道：「也不是真的喝酒，裝模作樣，好玩兒的。」

韋小寶道：「阿珂姑娘，你相貌這樣美，就算穿了男裝，人人一看，都知道你是個美貌姑娘。這鄭公子哪，我瞧是不懷好意。」阿珂怒道：「你才不懷好意！我們扮了男人，他一點都認不出來。後來師姊跟他說了，他還連聲道歉呢。人家是彬彬有禮的君子，那像你……」

一行人中午時分到了豐爾莊，那是冀西的一個大鎮。眾人到一家飯店中打尖。

韋小寶下得車來，但見那鄭克塽長身玉立，器宇軒昂，至少要高出自己一個半頭，不由得更覺自慚形穢，又見他衣飾華貴，腰間所懸佩劍的劍鞘上鑲了珠玉寶石，燦然生光。他手下二十餘名隨從，有的身材魁梧，有的精悍挺拔，身負刀劍，個個神氣十足。

來到飯店，阿珂扶著白衣尼在桌邊坐下，她和鄭克塽便打橫相陪。韋小寶正要在白衣尼對面坐下，阿珂向他白了一眼，道：「那邊座位很多，你別坐在這裏行不行？我見到了你吃不下飯。」韋小寶大怒，一張臉登時脹得通紅，心道：「這位鄭公子陪著你，你就多吃幾碗飯，他媽的，脹死了你這小娘皮。」白衣尼道：「阿珂，你怎地對小寶如此無禮？」阿珂道：「他是個無惡不作的壞人。師父吩咐不許殺他，否則……」說著向韋小寶狠狠橫了一眼。

韋小寶心中氣苦，自行走到廳角一張桌旁坐了，心想：「你是一心一意，要嫁這他媽的臭賊鄭公子做老婆了，我韋小寶豈肯輕易罷休？你想殺我，可沒那麼容易。待老子用個計策，先殺了你心目中的老公，教你還沒嫁成，先做了寡婦，終究還是非嫁老子不可。老子不算你是寡婦改嫁，便宜了你這小娘皮！」

飯店中伙計送上飯菜，鄭家衆伴當立即狼吞虎嚥的吃了起來。韋小寶拿了七八個饅頭，去給縛在大車中的呼巴音吃了，只覺這呼巴音比之鄭家那些人倒還更可親些。他回入座位，隔著幾張桌子瞧去，見阿珂容光煥發，和鄭克塽言笑晏晏，神情親密，韋小寶氣得幾乎難以下咽，尋思：「要害死這鄭公子，倒不容易，可不能讓人瞧出半點痕跡，否則阿珂如知是我害的，定要謀殺親夫，爲奸夫報仇。」

忽聽得一陣馬蹄聲響，幾個人乘馬衝進鎮來，下馬入店，卻是七個喇嘛。韋小寶心中怦怦亂跳，但又有些幸災樂禍，心想：「這鄭公子剛才胡吹大氣，甚麼跟三個高手師父學了武功。且讓你們打場大架，老子袖手旁觀，倒是妙極！」

那七名喇嘛一見白衣尼，登時臉色大變，咕嚕咕嚕說起話來。其中一名身材高瘦的喇嘛吩咐了幾句，七人在門口一張桌邊坐下，叫了飯菜。各人目不轉睛的瞧著白衣尼，神色甚是憤怒。白衣尼只作不見，自管自的緩緩吃飯。過了一會，一名喇嘛站起身來，走到白衣尼桌前，大聲道：「兀那尼姑，我們的幾個同伴，都是你害死的麼？」

鄭克塽站起身來，朗聲道：「你們幹甚麼的？在這裏大呼小叫，如此無禮？」

那喇嘛怒道：「你是甚麼東西？我們自跟這尼姑說話，關你甚麼事？滾開！」

只聽得呼呼幾聲，鄭克塽手下四名伴當躍了過來，齊向那喇嘛抓去。那喇嘛右手一格，擋開了兩人，飛出一腿，將一名伴當踢得向飯店外摔了出去，跟著迎面一拳，正中另一名伴當的鼻樑，將他打得暈倒在地。

其餘眾伴當大叫：「併肩子上啊！」抽出兵刃，向那喇嘛殺去。那邊五名喇嘛也各抽戒刀，殺將過來，只那高瘦喇嘛坐著不動。頃刻之間，飯堂中乒乒乓乓，打得十分熱鬧。店伴和吃飯的閒人見有人打大架，紛向店外逃出。鄭克塽和阿珂都拔出長劍，守在白衣尼身前。店堂中碗盞紛飛，桌椅亂擲，每一名喇嘛都抵擋四五名鄭府伴當。

忽聽得呼的一聲響，一柄單刀向上飛去，砍在屋樑之上，韋小寶抬頭看去，白光閃動，又有兩把刀飛了上來，砍在樑上。跟著又有三四柄長劍飛上，幾名鄭府伴當連聲驚呼，空手躍開，呼呼聲接連不斷，一柄柄兵刃向上飛去，都釘在橫樑或椽子之上，再不落下。有些鋼鞭、鐵鐗等沉重兵器，卻穿破了屋頂，掉上瓦面。

不到半炷香時分，鄭府二十餘名伴當手中都沒了兵刃。韋小寶又驚又喜，歡喜卻比驚訝更多了幾分。

幾名喇嘛紛紛喝道：「快跪下投降，遲得一步，把你們腦袋瓜兒一個個都砍下來。」鄭府衆伴當兵刃雖失，並無怯意，或空手使拳，或提起長櫈，又向六喇嘛撲來。

六名喇嘛齊聲吆喝，揮刀擲出，噗的一聲響，六柄戒刀都插在那高瘦喇嘛所坐的桌上，整整齊齊的圍成了一個圓圈，跟著六人躍入人羣，但聽得唉唷、啊喲，呼聲此起彼落，混雜著喀喇、喀喇之聲不絕，片刻之間，二十餘名伴當個個都給折斷了大腿骨，在店堂中摔滿了一地。

韋小寶這時心中害怕已遠遠勝過歡喜之情，只是叫苦，心道：「他們就要去爲難師太和我的小美人兒了，那可如何是好？」

六名喇嘛雙手合什，嘰哩咕嚕的似乎唸了一會經，坐回桌旁，拔下桌上戒刀，掛在身旁。那高瘦喇嘛叫道：「拿酒來，拿飯菜來！」喝了幾聲，店伙遠遠瞧著，那敢過來？一名喇嘛罵道：「他媽的，不拿酒飯來，咱們放火燒了這家黑店。」掌櫃的一聽要燒店，忙道：「是，是！這就拿酒飯來，快快，快拿酒飯給衆位佛爺。」

韋小寶眼望白衣尼，瞧她有何對策，但見她右手拿著茶杯緩緩啜茶，衣袖紋絲不動，臉上神色漠然。阿珂卻臉色慘白，眼光中滿是懼意。鄭克塽臉上青一陣、白一陣，手按劍柄，手臂不住顫動，一時拿不定主意，不知是否該當上前廝殺。

那高瘦喇嘛一聲冷笑，起身走到鄭克塽面前。鄭克塽向旁躍開，劍尖指著那喇嘛，喝道：「你……你待怎地？」聲音又嘶啞，又發顫。那喇嘛道：「我們只找這尼姑有事，跟旁人不相干。你是她弟子？」鄭克塽道：「不是。」那喇嘛道：「好！識相的，快快滾罷。」鄭克塽道：「尊駕……尊駕是誰，請留下萬兒來，日後……日後也好……」

那喇嘛仰頭長笑，韋小寶耳中嗡嗡作響，登時頭暈腦脹。阿珂站立不定，坐倒在櫈，伏在桌上。那喇嘛笑道：「我法名桑結，是青海活佛座下的大護法。你日後怎麼樣？想來找我報仇是不是？」鄭克塽硬起了頭皮，顫聲道：「正……正是！」

桑結哈哈一笑，左手衣袖往他臉上拂去。鄭克塽舉劍擋架。桑結右手中指彈出，錚的一聲響，長劍飛起，插到屋頂樑上，跟著左手一探，已抓住他後領，將他提了起來，重重往板櫈一放，笑道：「坐下罷！」

鄭克塽給他抓住了後頸「大椎穴」，那是手足三陽督脈之會，登時全身動彈不得。桑結嘿嘿冷笑，回去自己桌旁坐下。

韋小寶心想：「他們在等甚麼？怎地不向師太動手？難道還有幫手來麼？」四下張望，飯堂四邊都是磚牆，已不能故技重施，用匕首隔著板壁刺敵，忽地想起大車中那個呼巴音，暗道：「糟糕，他們將呼巴音一救出，立時便知我跟師太是一夥，說不定還會知道那四個喇嘛是我殺的。那時候韋小寶不去陰世跟四個大喇嘛聚聚，只怕也難得很了。最怕他們先將我削成一根人棍，這可是我的法子。」想到即以其人之匕首，還削其人爲人棍，不禁全身寒毛直豎，轉頭向桑結瞧去，只見他神情肅然，臉上竟微有惴惴不安之意，登時明白：「是了，他不知師太已負重傷，忌憚師太武功了得，正自拿不定主意，不知如何出手才好。」

這時店伙送上酒菜，一壺酒在每個喇嘛面前斟得半碗，便即空了。一個喇嘛拍桌罵道：「這一點兒酒，給佛爺獨個兒喝也還不夠。」店伙早就全身發抖，更加怕得厲害，轉身又去取酒。

韋小寶靈機一動，跟進廚房。他是個小小孩童，誰也沒加留意。只見那店伙拿了酒提，從罈中提了酒倒入壺中，雙手發顫，只濺得地下、桌上、罈邊、壺旁到處都是酒水。韋小寶取出一錠小銀子，交了給他，說道：「不用怕。這是我的飯錢，多下的是賞錢。我來幫你倒酒。」說著接過了酒提。那店伙大喜過望，想不到世上竟有這樣的好人。韋小寶道：「這些喇嘛兇得很，你去瞧瞧，他們在幹甚麼？」店伙應了，到廚房門口向店堂張望。

韋小寶從懷中取出蒙汗藥，打開紙包，盡數撒入酒壺，又倒了幾提酒，用力晃動。

那店伙轉身道：「他們在喝酒，沒……沒幹甚麼！」韋小寶將酒壺交給他，說道：「快拿去，他們發起脾氣來，別眞的把店燒了。」那店伙謝不絕口，雙手捧了酒壺出去，口中兀自喃喃的說：「多謝，多謝，唉，眞是好人，菩薩保祐！」

衆喇嘛搶過酒壺，各人斟了半碗，喝道：「不夠，再去打酒。」

韋小寶見七名喇嘛毫不疑心，將碗中藥酒喝得精光，心中大喜，暗道：「臭喇嘛枉自武功高強，連這一點粗淺之極的江湖上道兒也不提防，當眞可笑。」

殊不知桑結等一干人先前眼見五個同門死於非命，其中一人更是爲掌力震得全身前後肋骨齊斷，敵人武功之高，世所罕見，桑結自忖若和此人動手，只怕還是輸面居多。在飯店中見白衣尼始終神色自若，的是大高手風範，七人全神貫注，盡在注視她的動靜，又怎會提防一位武功已臻登峯造極之境的大高手，竟會偷偷去使用蒙汗藥這等下三濫勾當？他們口中喝酒，其實全都飲而不知其味，想到五名師兄弟慘死的情狀，心中一直在慄慄自懼。倘若飯店中並無白衣尼安坐座頭，這一壺下了大量蒙汗藥的藥酒飲入口中，未必就察覺不出。

一名胖胖的喇嘛是個好色之徒，見到阿珂容色艷麗，早就想上前摸手摸腳，只是忌憚白衣尼了得，不敢無禮，待得半碗酒一下肚，已自按捺不住，過得片刻，藥性發作，腦中昏昏沉沉，登時甚麼都不在乎了，站起身來，笑嘻嘻的道：「小姑娘，有了婆家沒有？」伸出大手，在阿珂臉蛋上摸了一把。

阿珂嚇得全身發抖，道：「你……你……」揮刀砍去。那喇嘛伸手抓住她手腕，一扭之下，阿珂手中鋼刀落地。那喇嘛哈哈大笑，將她抱在懷中。阿珂高聲尖叫，拚命掙扎，但那喇嘛一雙粗大的手臂猶如一個大鐵圈相似，將她緊緊箍住，卻那裏掙扎得脫？

白衣尼本來鎮靜自若，這一來卻也臉上變色，心想：「這些惡喇嘛倘若出手殺了我，倒不打緊，如此當衆無禮，我便立時死了，也不閉眼。」

鄭克塽雙手撐桌，站起身來，叫道：「你……你……」那胖大喇嘛左手一拳直挺，砰的一聲，將他打得在地下連翻了兩個觔斗。

韋小寶見心上人受辱，十分焦急：「怎地蒙汗藥還不發作，難道臭喇嘛另有古怪功夫，不怕迷藥？」眼見那喇嘛伸嘴去阿珂臉上亂吻亂嗅，再也顧不得凶險，袖中暗藏匕首，笑嘻嘻的走過去，笑道：「大和尚，你在幹甚麼啊？」右手碰到他左邊背心，手腕一翻，匕首從衣袖中戳了出來，插入那喇嘛心臟，笑道：「大和尚，你在玩甚麼把戲？」急速向左閃開，防他反擊。

匕首鋒銳無匹，入肉無聲，刺入時又對準了心臟，這喇嘛心跳立停，就此僵立不動，雙手卻仍抱住了阿珂不放。阿珂不知他已死，嚇得只尖聲大叫。

韋小寶走上前去，扳開那喇嘛的手臂，在他胸口一撞，低聲道：「阿珂，快跟我走。」一手拉著她手，一手扶了白衣尼，向店堂外走出。

那胖大喇嘛一離阿珂的身子，慢慢軟倒。餘下幾名喇嘛大驚，紛紛搶上。韋小寶叫道：「站住！我師父神功奇妙，這喇嘛無禮，已把他治死了。誰要踏上一步，一個個教他立刻便死。」眾喇嘛一呆之際，砰砰兩聲，兩人摔倒在地，過得一會，又有兩人摔倒。桑結內力深湛，蒙汗藥一時迷他不倒，卻也覺頭腦暈眩，身子搖搖晃晃，腳下飄浮，只道白衣尼眞有古怪武功，心慌意亂，神智迷糊，那想得到是中了蒙汗藥。

阿珂叫道：「鄭公子，快跟我們走。」鄭克塽道：「是。」爬起身來，搶先出外。韋小寶扶了白衣尼出店。桑結追得兩步，身子一晃，摔在一張桌上，喀喇一聲響，登時將桌子壓垮。韋小寶見車夫已不知逃向何處，不及等待，扶著白衣尼上車，見車中那呼巴音赫然在內，生怕桑結等喇嘛追出，見阿珂和鄭克塽都上了車，跳上車夫座位，揚鞭趕車。

一口氣奔出十餘里，騾子腳程已疲，這才放慢了行走，便在此時，只聽得馬蹄聲隱隱響起，數騎馬追將上來。

鄭克塽道：「唉，可惜沒騎馬，否則我們的駿馬奔跑迅速，惡喇嘛定然追趕不上。」韋小寶道：「師太怎麼能騎馬？我又沒請你上車。」說著口中吆喝，揮鞭趕騾。鄭克塽自知失言，他是王府公子，向來給人奉承慣了的，給搶白了兩句，登時滿臉怒色。

但聽得馬蹄聲越來越近，韋小寶道：「師太，我們下車躲一躲。」一眼望出去，並無房屋，只右首田中有幾個大麥草堆，說道：「好，我們去躲在麥草堆裏。」說著勒定騾子。

鄭克塽怒道：「藏身草堆之中，倘若給人知道了，豈不墮了我延平王府的威風。」韋小寶道：「對！我們三個去躲在草堆裏，請公子繼續趕車急奔，好將追兵引開。」當下扶著白衣尼下車。阿珂一時拿不定主意。白衣尼道：「阿珂，你來！」阿珂向鄭克塽招了招手，道：「你也躲起來罷。」鄭克塽見三人鑽入了麥草堆，略一遲疑，跟著鑽進草堆。

韋小寶忽然想起一事，忙從草堆中鑽出，走進大車，拔出匕首將呼巴音戳死，心念一動，將他右手齊腕割下，又在騾子臀上刺了一劍。騾子吃痛，拉著大車狂奔而去。只聽得追騎漸近，忙又鑽入草堆。

他將匕首插入靴筒，右手拿了那隻死人手掌，想去嚇阿珂一嚇，左手摸出去，碰到的是一條辮子，知是鄭克塽，又伸手過去摸索，這次摸到一條纖細柔軟的腰肢，那自是阿珂了，心中大喜，用力捏了幾把，叫道：「鄭公子，你幹甚麼摸我屁股？」

鄭克塽道：「我沒有。」韋小寶道：「哼，你以爲我是阿珂姑娘，是不是？動手動腳，好生無禮。」鄭克塽罵道：「胡說。」韋小寶左手在阿珂胸口用力一捏，立即縮手，大叫：「喂，鄭公子，你還在多手！」跟著將呼巴音的手掌放在阿珂臉上，來回撫摸，跟著向下去摸她胸脯。

先前他摸阿珂的腰肢和胸口，口中大呼小叫，阿珂還道眞是鄭克塽在草堆中乘機無禮，不禁又羞又急，接著又有一隻冷冰冰的大手摸到自己臉上，心想韋小寶的手掌決沒這麼大，自是鄭克塽無疑，待要叫嚷，又想給師父和韋小寶聽到了不雅，忙轉頭相避，那隻大手又摸到了自己胸口，心想：「這鄭公子如此無賴。」不由得暗暗惱怒，身子向左一讓。

韋小寶反過左手，啪的一聲，重重打了鄭克塽一個耳光，叫道：「阿珂姑娘，打得好！啊喲，鄭公子，你又來摸我，摸錯人了。」鄭克塽只道這一記耳光是阿珂打的，怒道：「是你去摸人，卻害我……害我……」阿珂心想：「這明明是隻大手，決不會是小惡人。」韋小寶持著呼巴音的手掌，又去摸阿珂後頸。

便在此時，馬蹄聲奔到了近處。原來桑結見白衣尼等出店，待欲追趕，卻全身無力。他內功深湛，飲了蒙汗藥酒竟不昏倒，提了兩口氣，內息暢通無阻，只頭暈眼花，登時明白，叫道：「取冷水來，快取冷水來！」店伙取了一碗冷水過來，桑結叫道：「倒在我頭上。」那店伙如何敢倒，遲疑不動。桑結還道迷藥是這家飯店所下，雙手抬不起來，深深吸了口氣，將腦袋往冷水碗撞去，一碗水都潑在他頭上，頭腦略覺清醒，叫道：「冷水，越多越好，快，快！」店伙又去倒了兩碗水，桑結倒在自己頭上，命店伙提了一大桶水來，救醒了衆喇嘛，那胖大喇嘛卻說甚麼也不醒。待見他背心有血，檢視傷口，才知已死。六名喇嘛來不及放火燒店，騎上馬匹，大呼追來。

阿珂覺到那大手又摸到頸中，再也忍耐不住，叫道：「不要！」韋小寶反手一掌。鄭克塽身在草堆之中，眼不見物，難以閃避，又吃了一記耳光，叫道：「不是我！」這兩聲一叫，蹤跡立遭發覺，桑結叫道：「在這裏了！」一名喇嘛躍下馬來，奔到草堆旁，見到鄭克塽一隻腳露在外面，抓住他足踝，將他拉出草堆，怕他反擊，隨手一甩，將他摔出數丈之外。

那喇嘛又伸手入草堆掏摸。韋小寶蜷縮成一團，這時草堆已給那喇嘛掀開，但見一隻大手伸進來亂抓，情急之下，將呼巴音的手掌塞入他手裏。那喇嘛摸到一隻手掌，當即使力向外一拉，只待將這人拉出草堆，跟著也隨手一甩，那料到這一拉竟拉了個空。

他使勁極大，只拉到一隻斷手，登時一交坐倒。待得看清楚是一隻死人手掌時，只覺胸口氣血翻湧，說不出的難受。他所使的這一股力道，本擬從草堆中拉出一個人來，用力甩了出去。鄭克塽有一百二三十斤，那喇嘛預擬第二個人重量相若，這一拉之力少說也有二百來斤。何況這一次拉到的不是足踝，而是手掌，生怕使力不夠，反給對方拉入草堆，是以使勁更加剛猛。那知這股大力竟用來拉一隻只幾兩重的手掌，自是盡數回到了自身，直和受了二百餘斤的掌力重重一擊無異。

韋小寶見他坐倒，大喜之下，將一大綑麥草拋到他臉上。那喇嘛伸手掠開，突然間胸口一痛，身子扭曲了幾下，便即不動了，卻是韋小寶乘著他目光爲麥草所遮，急躍上前，挺匕首刺入了他心口。

他剛拔出匕首，只聽得身周有幾人以西藏話大聲呼喝，不禁暗暗叫苦，料想無路可逃，只得將匕首藏入衣袖，慢慢站起身來，一抬頭，便見桑結和餘下四名喇嘛站在麥田之中，離開草堆卻有三丈之遙。

那喇嘛屍首上堆滿了麥桿，如何死法，桑結等並不知情，料想又是白衣尼施展神功，將他擊死，當下都離得遠遠地，不敢過來。桑結叫道：「小尼姑，你連殺我八名師弟，我跟你仇深似海。躲在草堆之中不敢出來，算是甚麼英雄？」

韋小寶心道：「怎麼已殺了他八名師弟？」一算果然是八個，但其中只一個是白衣尼殺的，眼見桑結說出了這句話後，又向後退了兩步，顯是頗有懼意，忍不住大聲道：「我師父武功出神入化，天下更沒第二個比得上，不過她老人家慈悲爲懷，有好生之德，不想再殺人了。你們五個喇嘛，她老人家說饒了性命，快快給我去罷。」

桑結道：「那有這麼容易？小尼姑，你把那部《四十二章經》乖乖的交出來，佛爺放你們走路。否則便逃到天涯海角，佛爺也決不罷休。」韋小寶道：「你們要《四十二章經》？這經書到處寺廟裏都有，有甚麼希罕？」桑結道：「我們便是要小尼姑身上的那一部。」

韋小寶一指鄭克塽，道：「這一部經書，我師父早就送了給他，你們問他要便是。」這時鄭克塽剛從地下爬起，還沒站穩，一名喇嘛撲過去抓住他雙臂，另一名喇嘛便扯他衣衫，嗤嗤聲響，外衫內衣立時撕破，衣袋中的金銀珠寶掉了一地，卻那裏有甚麼經書？韋小寶叫道：「鄭公子，你這部經書藏到那裏去啦？跟他們說了罷，那又不是甚麼貴重東西。」

鄭克塽怒極，大聲道：「我沒有！」一名喇嘛啪的一掌，打得他險些暈去，喝道：「你說不說？」跟著又是一掌。韋小寶見他兩邊臉頰登時腫起，心中說不出的痛快，叫道：「鄭公子，你帶這幾位佛爺去拿經書罷。我見你在那邊客店中地下挖洞，是不是埋藏經書？」

桑結喜道：「是了，小孩子說的，必是眞話，押他回店去取。」那喇嘛應道：「是！」又打了鄭克塽一個耳光。

阿珂再也忍耐不住，從草堆中鑽出，叫道：「這小孩子專門說謊，你們別信他的。這位鄭公子從沒見過甚麼經書。」

韋小寶回頭低聲道：「我是要救師太和你，讓鄭公子引開他們。」阿珂道：「我不要你救。你冤枉鄭公子，要害得他送了性命。」韋小寶道：「師太和你的性命，比鄭公子要緊萬倍。」

桑結向抓住鄭克塽的喇嘛叫道：「別打死了他。」轉頭道：「小尼姑，你出來，還有兩個娃娃，跟我們一起去取經書。」

阿珂怒道：「你自己怕死，卻說救師父。你有種，就去跟這些喇嘛打上一架。」韋小寶心頭熱血上湧，心想：「你這樣瞧不起我，我就給這些惡喇嘛打死了，又算得了甚麼？」說道：「打就打。我死了也沒甚麼，只是救不了你和師太。倘若我贏了呢？」阿珂道：「哼，你轉世投胎，也贏不了。你打得贏一個喇嘛，我永遠服了你。」

韋小寶道：「甚麼打得贏一個？我不是已殺了七個喇嘛？」阿珂道：「你使鬼計殺的，那不算。」韋小寶道：「我打贏一個喇嘛，你就嫁給我做老婆。」阿珂怒道：「胡說！你是小和尙，又是小太監，怎麼……怎麼……」韋小寶道：「小和尙可以還俗，小太監可以不做太監，總而言之，我非娶你做老婆不可。」阿珂急道：「師父，你聽，在這當口，他還在不乾不淨的瞎說。」

白衣尼嘆了口氣，心想當眞形勢危急，只好自絕經脈而死，免得受喇嘛的凌辱，低聲道：「小寶，你伸手到草堆中來。」

韋小寶道：「是。」左手反手伸入草堆，只覺手掌中多了一個小紙包，聽得白衣尼低聲道：「這是經書中所藏的地圖，你不必管我，自行逃命。將來如能得到另外七部經書，我大漢山河說不定便有光復之望。那可比我一人的性命要緊得多了。」

韋小寶見她對自己如此看重，這件要物不交給徒兒，反交給自己，登時精神一振，突然心中有了主意，當下不及細想，便大聲道：「我師父是當世高人，不願跟你們動手。你們派一個人出來，先跟我比劃比劃，倘若打得贏我，我師姊才會出手。哼，哼！料你們也不敢，識相的，還是快快夾了尾巴逃走罷。」說著將那紙包揣入懷中。

五名喇嘛縱聲大笑。他們對白衣尼雖頗爲忌憚，對這小孩子卻那裏放在心上？一名喇嘛笑道：「我只須一掌，便打得你翻出十七八個觔斗，比劃個屁！」

韋小寶踏上一步，朗聲道：「好，就是你跟我來比。」回頭向阿珂道：「我打贏之後，你就是我老婆了，可不能抵賴。」阿珂道：「你打不贏的，說甚麼也不會贏。」韋小寶道：「一夫拚命，萬夫莫當。爲了要娶你做老婆，只好拚命了。」

那喇嘛走上幾步，笑道：「你眞的要跟我比？」

韋小寶大聲道：「那還有假的？咱二人一對一的比，你放心，我師父決不出手。你那四個師兄弟，會不會幫你？」

桑結哈哈大笑，說道：「我們自然不幫。」韋小寶道：「倘若我一拳打死了他，你們是否一擁而上，想倚多為勝？咱們話說在前頭，倘若你們一起來，我可敵不過，我師父也只好出手了。」桑結也眞怕白衣尼出手，心想幾名師弟都死得不明不白，不知這尼姑使的是甚麼武功，讓一名師弟先跟這小孩單打獨鬥，看明白這尼姑的武功家數，當可大大有利，便道：「你們二人單打獨鬥便是，雙方誰也不許相幫。」韋小寶道：「有人幫了，便是烏龜兒子王八蛋。」桑結道：「不錯，有人相幫，便是烏龜女兒王八蛋。」

桑結武功既高，又十分機靈，眼見白衣尼和阿珂都是女子，是以將「烏龜兒子王八蛋」說成了「烏龜女兒王八蛋」，以免對方反正做不成烏龜兒子，就此出手相助。韋小寶笑道：「很好，你大喇嘛非常精明，在下佩服之至。」桑結道：「你再走上幾步。」他見韋小寶距草堆仍近，生怕白衣尼貼住他背心，暗傳功力，師弟便抵敵不住。

韋小寶道：「贏要贏得光彩，輸要輸得漂亮，豈有作弊之理？」白衣尼低聲道：「小寶，你贏不了的，假意比武，快搶了馬逃走罷。」韋小寶道：「是。」走上三步，距草堆已有丈許。桑結見白衣尼再也沒法暗中相助，便點了點頭。

那喇嘛也走上數步，和他相對而立，笑問：「怎樣比法？」

韋小寶道：「文比也可以，武比也可以。」那喇嘛笑道：「文比是怎樣？武比又是怎樣？」韋小寶道：「文比是我打你一拳，你又打我一拳。我再打你一拳，你又打我一拳。打上七八十拳，直到有人跌倒為止。你打我的時候，我不能躲閃退讓，也不能出手招架，只能直挺挺的站著，運起內功，硬受你一拳。我打你的時候，你也一樣。如是武比，那麼比兵刃也罷，比拳腳也罷，自然可以閃避招架，奔跑跳躍。」

桑結心想：「這頑童身子靈便，倘若跳來跳去，只怕師弟一時打他不到。他有恃無恐，必有鬼計，多半他會跳到草堆之旁，引得師弟追過去，那尼姑便在草堆中突施暗算。如是文比，他這小小拳頭，就在師弟身上打上七八十拳，也只當是搔癢。」用藏語叫道：「跟他文比，可別打傷了他。跟他打得越久越好，以便看明他的武功家數。」

韋小寶道：「你師兄害怕了，怕你打我不過，叫你投降，是不是？」

那喇嘛笑道：「小鬼頭胡說八道。師哥見你可憐，叫我別一拳便打死了你。諒你小小年紀，兵刃拳腳的功夫有限，我也不佔這個便宜，咱們便文比罷。」

韋小寶道：「好！」挺起胸膛，雙手負在背後，道：「你先打我一拳。我如躲閃招架，不算英雄好漢。」那喇嘛笑道：「你是小孩，自然是你先打。」說著學他的樣，也是雙手負在背後，挺出了胸膛。他比韋小寶足足高了一個頭有餘，臉上笑嘻嘻地，全不以這小頑童爲意。韋小寶左手拳頭伸出，剛好及到他的小腹，比了一比。

五名喇嘛見了他的小拳頭，都哈哈大笑起來。

韋小寶道：「好！我打了！」那喇嘛倒也不敢太過大意，生怕他得異人傳授，內力有獨到之處，當下將一股內力，都運上了小腹。韋小寶右手衣袖突然拂出，拳頭藏在袖中，無聲無息的在他左邊胸口打了一拳。桑結等見這一拳如此無力，又都大笑。

笑聲未歇，卻見那喇嘛身子晃了一晃，韋小寶道：「現下你打我了。」那喇嘛突然一交撲倒，伏在地下，就此不動。桑結等人大驚，一齊奔出。韋小寶退向草堆，叫道：「站住，誰過來就是烏龜喇嘛王八蛋。」四名喇嘛登時停步，只見那喇嘛仍然不動，不是閉氣重傷，便已死去。四人張大了嘴，驚駭無已，都說不出話來。

韋小寶雙手拳頭高舉過頂，說道：「我師父教我的這門功夫，叫做『隔山打牛神拳』，大牯牛也一拳打死了，何況一個小小喇嘛？那一個不服，再來嘗嘗滋味！」低聲道：「阿珂老婆，你賴不了罷？」

阿珂見他這等輕描淡寫的一拳，居然便將這武功高強、身材魁梧的喇嘛打得伏地不起，不知死活，也訝異之極，聽了他的話，竟然忘了斥責。韋小寶笑道：「哈哈，你答允了，乖老婆。」阿珂怒道：「沒有。」韋小寶道：「你又耍賴，不是英雄好漢。」阿珂道：「不是就不是，又怎樣了？」

白衣尼卻看到韋小寶在那喇嘛心口打了一拳之後，那喇嘛胸前便滲出鮮血，搖晃幾下，便即伏倒，一凝思間，已知韋小寶袖中暗藏匕首，其實並不是打了一拳，而是對準了對方心臟戳了一劍。這匕首鋒利絕倫，別說戳在人身，便是鋼鐵也戳了進去。韋小寶先用左手拳頭比一比，讓人瞧見他使用拳頭，使了匕首後立即藏起，雙拳高舉，旁人更絕無懷疑。

桑結叫了那喇嘛幾聲，不聞回音，一時驚疑難決。一名身材瘦削的喇嘛拔出戒刀，叫道：「小鬼頭，就算你拳法高明，卻又怎地？佛爺來跟你比比刀法。」心想這小孩得到高明傳授，內功拳勁果然非同小可，但跟他用兵刃相鬥，他的拳勁便無用處。

韋小寶道：「比刀法也可以，過來罷！」那喇嘛不敢走近，喝道：「有種的便過來。」韋小寶道：「你有種，你過來！」那喇嘛道：「一、二、三！大家走上三步。」韋小寶道：「好！一、二、三！」走上了三步。那喇嘛也走上了三步，戒刀舞成一團白光，護住上盤，只怕他忽然使出「隔山打牛神拳」。韋小寶笑道：「你不用害怕，我不使神拳打你便是。」那喇嘛那裏肯信，仍將戒刀舞得呼呼風響，叫道：「快拔刀！」

韋小寶笑道：「我已練成了『金頂門』的護頭神功，你在我頭頂砍一刀試試，包管你這柄大刀反彈轉來，砍下了你自己的光頭。我先跟你說明白了，免得你上當。」那喇嘛將信將疑，眼見他隨手一拳便打死了師兄，武功果然深不可測，一時不敢貿然上前，更不敢舉刀往他頭上砍去。韋小寶道：「你武功太低，我決不還手就是。不過你只能砍我的頭，可不能斬我胸口。我年紀小，胸口的護體神功還沒練成，你一刀斬在我胸口，非殺了我不可。」

那喇嘛斜眼看他，問道：「你腦袋當眞不怕刀砍？」韋小寶摘下帽子，道：「你瞧，我的辮子已經練斷了，頭髮越練越短，頭頂和頭頸中的神功已經練成。等到練得頭髮一根都沒有了，你就是砍在我胸口也不怕了。」他在少林寺、清涼寺出家，頭髮剃得精光，這時長起還不過一寸多長。當時除了和尚和天生禿頭之外，男子人人都留辮子，似他這般頭上只長一寸頭髮，確是世間所無。至於頭髮越練越短云云，是他記起了當日在康親王府中，見到吳應熊那些「金頂門」隨從的情景。

那喇嘛見了，更多信了幾分，又知武林中確有個「金頂門」，鐵頭功夫十分厲害，說道：「我不信你腦袋經得起我刀砍。」韋小寶道：「我勸你還是別試的好，這一刀反彈過來，你的吃飯傢伙就不保了。」那喇嘛道：「我不信！站著別動，我要砍你！」說著舉起了戒刀。

韋小寶見到刀光閃閃，實是說不出的害怕，心想倘若他當眞一刀砍在自己頭上，別說腦袋一分爲二，連身子也非給剖成兩爿不可。只是一來不能眞的跟這喇嘛動手，除了使詐，別無脫身之法；二來他好賭成性，賭這喇嘛聽了自己一番恐嚇之後，不敢砍自己腦袋和項頸，這場賭，賭注是自己性命。

這時自己的生死，只在這喇嘛一念之間，然而是輸是贏，也不過跟擲骰子一般無異。何況這一場大賭是非賭不可的，倘若不賭，這喇嘛提刀亂砍，自己和白衣尼、阿珂三人終究還是會給他砍死，更何況阿珂這小美人正在目不轉睛的瞧著自己，想到這裏，忍不住向躺在地下的鄭克塽瞧了一眼，心道：「你是王府公子，跟我這婊子兒子相比，又是誰英雄些？他媽的，你敢不敢站在這裏，讓人家在腦袋上砍一刀？」

桑結用藏語叫道：「這小鬼甚是邪門，別砍他腦袋項頸。」

韋小寶道：「他說甚麼？他叫你不可砍我的頭，是不是？你們陰險狡猾，說過了話不算數，那可不行。」那喇嘛道：「不是，不是！大師兄叫我別信你吹牛，一刀把你的腦袋砍成兩半。」這「半」字一出口，一刀從半空中砍將下來。

韋小寶只嚇得魂飛天外，滿腔英雄氣概，霎時間不知去向，急忙縮頭，暗叫：「我命休矣！」不料這一刀砍到離他頭頂三尺之處，已然變招，戒刀轉了半個圈子，化成一招「懷中抱月」，迴刀自外向內，噗的一聲，砍在他背上。

這一刀勁力極大，韋小寶背上劇痛，立足不定，跌入那喇嘛懷中，右手匕首立即在他胸口連戳三下，低頭在他胯下爬了出來，叫道：「啊喲，啊喲，你說話不算數！」那喇嘛口中嗬嗬而叫，戒刀反將過來，正好砍在自己臉上，蜷縮成一團，扭了幾下，便不動了。

韋小寶本盼他這一刀砍在自己胸口，自己有寶衣護身，不會喪命，便可將四名喇嘛嚇得逃走，那知他不砍胸而砍背，將自己推入他懷中，正好乘機用匕首戳他幾劍，只是在對方胯下爬出，未免太過狼狽，臨危逃命，也顧不得英雄還是狗熊了。他大叫大嚷：

「師父，我背上的神功也練成啦，你瞧，咳，咳……這一刀反彈過去，殺死了他，妙極，妙極！」

其實戒刀反彈，那喇嘛臉上受傷甚輕，匕首所戳的三下才是致命之傷。但桑結等三人那知其中關竅，只道眞是戒刀反彈殺人，只嚇得縱出數丈之外，高聲叫喚那喇嘛的名字。

韋小寶穿有護身寶衣，白衣尼是知道的，阿珂曾兩次砍他不傷，這一次倒也不以爲奇，但他竟敢用腦袋試刀，不禁都佩服他的膽氣。只是韋小寶剛才這一下只嚇得尿水長流，褲襠中淋淋漓漓，除他自己之外，卻誰也不知道了。那喇嘛這一刀勁力甚重，撞得他背上肋骨幾乎斷折，靠在草堆之上，忍不住呻吟。

白衣尼道：「快給他服『雪參玉蟾丸』。」阿珂向韋小寶道：「藥丸呢？」韋小寶道：「在我懷裏，我可活不了啦。」阿珂從他懷中取出玉瓶，拔開塞子，取出一顆丸藥，塞上塞子，將玉瓶放回他懷中，說道：「快吃了罷！」韋小寶伸手去接，卻假裝提不起手來。阿珂無奈，只得送入他嘴裏。韋小寶見到她雪白粉嫩的小手，藥丸一入口，立即伸嘴去吻。阿珂急忙縮手，卻已給他在手背上吻了一下，「啊」的一聲叫了出來。

韋小寶大聲道：「師父，這些喇嘛說話如同放狗屁。講好砍我的頭，卻砍我背心。現下還賸下三個，弟子就用『隔山打牛神拳』，將他們都打死了罷！」

桑結等聽了，又退了幾步。三名喇嘛商議了幾句，取出火摺，點燃幾束麥桿，向草堆擲將過來。起初三束草落在空處，桑結又點了一束，奔前數丈，使勁擲出，雙掌虛拍護身，以防韋小寶使「神拳」襲擊，隨即飛身退回。

草堆一遇著火，立時便燒了起來。韋小寶拉白衣尼從草堆中爬出，四下張望，見西首山石間似有一洞，當下不及細看，道：「阿珂，你快扶師父到那邊山洞去躲避，我擋住這些喇嘛。」向桑結走上兩步，叫道：「你們好大膽子，居然不怕小爺的『隔山打牛神拳』、『護頭金頂神功』。桑結，你是頭腦，快上來吃小爺兩拳。」

桑結甚是持重，一時倒也真的不敢過來，但想到經書要緊，而十名師弟俱都喪命，倘若就此罷手，一世英名，更有何剩？眼見白衣尼步履緩慢，要那小姑娘扶著行走，若非受傷，便是患病，那正是良機，難道連眼前這一個小孩子也鬥不過？只是他武功怪異，中人立斃，一時遲疑不決。

韋小寶一轉頭，見白衣尼和阿珂已走近山洞，回過頭來，叫道：「你不敢跟我比武，老子要過來殺人了，你們還不逃走？」這句話可露了馬腳，桑結心想：「你真有本事殺我，何不就此衝過來？叫我逃走，便是怕了我。」一陣獰笑，雙手伸出，全身骨骼格格作響，走上兩步。

韋小寶暗叫：「糟糕！這一次卻用甚麼詭計殺他？」這時身後草堆已燒得極旺，即將燒到身上，尋思：「老子先躲到山洞之中，慢慢再想法子。」想到躲入山洞，心中便是一喜，山洞中倘若暗不見物，又好向阿珂動手動腳了。一彎腰，從死喇嘛手中將呼巴音的那隻手掌拿了過來，放入懷中，見桑結又走上幾步，便大聲叫道：「這裏太熱，老子神功使不出，你有種的，就到那邊去比比。」說著轉身奔向山洞，鑽了進去。

只見白衣尼和阿珂已坐在地下，這山洞其實只是山壁上凹進去的一塊，並無可資躲避之處，洞中也不黑暗，阿珂靠著白衣尼而坐，要想摸手摸腳，絕無可能，不由得微感失望。

桑結和兩名喇嘛慢慢走到洞前，隔著三丈站定。桑結叫道：「你們已走上了絕路，無路可逃，拿火把來。」兩名喇嘛撿起一束束麥桿，交在他手中。

韋小寶道：「很好，你快將火把丟過來，且看燒不燒死我們。那部《四十二章經》，燒起來倒快得很。」

桑結高舉火束，正要投擲入洞，聽他這麼說，覺得此話不錯，要燒死三人，那部經書卻也毀了，便擲下火把，叫道：「快把經書交出來，佛爺慈悲爲懷，放你們一條生路。」

韋小寶道：「你向我師父磕十八個響頭，我師父慈悲爲懷，放你們一條生路。」

桑結大怒，拾起火束，投到洞前。一陣濃煙隨風捲入洞中，韋小寶和阿珂都給薰得雙目流淚，大咳起來。白衣尼呼吸細微緩慢，卻不受嗆。另外兩名喇嘛紛紛投擲火束。

韋小寶道：「師太，那部經書已沒有用了，便給了他們，來個緩……緩將之計。」

阿珂道：「緩兵之計。」韋小寶道：「他們又不是兵。」阿珂連聲咳嗽，沒法跟他爭辯。白衣尼道：「也好。」將經書交了給他。

韋小寶大聲道：「經書這裏倒有一部，我拋出來了。拋在火裏燒了，可不關我事。」桑結聽他答允交出經書，心中大喜，生怕經書落在火中燒了，當即拾起幾塊大石，拋在火束上。他勁力既大，投擲又準，火束登時便給大石壓熄。

韋小寶見他投擲大石的勁力，不由得吃驚，心想：「倘若他將大石向山洞中投來，我們三人都給他砸死了，經書卻砸不壞。這主意可不能讓他想到。」

桑結叫道：「快將經書拋出來。」

韋小寶道：「很好，很好！我師父說，你們想讀經書，是佛門的好弟子，吩咐我不可傷害你們……」一面說，一面抽出匕首，將呼巴音的手掌切成數塊，放在經書上，從懷中取出那瓶「化屍粉」，在斷掌的血肉中撒下一些粉末。他身子遮住了白衣尼和阿珂的眼光，不讓她們見到，大聲道：「我師父說，這部《四十二章經》，是從北京皇宮裏取出來的，十分寶貴。聽說其中藏有重大秘密，參詳出來之後，便可昌盛佛教，使得普天下人人都信菩薩，男的都做和尚，女的都做尼姑，小孩子便做小和尚、小尼姑，老頭兒……」他說話之時，斷掌漸漸化為黃水，滲入經書。

桑結聽得這部經書果然是從皇宮得來，其中又藏有重大秘密，登時心花怒放，知道

「昌盛佛法」云云，顯非實情，生怕他不肯交出經書，口中便胡亂敷衍，說道：「昌盛佛法，光大本教，那好得很啊。」

韋小寶道：「我師父讀了之後，想不出其中秘密，現下把這經書給你，請你好好想想。倘若發見了其中秘密，你務必要遍告普天下和尙廟、尼姑庵，可不許自私，只興旺你們的喇嘛教。你答允不答允？」桑結笑道：「自然答允，請你師父放心好啦。」韋小寶道：「你如想不出，就交到少林寺去。少林寺的和尙想不出，請他們交到五台山清涼寺。清涼寺的和尙想不出，就交到揚州的禪智寺去。一個交一個，總之要找到經書中的秘密爲止。」

桑結道：「好啦，我必定辦到。」心道：「這尼姑只道經書中的秘密和佛法有關，幸虧她不明眞相，否則怎肯輕易交出？哼，得了經書之後，再慢慢想法子治死你們。」

韋小寶又道：「我師父說，你唸完這部《四十二章經》後，如心慕佛法，還想再唸，你可再來找她老人家，我們還有金剛經、法華經、心經、大般若經、小般若經、長阿含經、短阿含經、不長不短中阿含經、老阿含經、少阿含經……」一連串說了十幾部佛經的名字，都是他在少林寺、清涼寺出家時聽來的，其中自不免說錯了不少。

桑結不耐煩起來，卻又不敢逕自過去強搶，既怕白衣尼的神拳，又怕他們將經書毀了，只得隨口敷衍，說道：「是了，我唸完這部經後，再向你師父借就是了。」

韋小寶見斷掌血肉已然化盡，所化的黃水浸濕了經書內外，當即除下鞋子套在手上，拿起經書抛了出去，叫道：「《四十二章經》來了。」

桑結大喜，縱身而前，伸手欲取，忽然心想：「這經書十分寶貴，那有如此輕易便得到了，莫非其中有詐？只怕他乘我去拿經書，便即發射暗器。」一遲疑間，兩名喇嘛已將經書拾起，說道：「師兄，是不是這部經書？」桑結道：「到那邊細看，別要上當，弄到一部假經。」兩名喇嘛道：「是。師兄想得周到，可別讓他們蒙騙過去。」

三人退出數丈，忙不迭的打開書函，翻閱起來。桑結道：「經書濕了，慢慢的翻，別弄破了紙頁。瞧樣子倒不像是假，跟那人所說果然一模一樣。」一名喇嘛叫道：「是了，大師兄，正是這部經書。」

韋小寶聽到他們大聲說話，雖不懂藏語，但語氣中欣喜異常的心情，卻也聽得出來，叫道：「喂喂，你們臉上怎麼有蜈蚣？」

兩名喇嘛一驚，伸手在臉上摸了幾下，沒甚麼蜈蚣昆蟲，罵道：「小頑童就愛胡說。」桑結修爲甚深，頗有定力，聽得韋小寶叫嚷時不覺臉上有蟲豸爬動，便不上他當，只凝神翻閱經書。

韋小寶又叫：「啊喲，啊喲，十幾隻蝎子鑽進你們衣領去了。」這一次兩名喇嘛再不上當。一人道：「這頑童見我們得到經書，心有不甘，說些怪話來騙人。這小賊殺了咱們兩個師弟，可不能就此饒他性命。」另一人卻似頸中有些痲癢，伸手去搔了幾把，只搔得幾下，突覺十根手指都癢不可當，當下在手臂上擦了幾擦。

這時桑結和另一名喇嘛也覺手指發癢，一時也不在意，過得半晌，竟然癢得難以忍耐，提起一看，只見十根指尖都滲出黃水。三人齊聲叫道：「奇怪，那是甚麼東西？」兩名喇嘛只覺臉上也大癢起來，當即伸指用力搔爬，越搔越癢，又過片刻，臉上也滲出黃水來。

桑結突然省悟，叫道：「啊喲，不好，經書上有毒！」使力將經書抛落，只見自己手指上一粒粒黃水，猶如汗珠般滲將出來，大驚之下，忙在地下泥土擦了幾擦，但見兩名師弟使勁在臉上搔抓，一條條都是血痕。

韋小寶從海大富處得來的這瓶化屍粉十分厲害，沾在完好肌膚之上絕無害處，但只須碰到一滴血液，血液便化成黃水，腐蝕性極強，化爛血肉，又成爲黃色毒水，越化越多，便似火石上爆出的一星火花，可將一個大草料場燒成飛灰一般。這化屍粉遇血而成毒，可說是天下第一毒藥，最初傳自西域，據傳爲宋代武林怪傑西毒歐陽鋒所創，係以十餘種毒蛇、毒蟲的毒液合成。母毒既成，此後不必再製，只須將血肉化成的黃色毒水晒乾，便成化屍毒粉了。

兩名喇嘛搔臉見血，頃刻間臉上黃水淋漓，登時大聲號叫，又痛又癢，摔倒在地，不住打滾。桑結僥倖沒在臉上搔那一搔，但十根手指也奇癢入骨，當即脫下外衣，裹起經書，夾在脅下，飛奔而去，急欲找水來洗去指上毒藥。兩名喇嘛癢得神智迷糊，舉頭在巖石上亂撞，撞得幾下，便雙雙暈去。

白衣尼和阿珂見了這等神情，都驚訝無已。韋小寶只見過化屍粉能化去屍體，不知用在活人身上是否生效，危急之際，只好一試，居然一舉成功，也幸好有了呼巴音那隻斷掌作爲引子，倘若只將化屍粉撒在經書之上，便一無用處了。他本來只想拿斷掌再去撫摸阿珂，豈知竟成此大功。

他見桑結遠去，兩名喇嘛暈倒，忙從山洞中奔出，拔出匕首，想在每人身上戳上兩刀。奔到臨近，只見兩名喇嘛臉面已然腐爛見骨，不用自己動手，不多時全身便會化成兩攤黃水。當下走到鄭克塽身邊，笑道：「鄭公子，我這門妖法倒很靈驗，你要不要嘗嘗滋味？」

鄭克塽見到兩名喇嘛的可怖情狀，聽韋小寶這麼說，大吃一驚，向後急縱，握拳護身，叫道：「你……你別過來！」

阿珂從山洞中出來，對韋小寶怒喝：「你……你想幹甚麼？」韋小寶笑道：「我嚇嚇他的，要你躭甚麼心？」阿珂怒道：「不許你嚇人！」韋小寶道：「你怕嚇壞了他麼？」阿珂道：「好端端的幹麼嚇人？」韋小寶招招手道：「你過來看。」

阿珂道：「我不看。」嘴裏這樣說，還是好奇心起，慢慢走近，低眼看時，不由得大吃一驚，尖聲叫了出來，只見兩名喇嘛臉上肌肉、鼻子、嘴唇都已爛去，只賸下滿臉白骨，四個窟窿，但頭髮、耳朵和項頸以下的肌肉卻尚未爛去。

世上自有生人以來，只怕從未有過如此可怖的兩張臉孔。阿珂一陣暈眩，向後便倒。韋小寶忙伸手扶住，叫道：「別怕，別怕！」阿珂又是一聲尖叫，逃回山洞，喘氣道：「師父，師父，他……他把兩個喇嘛弄成了……弄成了妖怪。」

白衣尼緩緩站起，阿珂扶著她走到那兩名喇嘛身旁，自己卻閉住了眼，不敢再看。白衣尼見到這兩個白骨骷髏，不禁打一個突，再見到遠處又有三名喇嘛的屍體，不禁長嘆，抬起頭來。此刻太陽西沉，映得半邊天色血也似紅，心想這夕陽所照之處，千關萬山，盡屬胡虜，若要復國，不知又將殺傷多少人命，堆下多少白骨，到底該是不該？

風際中抓住鄭克塽的雙手，順勢一揮，將他擲出七八丈遠，叫道：「接住了！」天地會羣雄紛紛大呼奔去，一個接住之後，又擲給另一個，鄭克塽身在空中，始終沒落地。

第二十七回　滇海有人聞鬼哭　棘門此外盡兒嬉

白衣尼出神半晌，見韋小寶笑嘻嘻的走近，知他在經書上下了劇毒，嘆道：「若不是你聰明機警，今日我難免命喪敵手，那也罷了，只恐尚須受辱。但殺人情非得已，實屬無可奈何，不用這般開心。」韋小寶收起笑臉，應了聲：「是。」白衣尼又道：「這等陰毒狠辣法子，非名門正派弟子所當爲，危急之際用以對付奸人，事出無奈，今後可不得胡亂使用。」韋小寶又答應了，說道：「這些法子，我今日都是第一次使。實在我武功也太差勁，不能跟他們光明正大的打一架，否則男子漢大丈夫，贏要贏得漂亮，豈能使這等胡鬧手段？」

白衣尼向他凝視半晌，問道：「你在少林寺、清涼寺這許多時候，難道寺中高僧師父，沒傳你武功麼？」韋小寶道：「功夫是學了一些的，可惜晚輩學而不得其法，只學了些招式皮毛，卻沒練內功。」白衣尼向阿珂瞧了一眼，問道：「那爲甚麼？」韋小寶道：「來不及練。」白衣尼道：「甚麼來不及？」韋小寶道：「阿珂姑娘因弟子冒犯了她，要殺我，時機緊迫，只好胡亂學幾招防身保命。」

白衣尼點點頭，道：「剛才你跟那些喇嘛說話，不住口的叫我師父，那是甚麼意思？」韋小寶臉上一紅。阿珂搶著道：「師父，他心中存著壞主意，想拜你爲師。」白衣尼微微一笑，道：「想拜我爲師，也不算甚麼壞主意啊。」阿珂急道：「不是的。」她知韋小寶想拜白衣尼爲師，眞意只不過想整日纏著自己而已，但這話卻說不出口。

白衣尼向韋小寶道：「你叫我師父，也不能讓你白叫了。」韋小寶大喜，當即跪下，恭恭敬敬的磕了八個響頭，大聲叫道：「師父！」

白衣尼微微一笑，道：「你入我門後，可得嚴守規矩，不能胡鬧。」韋小寶道：「是。弟子只對壞人胡鬧，對好人一向規規矩矩。」

阿珂向他扮個鬼臉，伸了伸舌頭，心中說不出的氣惱：「這小惡人拜了師父爲師，從此再也不能殺他，老是纏在我身旁，趕不開，踢不走，當眞頭痛之極了。」

白衣尼先前受六名喇嘛圍攻，若非韋小寶相救，已然無倖，此後桑結等七喇嘛追到，自己唯有束手待擒，情勢更加凶險。她雖年逾四旬，相貌仍是極美，落入這些惡喇嘛手中，勢必遭受極大侮辱。她知喇嘛教是大乘教法，弘揚佛義，西藏、青海、蒙古的喇嘛也大都爲高僧大德，但自滿清入主中原，寵信喇嘛，教中混入了不少奸惡之徒，違背佛教正義，胡作非爲，其實與密宗的正宗喇嘛教無關。天幸這小孩兒詭計多端，將敵人一一除去，保全了自己清白之軀，心中的感激實是無可言喻，眼見韋小寶拜師之心切，便答允了他，心想小孩兒家頑皮胡鬧，不足爲患，受了自己薰陶調教，日後必可在江湖上立身揚名。

按照武林中規矩，韋小寶既已入了陳近南門下，若不得師父允可，決不能另行拜師，但他於這些門規一概不知，就算知道，這時候也必置之不理。白衣尼既肯收他入門，就能時時和阿珂見面，就算康熙跟他調個皇帝來做，那也是不幹的了。他學武之心甚懶，想到跟白衣尼學武，多半要下苦功，不免頭痛，然而只要能伴著阿珂，再苦的事也能甘之如飴，這八個頭磕過，不由得心花怒放，當眞如天上掉下了寶貝來一般。

白衣尼見他歡喜，還道他是爲了得遇明師，從此能練成一身上乘武功，倘若知道他的眞心用意，只怕一腳踢他八個觔斗，剛剛收入門下，立即開革。

阿珂小嘴一扁，道：「師父，你瞧他高興成這個樣子，眞是壞得到了家。」韋小寶道：「一位武功當世第一的高人收我爲徒，我自然高興得不得了。」白衣尼微笑道：「我並非武功當世第一，不可胡說。你既入我門，爲師的法名自須知曉。我法名九難，我們這門派叫做鐵劍門。你師祖是位道人，道號上木下桑，已經逝世。我雖是尼姑，武功卻是屬於道流。」韋小寶道：「是，弟子記住了。」

白衣尼九難又道：「阿珂，你跟他年紀誰大些？」阿珂道：「自然是我大。」韋小寶道：「我大。」九難道：「好了，兩人別爭，先進師門為大，以後兩個別『阿珂姑娘』、『小惡人』的亂叫，一個是陳師姊，一個是韋師弟。」韋小寶大聲叫道：「陳師姊。」阿珂哼了一聲，礙著師父，不敢斥罵，卻狠狠白了他一眼。

九難道：「阿珂，過去的一些小事，不可老是放在心上。這次小寶相救你我二人有功，就算他曾得罪過你，那也抵償有餘了。」說到這裏，輕輕嘆了口氣，心想：「這孩子聰明伶俐，只可惜幼遭不幸，是個太監。」又道：「小寶從前受人欺凌，被迫做了太監，你做師姊的當憐他孤苦，多照看著他些。這樣也好，彼此沒男女之分，以後在一起不須顧忌，方便得多。不過這件事可跟誰也不許說。」

阿珂答應了，想到這小惡人是個太監，過去對自己無禮，也不大要緊，心中氣惱稍平，轉頭叫道：「鄭公子，你受了傷麼？」

鄭克塽一跛一拐的走近，說道：「還好，只腿上扭了筋。」想到先前把話說得滿了，自稱對付幾名喇嘛綽綽有餘，事到臨頭，竟一敗塗地，全仗這小孩退敵，不由得滿臉羞慚。

阿珂道：「師父，咱們怎麼辦？還去河間府嗎？」九難沉吟道：「去河間府瞧瞧也好，只是須防那桑結喇嘛去而復來，眼下我又行動不便。」韋小寶道：「師父，你們且在這裏休息，我去找大車。」

韋小寶大車沒找到，卻向農家買來一輛牛車，請九難等三人坐上，趕著牛車緩緩而行，幸喜桑結沒再出現。到得前面一個小市集，棄了牛車，改僱兩輛大車。

路上韋小寶定要師父再多服幾粒「雪參玉蟾丸」。九難內力深厚，兼之得靈藥助力，內傷痊愈甚快。兩日之後的正午時分，到了河間府。

投店後，鄭克塽便出去打探消息，過了一個多時辰，垂頭喪氣的回來，說道在城中到處探問「殺龜大會」之事，竟沒一人得知。

九難道：「『殺龜大會』原來的訊息，公子從何處得來？」鄭克塽道：「兩河大俠馮不破、馮不摧兄弟請天地會送信去臺灣，請我父王派人主持『殺龜大會』，說道大會定本月十五在河間府舉行，今兒是十一，算來只差四天了。」九難點點頭，緩緩的道：「馮氏兄弟？那是華山派的。」抬頭望著窗外，想起了昔年之事。

鄭克塽道：「父王命我前來主持大會，料想馮氏兄弟必定派人在此恭候迎迓，那知……哼……」神色甚是氣惱。九難道：「說不定韃子得到了訊息，有甚異動，以致馮氏兄弟改了日子地方。」鄭克塽悻悻的道：「就算如此，也該通知我啊。」

正說話間，店小二來到門外，說道：「鄭客官，外面有人求見。」鄭克塽大喜，急忙出去，過了好一會，與匆匆的進來，說道：「馮氏兄弟親自來過了，著實向我道歉。他們說知道我帶了二十幾人來，這幾天一直在城外等候迎接，那知我們神不知、鬼不覺的來到了城裏。現下已擺設了大宴，爲我們洗塵接風，請大家一起去罷。」九難搖頭道：「鄭公子一個兒去便是，也別提到我在這裏。」鄭克塽有些掃興，道：「師太既不喜煩擾，那麼請陳姑娘和韋兄弟同去罷。」九難道：「他們也不用去了，到大會正日，大家齊去赴會便是。」

這晚鄭克塽喝得醉醺醺的回來。到了半夜，他的二十多名伴當也尋到了客店，只是每個人手足上都綁了木板綳帶，看來大是不雅。

次日一早，鄭克塽向九難、阿珂、韋小寶三人大講筵席中的情形，說道馮氏兄弟對他好生相敬，請他坐了首席，不住頌揚鄭氏在臺灣獨豎義旗，抗拒滿清。

九難問起有那些人前來赴會。鄭克塽道：「來的人已經很多，這幾天陸續還有得來，定了十五半夜，在城西十八里的槐樹坪集會。半夜集會，是防清廷耳目。其實馮氏兄弟過於把細，有這許多英雄好漢在此，就有大隊清兵來到，也殺他們個落花流水。」九難細問與會英豪的姓名，鄭克塽卻說不上來，只道：「一起吃酒的有好幾百人，爲頭的幾十人一個個來向我爲父王敬酒，他們自己報了門派姓名，一時之間，可也記不起那許多。」九難就不言語了，心想：「這鄭公子徒然外表好看，卻沒甚麼才幹。」

在客店中又休養得幾日，九難傷勢已愈。她約束阿珂和韋小寶不得出外亂走，以免遇上武林人物，多生事端。鄭克塽卻一早外出，直到半夜始歸，每日均有江湖豪俠設宴相請。

到得十五傍晚，九難穿起韋小寶買來的衣衫，扮成個中年婦人，頭上蒙以黑帕，臉上塗了黃粉，雙眉畫得斜斜下垂，再也認不出她本來面目。韋小寶和阿珂則是尋常少年少女的打扮。鄭克塽卻一身錦袍，取去了假辮子，竟然穿了明朝王公的冠戴，神采奕奕。九難久已不見故國衣冠，見了他的服色，又歡喜，又感慨。阿珂瞧著他丰神如玉的模樣，更心魂俱醉。只韋小寶自慚形穢，肚裏暗暗罵了十七八聲「繡花枕頭王八蛋」。

一更時分，延平王府侍從趕了大車，載著四人來到槐樹坪赴會。那槐樹坪羣山環繞，中間好大一片平地，原是鄉人趕集、賽會、做社戲的所在。平地上已黑壓壓的坐滿了人。

鄭克塽一到，四下裏歡聲雷動，數十人迎將上來，將他擁入中間。九難自和阿珂、韋小寶遠遠坐在一株大槐樹下。這時東西南北陸續有人到來，草坪上聚集的人越來越多。韋小寶心想：「吳三桂這奸賊結下的怨家也眞多。我們天地會和沐王府打賭，看是誰先殺了他。這王八蛋仇家千千萬萬，如有人先下了手，天地會和沐王府都不免輸了。」

一輪明月漸漸移到頭頂，草坪中一個身材魁梧、白鬚飄動的老者站起身來，抱拳說道：「各位英雄好漢，在下馮難敵有禮。」羣雄站起還禮，齊聲道：「馮老英雄好。」

九難低聲道：「他是馮氏兄弟的父親。」想起在華山之巔，曾和他有一面之緣，那時她以「阿九」之名和江湖豪俠相會，還是個十幾歲的少女。其時馮難敵方當盛年，今日卻已垂垂老矣。他師祖穆人清、師父銅筆鐵算盤黃眞想來均已不在人世，至於他師叔袁承志呢？這人她當年對之刻骨相思，可是二十幾年來，從沒得過他一點訊息。她這些年來心如古井不波，今晚乍見故人，不由得千思萬緒，驀地裏都湧上心來。

韋小寶見她眼眶中淚水瑩然，心想：「師父見了這馮老頭，爲甚麼忽然想哭，難道這老頭是她舊情人麼？我不妨從中撮合，讓她和老情人破甚麼重圓。不過師父年紀這樣輕，不會愛上這老頭兒罷。」

只聽得馮難敵聲音洪亮，朗朗說道：「衆位朋友，咱們今日在此相聚，大夥兒都知是爲了一件大事。我大明江山爲韃子所佔，罪魁禍首，乃是那十惡不赦、罪該萬死的……」

四下羣豪一齊叫道：「吳三桂！」衆人齊聲大叫，當眞便如雷轟一般，聲震羣山。跟著有的大叫：「大漢奸！」有的大叫：「龜兒子！」有的大叫：「王八蛋！」有的大叫：「我操他十八代祖宗！」

眾人罵了一陣，聲音漸漸歇了下來，突然有個孩子聲音大聲叫道：「我操他十九代祖宗的奶奶！」羣雄本來十分憤恨，突然聽到這句罵聲，忍不住都哈哈大笑。

這一聲叫罵，正是韋小寶所發。阿珂嗔道：「怎麼說這般難聽的話？」韋小寶道：「大家都罵，我爲甚麼罵不得？」阿珂道：「人家那有罵得這麼難聽的？」韋小寶微微一笑，便不言語了，心道：「再難聽十倍的話，也還多得很呢。」

馮難敵道：「大漢奸罪大惡極，人人切齒痛恨。那位小兄弟年紀雖幼，也知恨不得生食其肉，死寢其皮。今晚大夥兒聚集在此，便是要商議一條良策，如何去誅殺這奸賊。」

當下羣雄紛紛獻計。有的說大夥兒一起去到雲南，攻入平西王府，殺得吳三桂全家鷄犬不留；有的說吳賊手下兵馬衆多，明攻難期必成，不如暗殺；有的說假如一刀殺了，未免太過便宜了他，不如剜了他眼睛，斷他雙手，令他痛苦難當；有的說還是用些厲害毒藥，毒得他全身腐爛。

有個中年黑衣女子說道：最好將吳三桂全家老幼都殺了，只剩下他一人，讓他深受寂寞凄涼之苦。另一個中年男子道：他投降清朝，是爲了愛妾陳圓圓爲李闖所奪，不如去將陳圓圓擄了來，讓他心痛欲死。又有人道：吳賊雖然好色，但最愛的畢竟是權位富貴，最好是讓他功名富貴、妻子兒女都一無所有，淪落世上，卻偏偏不死。數百名豪傑大聲喝采，齊說：「如此懲罰，才算罰得到了家。」一條漢子說道：「清廷韃子對他十分寵幸，這賊子官封平西王，權勢薰天，殺他妻子兒女已然不易，要除去他的功名富貴，更是難如登天。」

有個雲南人站起身來，述說吳三桂如何在雲南欺壓百姓、殺人如麻的種種慘事，只聽得羣雄更加義憤塡膺，熱血如沸。好幾人都道，讓吳三桂在雲南多掌一天權，便多害死幾個無辜百姓。但如何鋤奸除害，卻是誰也沒眞正的好主意。

這時馮難敵父子所預備下的牛肉、麵餅、酒水，流水價送將上來，羣豪歡聲大作，大吃大喝起來。這些豪士酒一入肚，說話更加肆無忌憚，異想天開。

有人說道：將陳圓圓擄來之後，要開一家妓院，讓吳三桂眞正做一隻大烏龜。

韋小寶一聽，大爲贊成，叫道：「這家妓院，須得開在揚州。」一名豪士笑道：「小兄弟，這主意要得。那時候你去不去逛逛啊？」韋小寶正待要說「自然要去」，一瞥眼見到阿珂滿臉怒色，這句話便不敢出口了。九難道：「小寶，別說這些市井下流言語。」韋小寶應道：「是。」心中卻想：「要開妓院，只怕這裏幾千人，沒一個及得老子在行。」

衆人吃喝了一會，馮難敵又站起來說道：「咱們粗魯武人，一刀一槍的殺敵拚命，那是義不容辭，於天下大事卻見識淺陋，現下請顧亭林先生指教。顧先生是當世大儒，國破之後，他老人家奔波各地，聯絡賢豪，一心一意籌劃規復，大夥兒都十分仰慕的。」

羣豪中有不少識得顧亭林，他的名頭更是十有八九都知，登時四下裏掌聲雷動。

人羣中站起一個形貌清癯的老者，正是顧亭林。他拱手道：「馮大俠如此稱讚，兄弟實在愧不敢當，剛才聽了各位的說話，個個心懷忠義，決意誅此大奸，兄弟甚是佩服。古人道：『衆志成城』，又有言道：『精誠所至，金石爲開』。大夥兒齊心合力，決意對付這罪魁禍首，任他有天大的本事，咱們也終能成功。」

羣雄鬨聲大叫：「對，對！一定能成功。」

顧亭林道：「衆位所提的計謀，每一條均有高見，只是要對付這奸賊，須得隨機應變，難以預擬確定的方策。依兄弟愚見，大夥兒分頭並進，相機行事。第一，當然是不可洩漏風聲，令這奸賊加緊防範；第二是不可魯莽，事事要謀定而後動，免得枉自送了性命；第三，大家都是好兄弟，不要爲了爭功搶先，自相爭鬥，傷了義氣。」

羣豪都道：「是，是，顧先生說得不錯。」

顧亭林道：「今日各門派、各幫會英雄好漢聚會。此後如各幹各的，力量太過分散，結成一個大幫呢，人數實在太多，極易爲韃子和吳賊知覺，不知各位有何良策？」

羣豪沉默了一會。一人說道：「不知顧先生高見如何？」

顧亭林道：「以兄弟之見，這裏天下十八省的英雄都有，咱們一省結成一盟，一共是一十八個殺龜同盟。唔，『殺龜盟』聽來不雅，不如稱爲『鋤奸盟』如何？」

羣豪紛紛鼓掌叫好，說道：「讀書人說出來的話，畢竟和我們粗人大不相同。」

顧亭林來參與河間府「殺龜大會」之前，便已深思熟慮，心覺羣豪齊心要誅殺吳三桂，大家一鼓作氣，勇往直前，要殺了他也未必不能成事。但眞正大事還不在殺這漢奸，而是要驅除胡虜，光復漢家江山。如爲了誅殺一人而致傷亡重大，大損元氣，反而於光復大業有害。學武之人門戶派別之見極深，要這數千英豪統屬於一人之下，勢難辦到。大家爲了爭奪「盟主」之位，不免明爭暗鬥，多生嫌隙。失敗之人倘若心胸狹隘，說不定還會去向清廷或吳三桂告密。但如分成一十八省，各舉盟主，既不會亂成一團，無所統轄，而每省推舉一位盟主也容易得多。這十八省的「鋤奸盟」將來可逐步擴充，成爲起義反清的骨幹。他一倡此議，聽得羣豪立表贊成，甚爲欣慰。

馮難敵道：「顧先生此議極是高明。衆位既無異議，咱們便分成一十八省，各組『鋤奸盟』，每省推舉一位盟主。咱們分省之法，不依各人本身籍貫，而是瞧那門派幫會的根本之地在甚麼省。例如少林寺的僧俗弟子，不論是遼東人也好，雲南人也好，都屬河南省。華山派弟子都屬陝西省。衆位意下如何？」

羣豪均道：「自該如此。否則每一門派、幫會之中，各省之人都有，分屬各省，那是一團糟了。」

有一人站起來說道：「像我們天地會，在好幾省中都有分堂，總舵的所在卻遷移無定。請問該當如何歸屬？」韋小寶見說話之人乃是錢老本，心想：「原來他也來了。不知我青木堂的兄弟們來了幾人。」

馮難敵低聲和顧亭林商議了幾句，朗聲道：「顧先生說：天地會廣東分堂的衆位英雄屬廣東，直隸分堂的屬直隸。咱們只結盟共圖大事，並非拆散了原來的門派幫會。『鋤奸盟』盟主的職責，只是就近聯絡本省英豪，以求羣策羣力。至於各門各派、各幫各會的事務，自然一仍其舊，盟主無權干預。各省盟主，也不是高過了各門派的掌門人、各幫會的幫主。」

羣豪之中本來有人心有顧慮，生怕推舉了各省盟主出來，不免壓低了自己，聽得馮難敵如此分剖明白，更無疑憂。當下一省省的分別聚集，自行推舉。

韋小寶道：「師父，咱們又算那一省？」九難道：「那一省都不算。我獨來獨往，不必加盟。」韋小寶道：「以您老人家的身分武功，原該做天下總盟主才是。」九難「嘿」的一聲，道：「這些話以後不可再說，給人聽見了，沒的惹人恥笑。」

在她心中，與會羣雄之中，原無一人位望比她更尊。這大明江山，本來便是她朱家的。說到武學修爲，她除了學得木桑道人所傳的鐵劍門武功之外，十餘年前更得奇遇，百尺竿頭又進一步，與當年木桑道人相比，也已遠遠的青出於藍，環顧當世，除了那個不知所蹤的袁承志之外，只怕再無抗手了。

草坪上羣雄分成一十八堆聚集。此外疏疏落落的站著七八十人。那都是和九難相類的奇人逸士，既不願做盟主，也不願奉人號令。顧亭林和馮難敵明白這些武林高人的脾氣習性，也不勉強，心想他們既來赴會，遇上了事，自會暗中伸手相助。

過不多時，好幾省的盟主先行推舉了出來。河南省是少林寺方丈晦聰禪師，湖北省是武當派掌門人雲雁道人，陝西省是華山派掌門人「八面威風」馮難敵，雲南省是沐王府的沐劍聲沐公子，福建省是延平郡王的次公子鄭克塽，都是衆望所歸，一下子就毫無異議的推出。其他各省有些爭執了一會，有些爭持不決，請顧亭林過去秉公調解，終於也一一推了出來。其中三省由天地會的分堂香主擔任盟主，天地會可算得極有面子。

當下各省盟主聚齊在一起，但一點人數，卻只一十三位，原來晦聰禪師、雲雁道人等都沒赴會，由其門人弟子代師參預。馮難敵朗聲說道：「現下一十八省盟主已經推出，兄弟不當衆宣布各位盟主的尊姓大名，以免洩漏機密。」衆盟主商議了一會，馮難敵又道：「咱們恭請顧亭林先生與天地會陳總舵主兩位，爲一十八省『鋤奸盟』的總軍師。」羣雄歡聲雷動。韋小寶聽師父如此得羣豪推重，做了「鋤奸盟」總軍師，十分得意。

當下各省豪傑分別商議如何誅殺吳三桂，東一堆、西一簇，談得甚是起勁。

九難帶了韋小寶、阿珂回到客店，次日清晨便僱車東行。九難知道羣雄散歸各地，一路上定會遇上熟人，是以並不除去喬裝。

韋小寶見鄭克塽不再跟隨，心下大喜，不住口的談論昨晚「殺龜大會」之事。阿珂聽他說了一會，白了他一眼，道：「我知道你爲甚麼這樣高興。」韋小寶道：「你眞聰明，猜得很對。有這許多人要去殺吳三桂，那有不成功之理？我自然開心得很了。」阿珂道：「哼，你才不爲這個高興呢。你的心有這麼好？」韋小寶道：「這倒奇了，那我爲甚麼高興？」阿珂道：「只因爲鄭公子……鄭公子……」

韋小寶見她神色懊惱，故意激她一激，說道：「啊，是了。鄭公子確是好人，剛才我出去僱車，見他帶著四個美貌姑娘，有說有笑，見到我後，要我問候師父和你。」阿珂心中怦的一跳，道：「你……你怎不早說？他又說甚麼？」韋小寶道：「他說，這幾位女俠要到臺灣去玩玩，他就帶她們同去，說要盡甚麼地主之……之甚麼的。」阿珂咬牙道：「地主之誼。」韋小寶道：「對了，對了！原來師姊剛才跟在我後面，都聽見了。」阿珂怒道：「我才沒聽見呢。」說到這裏，聲音有些哽咽。

行出十餘里，身後馬蹄聲響，數十乘馬追了上來，阿珂臉上登現喜色。但這數十騎掠過大車，毫不停留的向東疾馳，阿珂臉色又暗了下來。韋小寶道：「可惜，可惜，不是！」阿珂道：「可惜甚麼？」韋小寶道：「可惜不是鄭公子追上來。」阿珂道：「他……他追上來幹甚麼？」韋小寶道：「或許他也請你去臺灣玩玩呢。」阿珂「哇」的一聲，哭了出來。

九難知道女徒的心事，斥道：「小寶，別老是使壞，激你師姊。」韋小寶心裏大喜，口中答應：「是，是。」又道：「天下的王孫公子，三妻四妾，八妻九妾，最沒良心。那四位美貌女俠，一到臺灣，我看很難回得出來。這位鄭公子到了山東、浙江、福建，只怕還得再帶幾個美女……」九難喝道：「小寶！」韋小寶道：「是，是。」

三人行到中午，在道旁一家小麵店中打尖，忽聽馬蹄聲響，又有數十騎自西而來。一行人來到麵店門外，下馬來到店中，有人叫道：「殺鷄，切牛肉，做麵，快，快！」紛紛坐下。韋小寶一看，原來都是熟人，徐天川、錢老本、關安基、李力世、風際中、高彥超、玄貞道人、樊綱一干天地會青木堂的好手全在其內。他想：「昨晚我在會中雖說了幾句話，罵了幾句人，但這麼許多人，亂嘈嘈的，他們離得我又遠，黑夜之中一定沒認出，否則當時怎麼不過來招呼？此刻我如上前相認，各種各樣的事說個不休，又見我另拜了師父，多半要不開心，不如裝作不見的爲妙。」當下側身向內，眼光不和他們相對。

過了一會，徐天川等所要的酒菜陸續送了上來。衆人提起筷子，正要吃喝，忽然馬蹄聲響，又有一夥人來到店中。有人叫道：「殺鷄，切牛肉，做麵，快，快！」

阿珂喜極而呼：「啊，鄭……鄭公子來了。」原來這一夥人是鄭克塽和他伴當。

鄭克塽聽得阿珂呼叫，轉頭見到了她，心中大喜，急忙走近，說道：「陳姑娘、師太，你們在這裏，我到處找尋你們不見。」

那麵店甚是窄小，天地會羣雄分坐六桌，再加上阿珂等三人坐了一桌，已無空桌。鄭府一名伴當向徐天川道：「喂，老頭兒，你們幾個擠一擠，讓幾張桌子出來。」

昨晚「殺龜大會」之中，鄭克塽身穿明朝服色，人人注目，徐天川等都認得他，天地會是延平郡王的部屬，原有讓座之意，只是這伴當言語甚爲無禮，衆人一聽，都心頭有氣。玄貞道人罵道：「他媽的，甚麼東西？」李力世使個眼色，低聲道：「大家自己人，別跟他一般見識，讓個座位無妨。」當下徐天川、關安基、高彥超、樊綱四人站起身來，坐到風際中一桌上去，讓了一張桌子出來。

這時鄭克塽已在九難的桌旁坐下。阿珂向韋小寶瞪了一眼，說道：「當面撒謊！又說鄭公子帶了四個甚麼女俠……」

韋小寶道：「鄭公子一到，你就不喜歡我坐在一起，又要說見到我便吃不下麵，那也不相干。」走到徐天川身旁坐下，低聲道：「大家別認我。」徐天川等一見，都又驚又喜。這些人個個都是老江湖，機警萬分，一聽他這麼說，立時會意，誰都不動聲色。韋小寶又低聲道：「咱們只當從沒見過面，徐三哥，你去跟大家說說。」徐天川站起身來，走到李力世一席上，低聲道：「本堂韋香主駕到，要大夥兒裝作素不相識。」李力世等頭也不回，自顧喝酒吃菜，心下均自欣喜，片刻之間，每一桌都通知到了。

那邊桌上鄭克塽興高采烈，大聲道：「師太，昨晚會中，衆家英雄推舉我做福建省的盟主。大家商議大事，直談到天亮。我到客店中一找，你們已經走了，一路追來，幸喜在這裏遇上。」九難道：「恭喜鄭公子。不過這等機密大事，別在大庭廣衆之間提起。」鄭克塽道：「是。好在這裏也沒旁人，那些鄉下粗人聽了也不懂的。」原來天地會羣雄都作了鄉農打扮，一個個赤了雙足，有的還提著鋤頭釘耙。昨晚會中人多，鄭克塽卻不認得。

韋小寶低頭吃麵，低聲說道：「這傢伙囂張得很，這幾天在河間府到處吹牛，說咱們天地會是他臺灣延平王府的下屬，說總舵主見了他，恭恭敬敬的連大氣也不敢喘上一口。又說咱們甚麼堂的香主蔡老哥，從前是他爺爺的馬夫，甚麼堂的香主李老哥，又是給他爺爺倒便壺的……」關安基怒道：「那有這等事！蔡香主、李香主雖曾在國姓爺部下，都是上陣打仗的軍官……」徐天川低聲道：「關夫子，小聲些。」關安基點點頭。韋小寶又道：「他還說了好多陰損咱們青木堂尹香主的壞話。旁人說尹香主早歸天了，這小子說：『是啊，這姓尹的武藝低微，人頭兒又次，我早知是個短命鬼……』」關安基怒極，舉掌往桌上重重拍落，徐天川手快，一把抓住他手腕。

韋小寶知道羣雄不肯得罪了延平王府的人，何況這小子是王爺的兒子，若非大肆挑撥，難以激得他們動手，眼見衆人惱怒，心下暗暗歡喜，臉上卻深有憂色，說道：「這小子胡說八道，本來也不打緊。只是他一路上招搖，說了咱們會中的許多機密大事，逢人便說切口，甚麼『地振高岡，一派溪山千古秀』，自稱是坐在紅花亭頂上的，總舵主燒六炷香，他自己便燒七炷香。聽的人不懂，他就詳細解說……」

羣雄一齊搖頭，會中這等機密如此洩漏出去，要是落入朝廷鷹爪耳中，天地會兄弟人人有性命之憂。眼見鄭克塽神色輕浮，所帶的伴當飛揚跋扈，這那裏還有假的？何況剛才便聽到他在對一個婦人大談昨晚「殺龜大會」中之事，得意洋洋的自稱當了福建省盟主。

韋小寶道：「我看咱們非得殺殺他的氣勢不可，否則大事不妙。」羣雄都緩緩點頭。韋小寶道：「請風大哥去揍他一頓，卻也別打得太厲害了，只教訓教訓他。待會我出來抱打不平，請風大哥假意輸了給我。」風際中微微點頭。韋小寶又道：「錢老闆，昨晚你在會中說過話，只怕這小子認得你。」錢老本低聲道：「是，我先避開了。」

鄭府衆伴當中兀自多人沒座位，一人見天地會羣雄的桌上尚有空位，在徐天川背上輕輕一推，道：「喂，那邊還有空位，你們再讓張桌子出來。」

徐天川跳起身來，罵道：「讓了一張桌子還不夠？老子最看不慣有錢人家的公子兒子，仗勢欺人。」一聲咳嗽，一口濃痰呼的噴出，向鄭克塽吐去。

鄭克塽正和阿珂說話，全沒提防，待得覺著風聲，濃痰已到頰邊，急忙一閃，還是落在頭頸之中，滑膩膩的甚為噁心。他忙掏出手帕擦去，大怒罵道：「幾個鄉下泥腿子這等無法無天，給我打！」一名伴當隨即向著徐天川便是一拳。

徐天川叫聲「啊喲」，不等拳頭打到面門，身子已向後摔出，假意跌得狼狽不堪，叫嚷：「打死人哪！打死人哪！」鄭克塽和阿珂哈哈大笑。

風際中站起身來，指著鄭克塽喝道：「有甚麼好笑？」鄭克塽怒道：「我偏要笑，你管得著麼？」風際中一伸手，啪的一聲，重重打了他一個耳光。鄭克塽又驚又怒，撲上去連擊兩拳。風際中左躲右閃，轉身逃出門外。

鄭克塽追了出去，向風際中迎面一拳，風際中斜身避開。風際中明白韋小寶的用意，要儘量讓這鄭公子出醜，壓低他的氣燄，只東一拳、西一腳的跟他遊鬥。

徐天川叫道：「咱們河南伏牛山好漢的威風，可不能折在這小傢伙手裏。」羣雄跟著吆喝，大家知道戲弄一下這少年雖然不妨，卻不能讓他認出眾人來歷，喝罵叫嚷的話也甚有分寸，沒半句辱及他家門。

李力世喝道：「咱們伏牛山這次出來做案，還沒發市，正好撞上這穿金戴銀的小子，把他抓了去，叫他老子拿一百萬兩銀子來贖票。」

鄭府眾伴當見公子一時戰不下這鄉下人，聽得眾人呼喝，原來是伏牛山的盜匪，當即取出兵刃，殺將過去。徐天川、樊綱、玄貞道人、高彥超、關安基、李力世等一齊出手，登時乒乒乓乓的打得十分熱鬧。鄭府那些伴當雖然都是延平王府精選的衛士，又怎及得上天地會羣雄，兼之數日前讓衆喇嘛折斷了手足，個個身上負傷，不數合間便給一一制服。天地會羣雄手下留情，只奪去他們兵刃，將之圍成一圈，執刀監視，並不損傷他們身子。

那邊鄭克塽鬥得十餘合，見風際中手腳笨拙，跌跌撞撞，似乎下盤極爲不穩，當下抖擻精神，將生平絕技盡數施展出來。他有心要在阿珂之前炫耀，以博美人青睞，揮拳生風，踢腿有聲，著著進逼。風際中神情狼狽，似已只有招架之功，往往在千鈞一髮之際避過。

阿珂瞧得心焦，不住低叫：「啊喲，可惜，又差了一點兒。」韋小寶走近前去，說道：「師父，你老人家身子未曾痊愈，這些大盜兇悍得緊，待會鄭公子如果落敗，你老人家別出手罷。」阿珂怒道：「你瞧他全然佔了上風，怎會打輸？眞是瞎三話四。」

九難微笑道：「這些人似乎對鄭公子並無惡意，只是跟他開開玩笑。這一位對手，武功可比鄭公子強得太多了。」阿珂不信，問道：「師父，你說那強盜的武功高過鄭公子？」九難微笑道：「那還用說？這人武功著實了得，只怕也未必是甚麼伏牛山的強盜。倘若他們眞是強盜，嘴裏就不會亂叫亂嚷，說甚麼要綁票做案。」

韋小寶心道：「畢竟師父眼光高明。」說道：「那麼弟子去勸他們別打了罷？」阿珂白了他一眼，道：「你有甚麼面子，甚麼本事？能勸得他們動？」韋小寶道：「這強盜武功雖高，拳腳中卻有老大破綻。鄭公子鬥他不下，我在十招之內，定可打得他落荒而逃。」

九難知他武功低微，但說不定又有甚麼希奇古怪的法子，足以制勝，說道：「這夥人看來不是壞人，不可傷了他們性命。」頓了一頓，又道：「那些下三濫的下蒙汗藥、放毒之類手段，若非面臨生死關頭，決不可使。你已是我鐵劍門的門下，可不能壞了本派名頭。」韋小寶道：「是，是。我聽師父的話，決不損傷他們便是。」

九難輕輕嘆了口氣，忽然想起當年華山之巔，鐵劍門掌門人玉眞子來向木桑道人尋釁之事。玉眞子淫邪投敵，無惡不作。說到鐵劍門的名頭，一來門下人丁寥落，名聲不響，二來由於玉眞子之故，實在也沒甚麼光采。這小弟子輕浮跳脫，如不走正途，只怕將來成了玉眞子的嫡系傳人，那可大大不妥了。

韋小寶見她忽有憂色，自不明白其中道理，只道她瞧出天地會羣雄武功不弱，她武功未復，深感難以應付，便道：「師父你儘管放心，我有法子救鄭公子性命。」

阿珂啐道：「又來胡說了。鄭公子轉眼便贏，要你救甚麼性命？」

剛說到這裏，只聽得嗤的一聲響，鄭克塽的長袍已給拉下了一片。鄭克塽大怒，出手更加快了，卻聽得嗤嗤嗤之聲不絕，風際中十根手指便如鷹爪一般，將他長袍、內衣、褲子一片片的撕將下來，但用勁恰到好處，絲毫不傷到他肌肉。鄭克塽眼見再撕得幾下，身子便會全裸，驚惶之下，轉身欲逃。風際中雙臂一曲，兩手手肘已抵到他胸前。

鄭克塽急忙後退，雙拳擊出，只覺手腕一緊，風際中左手已握住他右手，右手握住他左手，順勢一揮，將他身子擲出，叫道：「接住了！」這一擲竟有七八丈遠。

玄貞道人展開輕功追去，抬頭叫道：「高兄弟，你來接班！」高彥超立即躍出。樊綱、徐天川、關安基等覺得有趣，紛紛大呼奔去。玄貞道人接住了鄭克塽，便又擲出，落下時剛好高彥超趕到，接住後再擲給數丈外的徐天川。

這些人的膂力有強弱，輕功有高低，擲人時或遠或近，奔躍時或快或慢，但投擲之際，都湊好了同伴的功夫，鄭克塽在半空中飛出數十丈以外，始終沒落地。天地會羣雄各展所長，這時方顯出眞功夫來。關安基膂力奇大，先將鄭克塽向天擲上四五丈，待他落下時，雙掌在他背心一推，兩股力道併在一起，鄭克塽猶似騰雲駕霧一般，這一下飛得更遠。

韋小寶看得高興之極，拍手大笑，突然後腦禿的一聲響，給阿珂用手指節重重打了個爆栗。他一驚回頭。阿珂驚怒交集，急道：「他們綁了他去啦，你……你快去救人！」韋小寶道：「他們跟鄭公子又沒寃仇，師父說不過是開開玩笑，你何必著急？」阿珂道：「不，不是的，他們綁了他去，要勒索一百萬兩銀子。」韋小寶道：「鄭公子家裏銀子多得很，三百萬、四百萬也出得起，一百萬兩銀子打甚麼緊？」

阿珂右足在地下重重一頓，說道：「唉，你不生眼睛麼？他……他給這些強盜整得死去活來。」韋小寶在她耳邊輕聲道：「你要我救他，這也不難，你得答允做我老婆。」

阿珂怒道：「胡說！」遠遠望去，見鄭克塽給人接住後不再拋擲，聽得有人叫道：「喂，你們快回去拿銀子，到伏牛山來贖人。我們不會傷害這小子性命，每天只打他三百大板。銀子早到一天，他就少挨三百下，遲到十天，多吃三千板。」阿珂拉住韋小寶的手，急道：「你聽，你聽，他們每天要打他三百板，這裏去臺灣路途遙遠，一個月也不能來回。」

韋小寶道：「每天三百板，就算兩個月罷，兩個月六十天，三六一十八，也不過一千八百板……」阿珂道：「唉，不是的，是一萬八千板，你這人眞是……」韋小寶笑道：「我算數不行。這一萬八千板打下來，他的『屁股功』可練得登峯造極了。」阿珂怒極，將他手掌一摔，道：「我再也不睬你了。」又氣又急，哭了出來。

韋小寶道：「好，好，別哭，我來想法子。不過我剛才提的條款，你可不能賴。」阿珂道：「你快救了他再說。」韋小寶知她只是隨口敷衍，眞要她答允嫁給自己，那是無論如何不肯的，說道：「我爲你赴湯蹈火，在所不辭，以後你可不得再欺侮我。」

阿珂道：「是，是！快去，快去！」說這話時，眼光沒向他帶上一眼，只瞧著遠處的鄭克塽，但見他雙手已遭反綁，給人抱上了馬背，轉眼便會給帶走，情急之下，伸手在韋小寶背上推了推。韋小寶心中罵道：「他奶奶的，老子遇到的美貌妞兒，總是求我去救她心上人。老子這冤大頭可做得熟手之極，只怕『冤大頭功』也練得登峯造極了。」

他快步奔出，叫道：「喂，喂，伏牛山的衆位大王老兄，在下有話說。」

羣雄早就在等他挺身而出，當下都轉過身來。高彥超道：「小兄弟，你有甚麼話說？」韋小寶道：「你們幹麼要抓他？」高彥超道：「我們山寨裏兄弟衆多，缺了糧草，今日將他暫行扣押，要向他爹爹借一百萬兩銀子。」韋小寶道：「一百萬兩銀子，那是小事一件，我借給你們便是。」

高彥超哈哈大笑，說道：「小兄弟尊姓大名？憑甚麼說這等大話？」韋小寶道：「我名叫韋小寶。」高彥超「啊喲」一聲，抱拳行禮，躬身說道：「原來是小白龍韋英雄，你殺死滿洲第一勇士鰲拜，天下揚名，我們好生仰慕，今日拜見尊範，實是三生有幸。」樊綱等一齊恭謹行禮。韋小寶抱拳還禮，道：「不敢當。」

高彥超道：「衝著韋英雄天大的面子，這小子我們放了。那一百萬兩銀子，也不敢要了。」徐天川從身邊取出兩隻大元寶，雙手恭恭敬敬的呈上，說道：「韋英雄，你路上倘若使費不足，這裏一百兩銀子，請先收用。」

韋小寶道：「多謝！」收下元寶，轉身交給阿珂。阿珂萬萬想不到這個小惡人名頭竟如此響亮，這些兇神惡煞的大強盜一聽他自報姓名，竟如下屬見到了頂頭上司一般。她那知這個「小惡人」，其實正是這些「大強盜」的頂頭上司，這些「大強盜」爲了湊趣，故意的加倍巴結，演出一齣好戲。她又驚又喜，心想鄭公子終於脫卻了危難。

卻見風際中踏上一步，說道：「且慢。韋英雄，你殺死鰲拜，我們是萬分佩服的。只不過大家素不相識，怎知你是眞的韋英雄，還是冒充他老人家的大名，出來招搖撞騙？」韋小寶道：「這話倒也有理，閣下要怎樣才能相信？」風際中道：「在下斗膽，想請韋英雄指點三招。滿洲第一勇士都死在你手下，尊駕武功自然非同小可，是眞是假，一試就知。」

韋小寶道：「好，咱們只試招式，點到即止。」風際中道：「正是，還請韋英雄手下留情，以免打得在下身受重傷。」韋小寶暗暗好笑，心想：「風大哥向來不愛說話，那知做起戲來，竟然似模似樣。」便道：「老兄不必客氣，說不定我不是你對手。」左手一指，右手輕飄飄拍了出去，只拍出半尺，手掌轉了一圈，斜拍反捺，正是澄觀試演過的「般若掌」中的一招「無色無相」。

風際中見聞甚博，叫道：「妙極，這是『般若掌』的高招，叫做『無色……』甚麼的。」一伸手一接，向後一仰，險些摔倒。

韋小寶掌上原無半分內力，笑道：「閣下說得是，這是一招『無色無相』。」跟著左手斜舉，自右上角揮向左下角，突然五指成抓，晃了幾下。風際中大叫：「了不起，又是『般若掌』神功，這是『靈鷲聽經』。」擺起馬步，雙掌緩緩前推，掌心和韋小寶手指尖微微一觸，立刻「啊」的一聲大叫，向後急翻三個觔斗。他翻觔斗之時，潛運內力，待得站定，滿臉已脹得血紅，便如喝了十七八碗烈酒一般，身子晃了幾晃，一交坐倒，搖手道：「不……不成……不比了，佩服之至！韋英雄，多謝你饒我性命。」

韋小寶拱手道：「老兄承讓。」說話之時，連連向他霎眼。風際中卻做得甚像，臉上神色又沮喪，又感激，還帶著幾分衷心欽佩之意。

徐天川邁步而前，說道：「韋英雄武功驚人，果然名不虛傳，在下來領教幾招。」韋小寶道：「好！」欺身而上，雙手交叉，一手扭他左胸，一手拿他右脅，乃是少林派上乘武功「拈花擒拿手」中的一招。徐天川見他這一招擒拿手十分高明，不禁暗暗佩服：「韋香主聰明之極，一學武功便進步神速。」他卻不知韋小寶出手招式似模似樣，其實沒絲毫內力，縱然給他拿住了，也一無所損。徐天川身材矮小，最擅長的武功是巧打擒拿，當即施展看家本領，與韋小寶拆將起來。

數招之後，兩人雙手扭住，徐天川「啊」的一聲，右手軟軟下垂，假裝給扭脫了關節，說道：「佩服之至！」退開兩步，左手托住了自己右手，一送一挺，裝上了關節。這一項自上關節的手法，原是擒拿手中的上乘武功，他照做之時，一絲不苟，上得乾淨利落。

跟著樊綱、玄貞道人、李力世三人一一上前討戰。韋小寶所使的盡是澄觀所授的上乘招式，樊綱等三人都是或三四招、或七八招便敗了下去。高彥超朗聲道：「今日得見韋英雄高招，當眞令人大開眼界，小人等佩服之至！他日韋英雄路過伏牛山，還請不棄，上山來盤桓數日。」韋小寶道：「那自然是要叨擾的。」

羣雄躬身行禮，牽馬行開，一直走到鎭尾，這才上馬而去。他們竟然不敢在韋小寶面前上馬，實是恭敬之極。

阿珂終於服了：「這小惡人原來武功高強，每次假裝打我不過，都是故意讓我的。」到此地步，鄭克塽只得過來向韋小寶道謝。韋小寶笑道：「鄭公子不必客氣，我不過運氣好，誤打誤撞，勝了他們，講到眞實武功，那可遠遠不及閣下了。」他這幾句話其實倒是眞話，但鄭克塽聽來，卻覺得是極辛辣的譏刺，不由得滿臉通紅。

當晚一行人南到獻縣，投了客店。九難遣開阿珂，問韋小寶道：「白天跟你做戲的那些人，都是你的朋友，是不是？」九難眼光何等厲害，風際中、徐天川那些人的做作，瞞得過鄭克塽和阿珂，卻怎瞞得過這位武學高人？韋小寶知西洋鏡已遭拆穿，笑道：「也不算是甚麼朋友。」九難道：「這些人武功個個頗爲了得，該都是江湖上成名的豪傑，怎肯陪著你如此鬧著玩？」韋小寶笑道：「他們多半看不慣鄭公子的驕傲模樣，想挫折一下他的驕氣。」九難心想此言倒也有理，說道：「你那幾招般若掌、拈花擒拿手法，使得可也不錯啊。」韋小寶笑道：「那都是裝腔作勢唬人的，管不了用！」

說話之間，只聽得人喧馬嘶，有一大幫人來投店。一人大聲道：「一間上房，定要最好的，其餘的將就些也就罷了。」韋小寶聽了，心中一喜，認得是沐王府的搖頭獅子吳立身。

韋小寶問：「師父，咱們是不是去殺吳三桂？」九難道：「我這次所受內傷不輕，雖然傷勢好了，內力未復，須得找個清靜所在將養些時日，再定行止。否則再遇上敵人，我不能出手，老是靠你去胡混瞎搞，咱們鐵劍門太不成話。」說著也不由得好笑。

韋小寶道：「是，是。師父身子要緊。」從行囊中取出極品旗槍龍井茶葉，泡了一蓋碗茶，說道：「弟子日後學會了師父的武功，遇上敵人，就可正大光明的動手了。師父，我去街上瞧瞧，看看有甚麼新鮮蔬菜。」走出房來，只見阿珂與鄭克塽正並肩走向店外，神情親熱，登時心底一股醋意直湧上來，便跟在二人身後。

阿珂回頭道：「跟著我幹麼？」韋小寶道：「我又不是跟著你。我去給師父買菜。」阿珂道：「好！鄭公子，咱們向這邊走。」伸手向著城西的一座小山一指。韋小寶妒火更熾，說道：「小心些，別碰上了山大王，我可不能來救你們。」阿珂白了他一眼，道：「誰要你救了？」鄭克塽知他是重提自己醜事，甚是惱怒，哼了一聲，快步而行。

韋小寶見二人漸漸走遠，忽聽得阿珂格格一聲笑，激怒之下伸手拔出匕首，便欲追上去將鄭克塽殺了，跨出兩步，心想：「當眞要打，我可不是他二人對手。」

當下強忍怒氣，到街上去買了些口蘑、冬菇、木耳、粉絲，提著回到店中，見阿珂和鄭克塽尚未回來，想像他二人在僻靜之處談情說愛，只氣得不住大罵。

突然有人在他肩頭輕輕一拍，一把抱住，笑道：「韋兄弟，你在這裏？」韋小寶轉頭一看，原來是御前侍衛總管多隆，不由得大喜，笑道：「你怎麼來了？」只見他身後跟著十餘人，都是御前侍衛，穿的卻是尋常小兵裝束。衆侍衛見了他，個個眉花眼笑，卻不上前參見招呼。多隆低聲道：「這裏人雜，到我房裏說話。」原來他們一干人便也住在這客店裏。

到得房中，衆侍衛才一一上前參見，韋小寶笑道：「罷了，罷了！」取出一千兩銀票，笑道：「衆位兄弟們去喝酒花用罷。」衆侍衛早知這位副總管出手豪闊，只要遇上了他，必有好處，當下歡然道謝。

多隆低聲道：「韋兄弟，你在五台山拚命護駕，立功不小，其後遇險，皇上好生記掛，派我們出來尋找你的下落。」

韋小寶心下感激，站起身來，說道：「多謝皇上恩德。卻怎敢勞動多大哥大駕？」

多隆笑道：「皇上本來也沒派我，只派了十五名侍衛兄弟，是我自告奮勇。一來做哥哥的也眞牽記著你；二來也好乘機出京來玩玩，這是託了你兄弟的福。」衆人都笑了起來。

多隆道：「這一下，我們幾個算是立了功啦，回京之後，皇上得知韋兄弟脫險，定然十分歡喜。我們一路上打聽，韋兄弟的訊息沒聽到，卻查到有一夥叛賊密謀造反，在河間府大舉議事，我們就過來瞧瞧。」韋小寶道：「我也正爲此事而來，聽說這次他們聚會，叫作甚麼『殺龜大會』。」多隆大拇指一翹，說道：「厲害，厲害，甚麼事都逃不過韋兄弟的眼去。」韋小寶道：「你們探到了甚麼消息？」多隆道：「這裏兩個兄弟混入了大會之中，得知他們是要對付吳三桂，各省都推舉了盟主。好幾個盟主的名字也都查到了。」

韋小寶心念一動，問道：「是那幾個？」多隆道：「雲南是沐劍聲，福建是臺逆鄭經的次子，叫作鄭克塽。」跟著又說了好幾個盟主的名字。韋小寶道：「那沐劍聲、鄭克塽等人的相貌，可認得出麼？」多隆道：「黑夜之中，這兩個兄弟看不清楚，也不敢走近細看。」

韋小寶道：「多大哥，你回京之後，請你稟告皇上，便說奴才韋小寶也在查訪這件事，一等有了眉目，就回京面奏。」多隆道：「是，是。韋兄弟如此忠心辦事，這次立了大功，皇上必定又有封賞。」韋小寶道：「如有功勞，還不是咱們御前侍衛大夥兒的面子？眼前有一件事，要請各位辛苦一趟。」眾侍衛都道：「韋副總管差遣，自當效勞。」

韋小寶道：「這件事說起來可氣人得緊。我有個相好的姑娘，此刻正在跟一個浮滑小子勾勾搭搭……」

他剛說到這裏，眾侍衛已氣憤填膺，個個破口大罵：「他奶奶的，那一個小子如此大膽，敢來動韋副總管的人？咱們立刻去把這小子殺了。」

韋小寶道：「殺倒不必。你們只須去打他一頓，給我出這一口惡氣，不過這小子是我朋友，卻也不可打得太過重了，尤其不可碰那位姑娘。」眾侍衛笑道：「這個自然理會得，韋副總管的相好姑娘，誰敢得罪了？」韋小寶道：「這二人向西去了。你們一動手，我假裝上來相救，將你們打跑。各位可得大大相讓，使得兄弟在心上人面前出出風頭。」

眾侍衛齊聲大笑，都道：「韋副總管分派的這樁差事，最有趣不過。」

多隆笑道：「大夥兒這就去幹，喂，個個須得小心在意，要是露出了馬腳，韋副總管可不拿你們當好兄弟啦。」眾侍衛都笑道：「韋副總管的大事，大夥兒赴湯蹈火，豈敢退後？」一名侍衛道：「他媽的，這小子調戲韋副總管的相好，好比調戲我的親娘，想做我的便宜老子，我還不跟他拚命？」眾人一齊大笑。韋小寶笑道：「輕聲些，別讓旁人聽到了。」眾侍衛摩拳擦掌，嘻嘻哈哈的一擁而出。

韋小寶提了蔬菜，交給廚子，賞了他五錢銀子，吩咐整治精致素菜，這才慢慢的向西城行去。走出一里多地，只聽叱喝叫罵之聲大作，遠遠望見數十人手執兵刃，打得甚是熱鬧，心想：「這小子倒也了得，居然以寡敵衆，抵擋得住。」

緩緩走近，不禁吃了一驚，只見衆侍衛圍住了七八人狠鬥。對方背靠城牆，負隅而戰，卻是沐劍聲、吳立身一干人。沐劍聲身旁有個年輕姑娘，手握雙刀，已打得頭髮散亂，城頭上卻有人攏手觀戰，正是阿珂和鄭克塽。韋小寶又好氣，又好笑，心道：「他媽的，打錯了人。定是他們先看到了沐公子，見他帶著個姑娘，不分青紅皀白，便即上前動手。」見多隆手握一柄鬼頭刀，站在後面督戰，當即走到他身邊，低聲道：「打錯了，是城頭上那兩個。」說了這話，立即走開。

多隆待他走遠，大聲喝道：「不對，喂，相好的，原來欠債的不是你們。好，大夥兒都退下，放他們走罷！」衆侍衛一聽，紛紛退開。

沐劍聲、吳立身等人少，本已不敵，先前只道自己露了形跡，這些淸兵是來捉拿的，幸虧他們退開，正是求之不得。吳立身一眼瞥見韋小寶，暗叫：「慚愧，原來這次又蒙韋恩公相救。否則殺了我不打緊，小公爺落入韃子手中，可就萬死莫贖了。」其時不便和韋小寶相認，與沐劍聲等奔出城門，向北疾奔而去。

韋小寶走上城頭，問阿珂道：「師姊，他們爲甚麼打架？都是些甚麼人？」阿珂小嘴一撇，說道：「誰知道呢？這些官兵是討債來的。」韋小寶道：「咱們回店去罷，別讓師父又記掛。」阿珂道：「你先回去，我隨後就來。」

剛說到這裏，衆侍衛已奔上城頭，一名侍衛指著鄭克塽，叫道：「是他，欠我銀子的是這小子。」韋小寶低聲道：「鄭公子、師姊，咱們快走。韃子官兵胡作非爲，惹上了挺麻煩。」阿珂也有些害怕，道：「好，回去罷。」一名侍衛搶上前來，指著鄭克塽道：「前晚在河間府妓院裏玩花姑娘，你欠下我一萬兩銀子，快快還來。」

鄭克塽怒道：「胡說八道，誰到妓院裏去啦，怎會欠了你銀子？」

一名侍衛道：「還說不是呢？前天晚上，你膝頭上坐了兩個粉頭，叫作甚麼名字哪？」另一名侍衛道：「年紀大的那個叫阿翠，小的那個叫紅寶。你左邊親一個嘴，喝一口酒，右邊摸摸人家臉蛋，又喝一口酒，好不風流快活，還想賴麼？」又一名侍衛道：「你摟著兩個粉頭，跟我們擲骰子，輸了二千兩銀子，要翻本，向我借了三千，向這位老兄借了二千，後來又向他借了一千五，向那一位借了二千兩……」另一人道：「再向我借了一千五百兩，一共是一萬兩白花花的銀子。」五人一齊伸手，道：「殺人償命，欠債還錢！快快還來！」

阿珂想起當日在妓院中見到韋小寶跟衆妓胡鬧的情景，又想起前幾日在草堆之中，鄭公子在自己身上亂摸亂捏，看來這事多半不假。再一算日子，前晚正是「殺龜大會」

前夕，鄭公子深夜不歸，次日清晨卻見他滿臉酒意，說是甚麼英雄豪傑邀他去喝酒，喝酒不假，請他的卻不是英雄豪傑，而是妓院中的粉頭，想到此處，不由得珠淚盈盈。

衆侍衛截住鄭克塽後路，將他團團圍住，後面一人一伸手，抓住了他後領。鄭克塽大怒，手肘後挺，重重撞在他胸口。那侍衛大叫一聲，痛得蹲下身去。餘人一擁而上，拳腳紛施，這些人單打獨鬥，都不是鄭克塽對手，但七八人一齊動手，將他揪在地下。

阿珂急叫：「有話好說，不可胡亂打人。」搶上前去相救。

多隆道：「喂，大姑娘，這事跟你不相干，可別趕這淌混水。」阿珂急道：「讓開！」伸手向他肩頭推去。多隆是大內高手，武功了得，左手輕輕一揮，震得她向後跌開數步。那邊衆侍衛向鄭克塽拳打腳踢，噼噼啪啪的不住打他耳光。阿珂急攻數招，卻讓多隆笑吟吟的逼得她離鄭克塽越來越遠。多隆笑道：「大姑娘，這個花花公子吃喝嫖賭，樣樣俱全，今天早晨還在向我借五千兩銀子，說要娶那兩個粉頭回家去做小老婆，你何必迴護於他？」阿珂道：「那有此事？你騙人！」心中將信將疑，退開幾步，急叫：「你們別打，有話……有話慢慢的說。」

一名侍衛笑道：「你叫他還了我們銀子，自然不會打他。」說著又在鄭克塽面門砰的一拳，他鼻孔中登時鮮血長流。一名侍衛拔出刀來，叫道：「割下他兩隻耳朵再說。」說著將單刀在空中虛劈兩刀。

阿珂拉住韋小寶的手，急得要哭了出來，道：「怎麼辦？怎麼辦？」韋小寶道：「一萬兩銀子我倒有，只是送給他還賭帳嫖帳，可不大願意。」阿珂道：「他們要割他耳朵了，你就……就借給我罷。」韋小寶道：「師姊要借，別說一萬兩，就十萬兩也借了，不過日後你是我老婆，這筆帳不能算。你叫鄭公子向我借。」

阿珂頓足道：「唉，你這人真是。」叫道：「喂，你們別打，還你們錢就是。」衆侍衛也打得夠了，便即住手，但仍按住鄭克塽不放。

阿珂叫道：「鄭公子，我師弟有銀子，你向他借來還債罷。」

鄭克塽氣得幾欲暈去，但見鋼刀在臉前晃來晃去，怕他們眞的割了自己耳朵，心下也眞害怕，眼望韋小寶，露出祈求之色。

阿珂拉拉韋小寶的袖子，低聲道：「就借給他罷。」

一名侍衛冷笑道：「一萬兩銀子不是小數目，沒中沒保，怎能輕易借了給人？這小子最愛賴債，大夥兒可不是上了他當嗎？」另一人道：「除非這位姑娘做中保，這小子若賴帳不還，就著落在這位姑娘身上償還。」那高舉鋼刀的侍衛大聲道：「人家大姑娘跟這臭小子沒親沒故，幹麼要給他作保？如一萬兩銀子還不出，除了拿身子償還，嫁給這位小財主之外，還有甚麼法子？」衆侍衛鬨笑道：「對了，這主意十分高明。」

韋小寶低聲道：「師姊，不成，你聽他們的話，那不是太委屈你了麼？」

啪的一聲響，一名侍衛又重重打了鄭克塽一個耳光。他手腳全給拉住，絕無抗拒之力。一名侍衛喝道：「狠狠的打，打死了他，這一萬兩銀子，就算掉在水裏。這叫做眼不見，心不煩。」噼噼啪啪，又打了起來。

鄭克塽叫道：「別打！別打！韋兄弟，你手邊如有銀子，就請借給我一萬兩，我……我保證一定歸還。」韋小寶斜眼瞧著阿珂，道：「師姊，你說借不借？」

阿珂淚水在眼眶中滾來滾去，哽咽道：「借……借好了！」一名侍衛在旁湊趣，大聲道：「大姑娘作的中保，日後大姑娘嫁小財主，這臭小子倒是媒人。」韋小寶從懷中摸出一疊銀票來，揀了一萬兩，便要去交換鄭克塽，一轉念間，交給了阿珂。阿珂接了，說道：「銀子有了，你們放開他啊。」

衆侍衛均想，先前韋副總管說好由他出手救人，現下變成了使銀子救人，不知是否合他心意，當下仍抓住鄭克塽不放。

韋小寶道：「這一萬兩銀子，你們拿去分了罷，他媽的，總算大夥兒辛苦了一場。你們這些混帳王八蛋，快快給我放人！」衆侍衛一聽大喜，韋小寶言中意思，顯然是將這一萬兩銀子賞給他們了，當下放開了鄭克塽。阿珂伸手將他扶起，將銀票交給他。鄭克塽怒極，隨手接過，看也不看，便交給身旁一名侍衛。

韋小寶罵道：「你們這批王八蛋，韃子官兵，將我朋友打成這個樣子，老子不和你們干休。」阿珂生怕多起糾紛，忙道：「別罵了，咱們回去。」韋小寶道：「這件事想想也教人生氣，欠債還錢，那已經還了。鄭公子這一頓打，可不是白挨了嗎？」

多隆哈哈大笑，說道：「這小子窮星剛脫，色心又起，他媽的，你老是挨著人家大姑娘幹麼？」一伸手，抓住鄭克塽的後領，提起他身子，在空中轉了兩個圈子，喝道：「我把你拋下城牆去，瞧你是死是活！」鄭克塽和阿珂齊聲大叫。

多隆將鄭克塽重重在地下一頓，喝道：「以後你給我離得這位姑娘遠遠的，人家好好的姑娘，跟你這狂嫖濫賭、偷鷄摸狗的小子在一起，沒的壞了名頭。我跟你說，以後我再見到你纏在這位姑娘身旁，老子非扭斷你的狗頭不可。」說著左手握住他辮根，右手將他辮子在手掌繞了兩轉，深深吸了一口氣，胸口登時鼓了起來，手臂手背上肌肉凸起，一聲猛喝，雙臂用力向外一分，啪的一聲響，辮子從中斷絕。

衆侍衛見到他如此神力，登時采聲雷動。多隆膂力本強，又練了一身外家硬功，雙膀實有千斤之力。幸好他左手握住了辮根，否則鄭克塽這根辮子是假的，輕輕一拉，便揭露了他不遵朝令、有不臣之心的大罪。

多隆拋下半截辮子，五根鼓槌兒般的大手指叉在鄭克塽頸中，跟著左手叉住他後頸，雙手漸漸收緊，鄭克塽的臉漸漸脹紅，到後來連舌頭也伸了出來，眼見便要窒息而死。十餘名侍衛各抽兵刃，團團圍在二人身周，不讓阿珂過來相救。

韋小寶叫道：「錢也還了，還想殺人嗎？」一衝而前，砰的一拳，打在一名侍衛小腹之上。那侍衛「啊喲」一聲，一個觔斗摔出，大叫大嚷，手足亂伸，說甚麼也爬不起身。韋小寶雙拳一招「雙龍搶珠」，向多隆打去。多隆兩隻手正叉在鄭克塽頸中，難以招架，登時中拳。這招「雙龍搶珠」本是打向敵人太陽穴，但多隆身材高大，韋小寶卻生得矮小，兩個拳頭都打在他脅下。多隆假裝大怒，罵道：「死小鬼，老子叉死了你！」放開鄭克塽，和韋小寶鬥了起來。

韋小寶使開從海大富與澄觀處學來的武功，身法靈活，一招一式，倒也巧妙美觀。多隆出拳有風，儘往他身旁數寸之處打去，突然鬥得興發，飛腿猛踢，喀喇一聲，將韋小寶身旁的一株棗樹踢斷了。眾侍衛大聲喝采。

阿珂見多隆如此神威，生恐韋小寶給他打死了，叫道：「師弟，莫打了，咱們回去。」韋小寶大喜：「她關心起我來了，小娘皮倒也不是全沒良心。」

多隆又是一腳，將地下一塊斗大石頭踢得飛了起來，掉下城頭。韋小寶出招越來越快，啪的一掌，正中對方肚皮，多隆「啊啊」大叫，雙腿一彎，坐倒在地，叫道：「老子不服，再來打過！」一躍而起，雙臂直上直下的急打過來。韋小寶側身閃避，多隆一拳打上城牆，登時打下三塊大青磚來。塵土飛揚之中，韋小寶飛起右腳，腳尖還沒碰到他身子，多隆大叫一聲，從城牆上溜了下去，掉在城牆腳下，動也不動了。

韋小寶大吃一驚，生怕眞的摔死了他，俯首下望。多隆抬頭一笑，霎了霎眼，搖手示意不妨，隨即伏倒。韋小寶這才放心。衆侍衛都驚惶不已，紛紛奔下城頭。

韋小寶一拉阿珂，低聲道：「快走，快走！」三人一溜煙的奔回客店。

回到客店之中，九難見阿珂神色有異，氣喘不已，問道：「遇上了甚麼事？」阿珂道：「有十多個韃子官兵跟鄭公子爲難，幸虧……幸虧師弟打倒了官兵的頭腦。」九難道：「給我在客店裏安安靜靜的躭著，別到處亂走，惹事生非。」阿珂低頭答應，過了一會，總是記掛著鄭克塽的傷勢，到他房中去看望，見衆伴當已給他敷上傷藥，已睡著了。

韋小寶見她從鄭克塽房裏出來，又有氣，又有些懊惱：「剛才怎不叫他們當眞割了這小子的兩隻耳朵？」又想：「這妞兒一心一意，總是記掛著這臭小子。我就算把這小子耳朵割了、眼睛戳瞎了，看來她還是把他當作心肝寶貝。」饒是他機警多智，遇上了這等男女情愛之事，卻也一籌莫展了。

注：回目中「棘門此外盡兒嬉」一句，原爲漢文帝稱讚周亞夫語，指其軍令森嚴，其他將軍所不及，原詩詠吳三桂殘暴虐民而治軍有方。「棘門」即「戟門」，亦可指宮門，本書借用以喻衆御前侍衛出宮胡鬧。

不多時沐王府十餘人全給打倒，反綁了起來。吳立身暗暗叫苦，只得奮力揮刀狠鬥。那蠻子首領武藝精熟，跳上跳下，大叫蠻話。

第二十八回　未免情多絲宛轉　爲誰心苦竅玲瓏

韋小寶當晚睡到半夜，忽聽得窗上有聲輕敲，迷迷糊糊的坐起，只聽窗外有人低聲道：「韋恩公，是我。」

他一凝神，辨明是吳立身的聲音，忙走近窗邊，低聲道：「是吳二叔麼？」吳立身道：「不敢，是我。」韋小寶輕輕打開窗子，吳立身躍入房內，抱住了他，甚是歡喜，低聲道：「恩公，我日日思念你，想不到能在這裏相會。」轉身關上窗子，拉韋小寶並肩坐在炕上，說道：「在河間府大會裏，我向貴會朋友打聽你的消息，他們卻不肯說。」

韋小寶笑道：「他們倒不是見外，有意不肯說，實在我來參加『殺龜大會』，是喬裝改扮了的，會中衆兄弟也都不知。」

吳立身這才釋然，道：「原來如此。今日撞到韃子官兵，又蒙恩公解圍，否則的話，只怕我們小公爺要遭不測。小公爺要我多多拜上恩公，實是深感大德。」

韋小寶道：「大家是好朋友，何必客氣。吳二叔，你這麼恩公長、恩公短的，聽來著實別扭，倘若你當我是朋友，這稱呼今後還是免了。」

吳立身道：「好，我不叫你恩公，你也別叫我二叔。咱倆今後兄弟稱呼。我大著幾歲，就叫你一聲兄弟罷。」韋小寶笑道：「妙極，你那個劉一舟師姪，豈不是要叫我師叔了？」吳立身微覺尷尬，說道：「這傢伙沒出息，咱們別理他。兄弟，你要上那裏去？」韋小寶道：「這事說來話長。二哥，做兄弟的已對了一頭親事。」

吳立身道：「恭喜，恭喜，卻不知是誰家姑娘？」隨即想到：「莫非就是方怡？他找到方姑娘和小郡主了？」滿臉都是喜色。

韋小寶道：「我這老婆姓陳，不過有一件事，好生慚愧。」吳立身問道：「怎麼？」韋小寶道：「我這老婆卻另有個相好，姓鄭，這小子人品極不規矩。想勾搭我老婆，倒還是小事，他卻向韃子官兵告密。今日那些官兵來跟小公爺爲難，就是他出的主意。」

吳立身大怒，道：「這小子活得不耐煩了，卻又不知爲了甚麼？」

韋小寶道：「你道這小子是誰？他便是臺灣延平郡王的第二兒子。他說延平郡王統領大軍，你們沐王府卻已敗落，無權無勢，甚麼何足道哉！」吳立身怒道：「我們沐王爺是大明開國功臣，世鎭雲南，怎是他臺灣鄭家新進之可比？」韋小寶道：「可不是嗎？這小子說道：是誰殺了吳三桂，在天下英雄之前大大露臉；你們在雲南是地頭蛇，要殺吳三桂，比他們臺灣鄭家要方便百倍。他跟我來商量，說要把沐家的人先除去了。我說我們天地會跟沐王府早有賭賽，瞧誰先幹掉吳三桂。英雄好漢，贏要贏得光彩，輸要輸得漂亮，那有暗中算計對方之理？這小子不服氣，便另生詭計。幸虧韃子官兵不認得小公爺，我騙他們說認錯人了，你們才得脫身。」吳立身連叫：「原來如此，原來如此！他媽的，這小子不是人。」

韋小寶道：「二哥，這小子非教訓他一頓不可。瞧在延平郡王的面上，我們也不能殺了他。最好你去打他一頓，兄弟便挺身出來相勸，跟你動手。你故意讓我幾招，假裝敗退，不知肯不肯？」吳立身道：「兄弟是爲我們出氣，那有不肯之理？如此最好，也免得跟臺灣鄭家破面，多惹糾紛。」韋小寶道：「那個頭臉有傷，跟兄弟在一起的小子，便是他了。」吳立身道：「是。他鄭家又怎麼了？沐王府今天雖然落難，卻也不是好欺侮的。」

韋小寶道：「可不是嗎？」隨即問起那天在莊家大屋「見鬼」之事。他日間雖見到徐天川，但當時不便問，一直記掛著這件事。

吳立身臉有慚色，不住搖頭，說道：「兄弟，你今日叫我一聲二哥，我這做哥哥的實在好生慚愧。那日我們讓那批裝神弄鬼的傢伙使邪法制住了，豈知這批傢伙給人引出屋去，拿了起來，幾個女子剛過來放了我們，卻又有一批鬼傢伙攻進屋來，把章老三他們救了去。」

韋小寶點點頭，心道：「那是神龍教的，莊三少奶她們抵敵不住。」

吳立身搖頭道：「那時我和徐老爺子穴道剛解開，手腳還不大靈便，黑暗之中胡裏胡塗的亂鬥一場，大夥兒都失散了。到第二天早上才聚在一起，可是兄弟你、小郡主、方姑娘三個，卻說甚麼也找不到，我們又去那間鬼屋找尋。屋裏只有一個老太婆，也不知是眞聾還是假聾，纏了半天，問不出半點所以然來。徐老爺子和我都不死心，明探暗訪，直搞了大半個月，唉，半點頭緒也沒有。好兄弟，今天見到你，眞是開心。小郡主和方姑娘去了那裏？你可有點訊息嗎？我們小王爺記掛著妹子，老是不開心。」

韋小寶含糊以應：「我也挺記掛著她兩個。方姑娘聰明伶俐，小郡主卻是個老實頭，早些跟他哥哥見面就好啦。」心想：「原來你們沒給神龍教捉去，沒給逼服了毒藥來做奸細，那好得很。」他知吳立身性子爽直，決不會說謊，倘若這番話是劉一舟說的，就未必可信。

吳立身道：「兄弟，你好好保重，做哥哥的去了。」說著站起，頗爲依依不捨，拉著他手，搖頭道：「兄弟，天下好姑娘有的是，你那夫人倘若對你不住，你也不必太放在心上。」韋小寶長嘆一聲，黯然無語。這聲嘆息倒是貨眞價實。吳立身推開窗子，跳了出去。

次日韋小寶隨著九難和阿珂出城向北，鄭克塽帶了伴當，仍是同行。九難問他：「鄭公子，你要去那裏？」鄭克塽道：「我要回臺灣，送師太一程，這就分手了。」

行出二十餘里，忽聽得馬蹄聲急，一行人從後趕了上來。奔到近處，只見來人是一羣鄉農，手中拿著鋤頭、鐵扒之屬，當先一人搖頭叫道：「是這小子，就是他了！」韋小寶一看，這人正是吳立身。

一夥人繞過大車，攔在當路。吳立身指著鄭克塽罵道：「賊小子，昨晚你在張家莊幹的好事！貓兒偷了食，就想溜之大吉嗎？」鄭克塽怒道：「甚麼張家莊、李家莊？你有沒生眼睛，胡說八道。」吳立身叫道：「好啊，李家莊的姑娘原來也是你騙的，你自己招認了。他媽的，賊小子！一晚上接連誘騙兩個閨女，當眞大膽無恥。」

鄭府伴當齊聲喝道：「這位是我們公子爺，莫認錯了人，胡言亂語。」

吳立身拉過一個鄉下姑娘，指著鄭克塽道：「是不是他？你認清楚些。」韋小寶見這鄉下姑娘濃眉大眼，顴骨高聳，牙齒凸出，身上倒穿得花花綠綠，頭上包著塊花布，料想是吳立身花錢去僱了來的，心下暗暗好笑。

那鄉下姑娘粗聲粗氣的道：「是他，是他，一點兒不錯。他昨天晚上到了我屋子裏，強行剝了我的褲子，嗚嗚，這……這可醜死人啦，啊唷，嗚嗚，啊，媽呀……」說著號啕大哭。

另一個鄉農大聲喝道：「你欺侮我妹子，叫老子做你的便宜大舅子。他媽的，老子跟你拚命。」正是吳立身的弟子敖彪。韋小寶細看沐王府人衆，有五六人曾經會過，劉一舟卻不在其內，料來吳立身曾先行挑過，並無跟自己心有嫌隙之人在內，以免敗露了機關。

阿珂見那鄉下姑娘如此醜陋，不信鄭克塽會跟她有何苟且之事，只是她力證其事，這些鄉下人又跟他無冤無仇，想來也不會故意誣賴，不由得將信將疑。韋小寶皺眉道：「鄭公子也未免太風流了，去妓院中玩耍那也罷了，怎地去……去……唉，這鄉下姑娘這樣難看，師姊，我想他們一定認錯了人。」阿珂道：「對，準是認錯了。」

吳立身對那鄉姑道：「快說，快說，怕甚麼醜？他……這小賊給了你甚麼東西？」

那鄉姑從懷裏取出一隻一百兩的大銀元寶，說道：「他給我這個，叫我聽他的話。他說他是臺灣來的，他爹爹是甚麼王爺，家裏有金山銀山，還有……還有……」

阿珂「啊」的一聲尖叫，心想這鄉下姑娘無知無識，怎會揑造，自然是鄭克塽眞的說過了，不由得心下一陣氣苦。鄭府衆伴當也都信以爲眞，均想憑這鄉下姑娘，身邊也不會有這大元寶，紛紛喝道：「讓開，讓開！你拿了元寶還吵些甚麼？別攔了大爺們的道路。」

敖彪叫道：「不成，我妹子給你強姦了，叫她以後如何嫁人？你非娶了她不可。快快跟我回去，和她拜堂成親，帶她回臺灣，拜見你爹娘。我妹子是好人家女兒，又不是低三下四的賤人，難道是要了你銀子賣身嗎？他說這一百兩銀子是幹甚麼的？」最後這句話是對著那鄉姑而問。那鄉姑道：「他說……他說這是甚麼聘禮，又說要叫人來做媒，娶我做老婆，帶我去王府做甚麼一品夫人。」敖彪道：「這就是了。妹夫啊，我跟你說，你不跟我妹子成親，想這麼一走了之，可沒那麼容易，快跟你大舅子回去。」

鄭克塽怒極，心想這次來到中原，盡遇到不順遂之事，連這些鄉下人也莫名其妙的找上我來，提起馬鞭，啪的一聲，便向敖彪頭上擊落。敖彪大叫：「啊喲！」雙手抱頭，倒撞下馬，蜷縮成一團，抽搐了幾下，便不動了。眾鄉人大叫：「打死人啦，打死人啦！」

那鄉姑跳下馬來，抱住敖彪身子，放聲大哭，哭叫：「哥哥啊，你給你妹夫打死了！」哭聲既粗且啞，直似殺豬。

鄭克塽一驚，眼下身在異鄉，自己又是清廷欲得之而甘心的人物，鬧出了人命案子，那可大大不便，當即喝道：「大夥兒衝！」一提馬韁，便欲縱馬奔逃。

突然一個鄉下人縱身而起，從半空中向他撲將下來。鄭克塽左手反手一拳，向他胸膛打去。那人抓住他的手腕一扭，喀的一聲，手肘脫臼。那人落在他身後馬鞍上，右手伸到他脅下，扳住了他頭頸，正是擒拿手法中一招「斜批逆鱗」，那人手法乾淨利落，嘴裏大呼大叫：「阿三、阿狗，快來幫忙，我……我……我給他打得好痛，啊唷喂，這小子打死我啦！打死我啦！」鄭克塽全身酸麻，已然動彈不得。

鄭府眾伴當拔出兵刃，搶攻上來。沐王府這次出來人數雖然不多，卻個個身手不弱，舉起鋤頭鐵扒，一陣亂打，將本已受傷的眾伴當趕開。

那鄉下人抱住鄭克塽，滾下馬來，大叫大嚷：「阿花哪，快來捉住你老公，別讓他逃走了。」那鄉下姑娘叫道：「他逃不了。」縱身而上，將鄭克塽牢牢抱住。韋小寶這時才看出來，這鄉下姑娘原來是男扮女裝，無怪如此醜陋不堪，那自然是沐王府中的人物，「她」一把抱住鄭克塽，使的身法雖非上乘，卻也是擒拿手。

阿珂急叫：「師父，師父，他們捉住鄭公子啦，那怎麼辦？」

九難搖頭道：「這鄭公子行止不端，受些教訓，於他也非無益。這些鄉下人也不會傷他性命。」她躺在大車之中靜養，只聽到車外嘈鬧，卻沒見沐王府眾人動手的情形，否則以她眼光，一見到這些人的身手，立時便看破了。阿珂道：「這批鄉下人好像是會武功的。」韋小寶道：「武功是沒有，蠻力倒著實不小。」

敖彪從地下爬起，叫道：「他媽的，險些打死了你老子。」一名鄉下人笑道：「是大舅子，怎麼是老子？」敖彪道：「好，抓住了這小子！大舅子既沒死，也不用他抵命了！我的阿花妹子終身有託，抓他去拜堂成親罷。」眾鄉人歡呼大叫：「喝喜酒去，喝喜酒去！」將鄭府伴當的馬匹一齊牽了，擁著鄭克塽，上馬向來路而去。

鄭府伴當大叫急追，眼見一夥人絕塵而去，徒步卻那裏追趕得上？

韋小寶笑道：「鄭公子在這裏招親，那妙得很啊，原來這裏的地名叫做高老莊。」阿珂驚怒交集，早就沒了主意，順口問道：「這裏叫高老莊？」韋小寶道：「是啊。《西遊記》中，不是有一回書叫『豬八戒高老莊招親』麼？」阿珂怒道：「你才是豬八戒！」倚在路旁一株樹上，哭了起來。韋小寶道：「師姊，鄭公子娶媳婦，那是做喜事哪，怎麼你反而哭了？」

阿珂又想罵他，轉念一想，這小鬼頭神通廣大，只有求他相助，才能救得鄭公子回來，哭道：「師弟，你怎生想個法兒，去救了他脫險。」

韋小寶睜大眼睛，裝作十分驚異，道：「你說救他脫險？他又沒打死人，不會要他抵命的。」阿珂道：「你沒聽見？那些人要逼他跟那鄉下姑娘拜堂成親。」韋小寶笑道：「拜堂成親，那好得很啊。」壓低了嗓子，悄聲道：「我就是想跟你拜堂成親，只可惜你不肯。」阿珂白了他一眼，道：「人家都急死了，你還在說這些無聊話，瞧我以後睬不睬你？」韋小寶道：「師父說道，鄭公子品行不好，讓他吃些苦頭，大有益處。」

何況拜堂成親又不是吃苦頭，鄭公子多半還開心得很呢。否則的話，昨天晚上他又怎會去找這姑娘，跟她瞎七搭八，不三不四。」阿珂右足在地下一頓，怒道：「你才瞎七搭八，不三不四。」

這一日阿珂一路上故意找事躭擱，打尖之時，在騾子後蹄上砍了一刀，騾子就此一跛一拐，行得極慢，只走了十多里路，便在一個市鎮上歇了。

韋小寶知她夜裏定會趕去救鄭克塽，吃過晚飯，等客店中衆人入睡，便走到馬廐之中，在草堆上睡倒。果然不到初更時分，便聽得腳步之聲細碎，一個黑影走到馬廐來牽馬。韋小寶低聲叫道：「有人偷馬！」

那人正是阿珂，一驚之下，轉身欲逃，隨即辨明是韋小寶的聲音，問道：「小寶，是你嗎？」韋小寶笑道：「自然是我。」阿珂道：「你在這裏幹甚麼？」韋小寶道：「山人神機妙算，料到有人今夜要做偷馬賊，因此守在這裏拿賊。」阿珂啐了一口，央求道：「小寶，你陪我一起去……去救他回來。」

韋小寶聽得她軟語相求，不由得骨頭都酥了，笑道：「倘若救出了他，有甚麼獎賞？」阿珂道：「你要甚麼都……」本來想說你要甚麼都依你，立即想到：「這小鬼頭定是要我嫁他，那如何依得。」一句話沒說完，便改口道：「你……你總是想法子來欺侮我，從來不肯眞心幫我。」說到這裏，嗚嗚咽咽的哭了起來。她哭泣倒是不假，只不過心中想到的，卻是鄭克塽的輕薄無行，以及他身陷險境，不知拜了堂、成了親沒有。

韋小寶給她這麼一哭，心腸登時軟了，嘆道：「好啦，好啦！我陪你去便是。」阿珂大喜，抽抽噎噎的道：「謝……謝謝你。」韋小寶道：「謝是不用謝，就是不知道高老莊在那裏。」阿珂一怔，隨即明白，他說「高老莊」，還是繞了彎在罵鄭克塽，低聲道：「咱們一路尋過去就是了。」

兩人悄悄開了客店後門，牽馬出店，並騎從來路馳回。韋小寶悄聲問道：「鄭公子到底有甚麼好，你這樣喜歡他？」阿珂道：「誰說喜歡他了？不過……不過大家相識一場，他遭到危難，自然要去相救。」韋小寶道：「倘若有人捉了我去拜堂成親，你救我不救？」阿珂噗哧一笑，道：「你好美嗎？誰會捉你去拜堂成親了？」韋小寶嘆道：「你瞧我不順眼，說不定有那一個姑娘卻瞧著我挺俊、挺帥呢？」阿珂笑道：「那可謝天謝地了，省得你老是陰魂不散的纏著我。」

韋小寶道：「好，你這樣沒良心，倘若有人捉了你去拜堂成親，我可也不救你。」

阿珂微微一驚，心想若眞遇上這等事，自必非要他相救不可，幽幽的道：「你一定會來救我的。」韋小寶道：「爲甚麼？」阿珂道：「人家欺侮我，你決不會袖手旁觀，誰教你是我師弟呢？」這句話韋小寶聽在耳裏，心中甜甜的甚是受用。

說話之間，已馳近日間和沐王府羣雄相遇之處，只見路邊十餘人坐在地下，手中提著燈籠，正是鄭府的伴當。阿珂勒馬急問：「鄭公子呢？」衆伴當站了起來，一人哭喪著臉說道：「在那邊祠堂裏。」說著向西北角一指。阿珂問道：「祠堂，幹甚麼？」

那伴當道：「這些鄉下人請了公子去，硬要他拜堂成親，公子不肯，他們就拳打足踢，兇狠得緊。」阿珂怒道：「你們……哼！你們都是高手，怎地連幾個鄉下人也打不過？」衆伴當甚是慚愧，都低下頭來。一人道：「這些鄉下人都是有武功的。」阿珂怒道：「人家有武功，你們就連主子也不顧了？我們要去救人。你們帶路。」

一名年老伴當道：「那些鄉下佬說，我們如再去囉唕，要把我們一個個都宰了。」阿珂道：「宰就宰了，怕甚麼？郡王要你們保護公子，卻這等貪生怕死！」那伴當道：「是，是。最好……最好請姑娘別騎馬，以防他們驚覺。」阿珂哼了一聲，和韋小寶一齊下馬，將馬繫在路邊樹上。衆伴當放下燈籠，帶領二人向西北走去。

行出里許，穿過一座樹林，一片墳地，來到七八間大屋外，屋中傳來鑼鼓喧鬧之聲。阿珂心中焦急：「他眞的在拜堂了？」一拉韋小寶的衣袖，快步奔去，繞到屋側，見一扇門開著一半，望進去黑沉沉的無人。兩人閃將過去，循著鑼鼓聲來到大廳，蹲下身來，從窗縫中向內張去。

一見廳中情景，阿珂登時大急，韋小寶卻開心之極。

只見鄭克塽頭上插了幾朵紅花，和一個頭披紅巾的女子相對而立。廳上明晃晃的點了許多蠟燭，幾名鄉下人敲鑼打鼓，不住起鬨。吳立身叫道：「再拜，再拜！」鄭克塽道：「天地也拜過了，還拜甚麼？」阿珂一聽，氣得險些暈去。

吳立身搖頭道：「咱們這裏的規矩，新郎要向新娘連拜一百次。你只拜了三十次，還得拜七十次。」敖彪提起腳來，在鄭克塽屁股上踢一腳，鄭克塽站立不定，跪了下去。敖彪按住他頭，喝道：「你今日做新郎，再磕幾個頭，又打甚麼緊？」

韋小寶知道他們是在拖延時刻，等候自己到來，這種好戲生平難得幾回見，不妨多瞧一會兒，倒也不忙進去救人。阿珂卻已忍耐不住，砰的一聲，踢開長窗，手持單刀跳了進去，喝道：「快放開他！否則姑娘一個個把你們都殺了！」

吳立身笑道：「姑娘，你是來喝喜酒的嗎？怎麼動刀動槍？」阿珂踏上一步，揮刀向敖彪砍去，她憤急之下，出刀勢道甚是凌厲。敖彪急忙躍開，提起身後長櫈抵敵。阿珂雖無內力，武功招數卻頗精奇，敖彪的長櫈不稱手，竟讓她逼得連連倒退。吳立身笑道：「嘿，倒還了得。」伸手接過。他武功比之敖彪可高得多了，單憑一對肉掌，在她刀刃之間穿來插去。鄭克塽躍起身來待要相助，背心上給人砰砰兩拳，打倒在地。

阿珂拆得七八招，眼見抵敵不住，叫道：「師弟，師弟，快來。」卻聽得韋小寶在窗外大叫：「好厲害，老子跟你們拚了。」又聽得窗上拳打足踢，顯然是韋小寶正在與人惡鬥。

吳立身聽得韋小寶到來，忙使個眼色，喝道：「甚麼人？」他兩名弟子搶了上來，使開兵刃，接過了阿珂的柳葉刀。吳立身縱到廳外，但見韋小寶獨自一人，正在將長窗踢得砰砰大響，那裏有人在和他動手？吳立身險些笑出聲來，叫道：「大家住手！你這小孩子在這裏幹甚麼？」韋小寶叫道：「我師姊叫我來救人，你們快快放人！啊喲，不好，你這鄉下佬武功了得！」嘴裏大呼小叫，向門外奔去。吳立身笑著追了出去。

來到祠堂之外，韋小寶停步笑道：「二哥，多謝你了，這件事辦得十分有趣。」吳立身笑道：「那姑娘就是兄弟的心上人嗎？果然武功既好，人品也是……嘿嘿，不錯。」他生性粗豪，阿珂容貌極美，並不以爲有甚麼了不起，但對她武功精妙，倒頗佩服。

韋小寶嘆了口氣，道：「可惜她一心一意只想嫁給那臭小子，不肯嫁給我。你們能逼得那臭小子跟鄉下姑娘拜堂成親，如能逼得她跟我……」靈機一動，說道：「二哥，請你幫忙幫到底。我假裝給你擒住，你再去擒那姑娘，逼迫我拜堂成親。你瞧好是不好？」

吳立身哈哈大笑，不由得搖了搖頭，忙道：「很好，很好，兄弟，你別介意，我搖頭是習慣成自然，不過……不過……」說到這裏，頗爲躊躇。韋小寶問道：「不過怎樣？」吳立身道：「咱們是俠義道，開開玩笑是可以的，兄弟你別多心，做哥哥的說話老實，那貪花好色的淫戒，卻萬萬犯不得。」

韋小寶道：「這個自然。她是我師姊，跟我拜堂成親之後，就是我明媒正娶的老婆。二哥，你是媒人，拜天地就是正娶，是不是？又不是採花嫖堂子，有甚麼貪花好色了？」吳立身道：「是，是。兄弟你答允我，對這位姑娘，可不能做甚麼不合俠義道的壞事。」韋小寶道：「你放一百二十個心。大丈夫一言既出，甚麼馬難追。」

吳立身大喜，笑道：「我原知你是響噹噹的英雄好漢。這姑娘嫁了給你，那真是她的造化。」韋小寶微笑道：「你是媒人，這杯喜酒，總是要請你喝的。」吳立身笑道：「妙極！兄弟，我可要動手了。」韋小寶雙手反到背後，笑道：「不用客氣。」

吳立身左手抓住了他雙手手腕，大聲道：「瞧你還逃到那裏去！」將他推進大廳。只見阿珂手中單刀已遭擊落，三件兵刃指住她前心背後。敖彪等雖將她制住，但知她是韋小寶的心上人，不敢有絲毫無禮。

吳立身解下腰帶，將韋小寶雙手反綁了，推他坐在椅中，又過去將阿珂也綁住了。韋小寶不住口大罵。吳立身喝道：「小鬼，再罵一句，我挖了你眼珠子。」韋小寶道：「我偏偏要罵，臭賊！」阿珂低聲道：「師弟，別罵了，免得吃眼前虧。」韋小寶這才住嘴。

吳立身道：「這姑娘倒也明白道理，人品也還不錯，很好，很好。我有個兄弟，還沒娶妻，今天就娶了她做我的弟媳婦罷。」阿珂大驚，忙道：「不成，不成！」吳立身怒道：「為甚麼不成？大姑娘家，總是要嫁人的。我這兄弟是個英雄豪傑，又不辱沒了你。當眞不識抬舉！奏樂。」敖彪等拿起鑼鼓打了起來，咚咚嘡嘡，甚是熱鬧。

阿珂生平所受驚嚇，無過於此刻，心想這鄉下人如此粗陋骯髒，他弟弟也決計好不了，倘若失身於這等鄉間鄙夫，就算即刻自盡，也已來不及了。她牙齒緊緊咬著嘴唇，嚇得話也說不出來。吳立身笑道：「很好，你答允了。」右手一揮，衆人停了敲擊鑼鼓。

阿珂叫道：「沒有，我不答允。你們快殺了我！」吳立身道：「好，我這就殺了你，連你師弟也一起殺了。」說著從敖彪手中接過鋼刀，高高舉起。阿珂哭道：「你快殺，不殺的不是好漢。你……你快殺我師弟，先……先殺他好了。」

吳立身向韋小寶瞧了一眼，心道：「這姑娘對你如此無情無義，你又何必娶她？」韋小寶心中也在怒罵：「臭小娘，為甚麼先殺我？」吳立身怒道：「我偏偏不殺你師弟。阿狗，把這臭小子拖出去砍了！」說著向鄭克塽一指。敖彪應道：「是。」便去拉鄭克塽。

阿珂驚呼：「不，別害他……他是殺不得的。他爹爹……他爹爹……」

吳立身道：「也罷！那麼你做不做我弟媳婦？」阿珂哭道：「不，不，你……你殺死我好了。」吳立身拋下鋼刀，提起一條馬鞭，喝道：「我不殺你，先抽你一百鞭子。」心中怒氣勃發，一時難以遏止，舉起鞭子向空中吧的一聲，虛擊一鞭，便要往她身上抽去。

韋小寶叫道：「且慢！」吳立身馬鞭停在半空不即擊下，問道：「怎麼？」韋小寶道：「咱們英雄好漢，講究義氣。我跟師姊猶如同胞手足，這一百鞭子，你打我好了。」

阿珂見吳立身狠霸霸的舉起鞭子，早嚇得慌了，聽韋小寶這麼說，心中一喜，道：「師弟，你眞是好人。」

韋小寶向吳立身道：「喂，老兄，甚麼事情都由我一力擔當。這叫做大丈夫不怕危難，挺身而出。你不可逼她嫁你兄弟，你如有甚麼姊姊妹妹嫁不出去的，由我來跟她拜堂成親好了。這鄭公子已娶了一個，我再娶一個，連鎖兩個，總差不多了罷？就算還有，一起都嫁給我，老子破銅爛鐵，一古腦兒都收了……」

他說到這裏，吳立身等無不哈哈大笑。阿珂忍不住也覺好笑，但只笑得一下，想起自身遭受如此委屈，又流下淚來。吳立身笑道：「你這小孩做人漂亮，倒是條漢子。我本想就放了你們，只是給你幾句空話就嚇倒了，老子太也膿包。拜堂成親之事是一定要辦的，到底是你拜堂，還是她？」

阿珂急於脫身，忙道：「是他，是他！」吳立身瞪眼凝視著她，大聲道：「你說要他拜堂成親？」阿珂微感慚愧，低頭道：「是。」吳立身道：「好！」指著韋小寶大聲道：「今日非要你跟人拜堂成親不可。」

韋小寶望著阿珂，道：「我……我……」阿珂低聲道：「師弟，你今日救我脫卻大難，我永不忘記，你就答允了罷！」韋小寶愁眉苦臉，說道：「你要我拜堂成親？唉，你知道，這件事十分爲難。」阿珂低聲道：「我知道，你今日如不幫我這個大忙，我只好一頭撞死了。我……無可奈何，只好求你。他們……他們惡得很。」韋小寶道：「你別撞死。師姊，你求我甚麼？」阿珂道：「求你今日拜堂成親。」

韋小寶大聲道：「師姊，今日是你開口求我，我韋小寶只好勉爲其難，答允了你。是你求我拜堂成親，可不是我自己願意的，是不是？」阿珂道：「是，是我求你的。你是英雄好漢，大丈夫挺身而出，急人之難，又……又最聽我話的。」

韋小寶長嘆一聲，道：「師姊，我對你一番心意，你現在總明白了。不論你叫我做甚麼事，我都一口答允，不會皺一皺眉頭。你既要我拜堂成親，我自然答允。」阿珂道：「我知道你待我很好，以後……以後我也會待你好的。」

吳立身道：「就這麼辦。小兄弟，我沒妹子嫁給你，女兒還只三歲，也不成。喂，你們那一個有姊姊妹妹的，快去叫來，跟這位小英雄拜堂成親。」敖彪笑道：「我沒有。」另一人道：「這位小英雄義薄雲天，倘若我跟他結了親家，倒是大大的運氣，只可惜我只有兄弟，沒有姊妹。」又一人道：「我姊姊早嫁了人，已生了八個小孩。小英雄，你若等得，待我姊夫死了，我勸姊姊改嫁給你。」吳立身道：「等不得。那一個有現成的？」衆人都搖頭道：「沒有。」個個顯得錯過良機，可惜之至。

韋小寶喜道：「各位朋友，不是我不肯，只不過你們沒姊妹，那就放了我們罷。」

吳立身搖頭道：「不可。大丈夫一言既出，駟馬難追。今日非拜堂不可，否則的話，衝撞了煞神太歲，這裏一個個都要死於非命，這玩笑也開得的？好，你就和她拜堂成親。」說著向阿珂一指。

阿珂大聲叫道：「不，不好！」

吳立身怒道：「有甚麼不好？小姑娘，你願意跟我兄弟拜堂呢，還是跟這位小英雄拜堂？你自己挑一個好了。」阿珂脹紅了一張俏臉，搖頭道：「都不要！」吳立身怒道：「到這時候還在推三阻四。時辰到了，錯過了好時辰，凶煞降臨，這裏沒一個活得成。喂，阿三、阿狗，這兩個小傢伙不肯拜堂成親，先把他們兩個的鼻子都割了下來罷。」敖彪和一名師弟齊聲答應，提起鋼刀，將刀身在阿珂鼻子上擦了幾擦。

阿珂死倒不怕，但想到割去了鼻子，那可難看之極，只驚得臉上全無血色。

韋小寶道：「別割我師姊的鼻子，割我的好了。」

吳立身道：「要割兩個鼻子祭煞神，你只有一個。喂，姓鄭的，割了你的鼻子代這姑娘的，好不好？」阿珂眼望鄭克塽，眼光中露出乞憐之意。鄭克塽轉開頭不敢望她，卻搖了搖頭。吳立身道：「這小子不肯，你師弟倒肯。嘿，你師弟待你好得多了。這種人不嫁，又去嫁誰？拜堂，奏樂！」

鑼鼓聲中，敖彪過去取下假新娘頭上的頭巾，罩在阿珂頭上，解開了她的綁縛。阿珂出手便是一拳，啪的一聲，正中他胸口，幸好並無內力，雖然打中，卻不甚痛。敖彪橫過鋼刀架在她後頸。

吳立身贊禮道：「新郎新娘拜天！」阿珂只覺後頸肌膚上一涼，微覺疼痛，無可奈何，只得和韋小寶並肩向外跪拜。吳立身又喝道：「新郎新娘拜地。」敖彪推轉她身子，向內跪拜，在「夫妻交拜」聲中，兩人對面的跪了下去，拜了幾拜。

吳立身哈哈大笑，叫道：「新夫婦謝媒。」阿珂怒極，突然飛起一腳，踢中他小腹。這一腳可著實不輕，吳立身「啊」的一聲大叫，退了幾步，不住咳嗽，搖頭笑道：「新娘子好兇，連媒人都踢！」

便在此時，忽聽得祠堂外連聲胡哨，東南西北都有腳步聲，少說也有四五十人。吳立身笑容立斂，低喝：「吹熄燭火。」祠堂中立時一團漆黑。

韋小寶搶到阿珂身邊，拉住了她手，低聲道：「外面來了敵人。」阿珂甚是氣苦，嗚咽道：「我……我跟你拜了天地。」韋小寶低聲道：「我這是求之不得，只不過拜天地拜得太馬虎了些。」阿珂怒道：「不算數的。你道是眞的麼？」韋小寶道：「那還有假？這叫做生米煮成熟飯，木已成狗。」阿珂嗚咽道：「甚麼木已成狗？木已成舟。」

韋小寶道：「是，是，木已成舟。娘子學問好，以後多敎教我相公。」阿珂聽他居然老了臉皮，稱起「娘子、相公」來，心中一急，哭了出來。

卻聽得祠堂外呼聲大震，數十人齊聲吶喊，若獸吼，若牛鳴，嘰哩咕嚕，渾不知叫些甚麼。阿珂心中害怕，不自禁向韋小寶靠去。韋小寶伸左臂摟住了她，低聲道：「別怕，好像是大批喇嘛來攻。」阿珂道：「那怎麼辦？」韋小寶拉著她手臂，悄悄走到神龕之後。

突然間火光耀眼，數十人擁進祠堂來，手中都執著火把兵刃，韋小寶和阿珂一見之下，都大吃一驚。這羣人臉上塗得花花綠綠，頭上插了鳥羽，上身赤裸，腰間圍著獸皮，胸口臂上都繪了花紋，原來是一羣生番。阿珂見這羣蠻子人不像人，鬼不像鬼，個個面目猙獰，更加怕得厲害，縮在韋小寶懷裏只是發抖。

眾蠻子哇哇狂叫，當先一人喝道：「漢人，不好，都殺了！蠻子，好人，要殺人！咕花吐魯，阿巴斯里！」眾蠻子縱聲大叫，說的都是蠻話。

吳立身是雲南人，懂得夷語，但這些蠻子的話卻半句不懂，用夷語說道：「我們漢人是好人，大家不殺。」那蠻子首領仍道：「漢人，不好，都殺了。咕花吐魯，阿巴斯里。」眾蠻子齊叫：「咕花吐魯，阿巴斯里。」舉起大刀鋼叉殺來。眾人無奈，只得舉兵刃迎敵。

數合一過，吳立身等個個大爲驚異。原來衆蠻子武藝精熟，兵刃上招數中規中矩，一攻一守，俱合尺度，全非亂砍亂殺。再拆得數招，韋小寶和阿珂也看了出來。吳立身邊打邊叫：「大家小心，這些蠻子學過我們漢人武功，不可輕忽。」

爲首蠻子叫道：「漢人殺法，蠻子都會，不怕漢人。咕花吐魯，阿巴斯里。」

蠻子人多，武功又甚了得。沐王府人衆個個以一敵三，或是以一敵四，頃刻間便迭遇凶險。吳立身揮刀和那首領狠鬥，竟佔不到絲毫便宜，越鬥越驚，忽聽得「啊啊」兩聲叫，兩名弟子受傷倒地。又過片刻，敖彪腿上爲獵叉戳中，一交摔倒，三名蠻人撲上擒住。

不多時之間，沐王府十餘人全遭打倒。鄭克塽早就遍體是傷，稍一抵抗就給按倒。衆蠻子身上帶有牛筋，將衆人綁縛起來。那蠻子首領跳上跳下，大說蠻話。

吳立身暗暗叫苦，待要脫身而逃，卻掛念著韋小寶和衆弟子，當下奮力狠鬥，只盼能制服這首領，逼他們罷手放人。突然那首領迎頭揮刀砍下，吳立身舉刀擋格，噹的一聲，手臂隱隱發麻，突覺背後一棍著地掃來，忙躍起閃避。那首領單刀一翻，已架在他頸中，叫道：「漢人，輸了。蠻子，不輸了。」吳立身搖頭長嘆，擲刀就縛。

韋小寶心道：「這蠻子好笨，不會說『贏了』，只會說『不輸了』！」

衆蠻子舉起火把到處搜尋。韋小寶眼見藏身不住，拉了阿珂向外便奔，叫道：「蠻子，好人，我們兩個，都是蠻子。咕花吐魯，阿巴斯里。」那首領一伸手，抓住阿珂後領。另外三名蠻子撲將上來，抱住了韋小寶。韋小寶只叫得半句「咕花……」便住了口。

蠻子首領一見到他，忽然臉色有異，伸臂將他抱住，叫道：「希呼阿布，奇里溫登。」抱住了他走出祠堂。韋小寶大驚，轉頭向阿珂叫道：「娘子，這蠻子要殺我，你可得給我守寡，不能改嫁……」話沒說完，已給抱出大門。那蠻子首領奔出十餘丈外，放下韋小寶，說道：「桂公公，怎麼你在這裏？」聲音顯得又驚奇，又歡喜。

韋小寶驚喜交集，道：「你……你這蠻子識得我？」那人笑道：「小人是楊溢之，平西王府的楊溢之。桂公公認不出罷，哈哈。」韋小寶哈哈大笑，正要說話，楊溢之拉住他手，說道：「咱們再走遠些說話，別讓人聽見了。」兩人又走出了二十餘丈，這才停住。楊溢之道：「在這裏竟會遇到桂公公，眞教人歡喜得緊。」

韋小寶問道：「楊大哥怎麼到了這裏，又扮成了咕花吐魯，阿巴斯里？」楊溢之笑道：「有大批傢伙在河間府聚會，想要不利於我們王爺，王爺得到訊息，派小人前來查探。」

韋小寶暗暗心驚，腦中飛快的轉著主意，說道：「上次沐王府那批傢伙入宮行刺，陷害平西王……」楊溢之忙道：「多承公公雲天高義，向皇上奏明，洗刷了平西王的冤屈。我們王爺感激不已，時常提起，只盼能向公公親口道謝。」韋小寶道：「道謝是不敢當。蒙王爺這樣瞧得起，我在皇上身邊，有甚麼事能幫王爺一個小忙，總是要辦的。這次皇上得知，有一羣反賊要在河間府聚會，又想害平西王，我就自告奮勇，過來瞧瞧。」

楊溢之大喜，說道：「原來皇上已先得知，反賊們的奸計就不得逞了。那當眞好極了。小人奉王爺之命，混進了那他媽的狗頭大會之中。聽到他們推舉各省盟主，想加害我王爺。不瞞桂公公說，我們心中實是老大擔憂。明槍易躲，暗箭難防，反賊們倘若膽敢到雲南來動手，不是小人誇口，來一千，捉一千，來一萬，殺一萬；怕的卻是他們像上次沐家衆狗賊那樣，胡作非爲，嫁禍於我們王爺，那可是無窮的後患。」

韋小寶一拍胸膛，昂然道：「請楊大哥去稟告王爺，一點不用躭心。我一回到京裏，就將那狗頭大會裏的事，一五一十，十五二十，詳詳細細的奏知皇上。他們跟平西王作對，就是跟皇上作對。他們越恨平西王，越顯得王爺對皇上忠心耿耿。皇上一歡喜，別說平西王爺，連你楊大哥也重重有賞，升官發財，不在話下。」

楊溢之喜道：「全仗桂公公大力周旋。小人自己倒不想升官發財。王爺於先父有大恩，曾救了小人全家性命。先父臨死之時曾有遺命，吩咐小人誓死保護王爺周全。公公，你到這裏，是來探聽沐家衆狗賊的陰謀麼？」

韋小寶一拍大腿，說道：「楊大哥，你不但武功了得，而且料事如神，佩服，佩服。我和師姊喬裝改扮了，來探聽他們搗些甚麼鬼，卻給他們發覺了。我胡說八道一番，他們居然信以爲眞，反逼我和師姊當場拜堂成親，哈哈，這叫做因禍得福了。」

楊溢之心想：「你是太監，成甚麼親？啊，是了，你和那小姑娘假裝是一對情侶，騙信了他們。」說道：「這搖頭獅子武功不錯，卻是有勇無謀。」韋小寶道：「你們假扮蠻子，爲的是捉拿他們？」楊溢之道：「沐家跟我們王府仇深似海，上次吃了他們這大虧，一直還沒翻本。這次在狗頭大會之中又見了他們。小人心下盤算，倘若在直隸鬧出事來，皇上知道了，只怕要怪罪我們王爺，說平西王府的人在京師附近不遵王法，殺人生事。」

韋小寶大拇指一翹，讚道：「楊大哥這計策高明得緊，你們扮成蠻子生番，咕花吐魯，阿巴斯里，就算把沐家一夥人盡數殺了，旁人也只道是蠻子造反，誰也不會疑心到平西王身上。」楊溢之笑道：「正是。只不過我們扮成這般希奇古怪的模樣，倒教公公見笑了。」韋小寶道：「甚麼見笑？我心裏可羨慕得緊呢。我眞想脫了衣服，臉上畫得花花綠綠，跟你們大叫大跳一番。」楊溢之笑道：「公公要是有興，咱們這就裝扮起來。」韋小寶嘆了口氣，說道：「這一次是不行了，我老婆見到我這等怪模怪樣，定要大發脾氣。」

楊溢之道：「公公當眞娶了夫人？不是給那些狗賊逼著假裝的麼？」這卻不易三言兩語就說得明白，韋小寶便改換話題，說道：「楊大哥，我跟你投緣得很，你如瞧得起，咱兩個便結拜成了金蘭兄弟，不用公公、小人的，聽著可多別扭。」

楊溢之大喜，一來平西王正有求於他，今後許多大事，都要仗他在皇上面前維持；二來這小公公爲人慷慨豪爽，很夠朋友，當日在康親王府中，就對自己十分客氣，便道：「那是求之不得，就怕高攀不上。」韋小寶道：「甚麼高攀低攀？咱們比比高矮，是你高呢還是我高？」楊溢之哈哈大笑。兩人當即跪了下來，撮土爲香，拜了八拜，改口以兄弟相稱。

楊溢之道：「兄弟，咱倆今後情同骨肉，非比尋常，只不過在別人之前，做哥哥的還是叫你公公，以免惹人疑心。」韋小寶道：「這個自然。大哥，沐家那些人，你要拿他們怎麼樣？」楊溢之道：「我抓他們去雲南，慢慢拷打，拿到了陷害我們王爺的口供之後，解到京裏，好讓皇上明白平西王赤膽忠心，也顯得兄弟先前力保平西王，半分也沒保錯。」

韋小寶點頭道：「很好！大哥，你想那搖頭老虎肯招麼？」楊溢之道：「是搖頭獅子吳立身。這人在江湖上也頗有名望，聽說爲人十分硬氣，他是不肯招的。我敬他是條漢子，也不會如何難爲他。可是其餘那些人，總有幾個熬不住刑，會招了出來。」韋小寶道：「不錯，計策不錯。」楊溢之聽他語氣似在隨口敷衍，便道：「兄弟，我你已不是外人，你如以爲不妥，還請直言相告。」

韋小寶道：「不妥甚麼的倒是沒有，聽說沐家有個反賊叫沐劍聲，還有個硬背烏龍柳甚麼的人。」楊溢之道：「鐵背蒼龍柳大洪。他是沐劍聲的師父。」韋小寶道：「是了，大哥你記性眞好。皇上吩咐，要查明這兩個人的蹤跡。你也捉到了他們麼？」楊溢之道：「沐劍聲也到河間府去了，我們一路撮著下來，一到獻縣，卻給他溜了。」

韋小寶道：「這就有些爲難了。我剛才胡說八道，已騙得那搖頭獅子變成了點頭獅子，說要帶我去見他們小公爺。我本想查明他們怎生陰謀陷害平西王，回去奏知皇上。大哥既有把握，可將他們的陰謀拷打出來，倒不用兄弟冒險了。」

楊溢之尋思：「我拷打幾個無足輕重之人，他們未必知道眞正內情，就算知道，沐家那些狗賊骨頭很硬，也未必肯說。再說，由王爺自己辯白，萬萬不如皇上親自派下來的人查明回奏，來得有力。倘若由桂兄弟去自行奏告皇上，那可好得太多了。」當即拉著韋小寶的手，說道：「兄弟，你的法子高明得多，一切聽你的。咱們怎生去放了沐家那些狗賊，教他們不起疑心？」韋小寶道：「那要你來想法子。」

楊溢之沉吟片刻，道：「這樣罷。你逃進祠堂去，假意奮勇救你師姊，我追了進來，兩人亂七八糟大講蠻話。講了一陣，我給你說服了，恭敬行禮而去，那就不露半點痕跡。」韋小寶笑道：「妙極，我桂公公精通蠻話。那是有齣戲文的，唐明皇手下有個李甚麼的有學問先生，喝醉了酒，一篇文章做了出來，只嚇得衆蠻子屁滾尿流。」楊溢之笑道：「這是李太白醉草嚇蠻書。」

韋小寶拍手道：「對，對！桂公公醒講嚇蠻話，一樣的了不起。大哥，咱們可須裝得似模似樣，你向我假意拳打足踢，我毫不受傷。啊，是了，我上身穿有護身寶衣背心，刀槍不入。你不妨向我砍上幾刀，只消不使內力，不震傷五臟六腑，那就半點沒事。」楊溢之道：「兄弟有此寶衣，那太好了。」韋小寶吹牛：「皇上派我出來探查反賊的逆謀，怕給他們知覺了殺我，特地從身上脫下這件西洋紅毛國進貢來的寶衣，賜了給我。大哥，你不用怕傷了我，先砍上幾刀試試。」

楊溢之拔出刀來，在他左肩輕輕一劃，果然刀鋒只劃破外衣，遇到內衣時便劃不進去，手上略略加勁，又在他左肩輕輕斬了一刀，仍絲毫不損，讚道：「好寶衣，好寶衣！」

韋小寶道：「大哥，裏面有個姓鄭的小子，就是那個穿著華麗的繡花枕頭公子爺，這傢伙老是向我師姊勾勾搭搭，兄弟見了生氣得很，最好你們捉了他去。」楊溢之道：「我將他一掌斃了便是。」韋小寶道：「殺不得，殺不得。這人是皇上要的，將來要著落在他身上辦一件大事。請你捉了他去，好好看守起來，不可難爲他，也不要盤問他甚麼事。過得二三十年，我來向你要，你就差人送到北京來罷。」

楊溢之道：「是，我給你辦得妥妥當當的。」突然間提高聲音，大叫：「胡魯希都，愛里巴拉！噓老噓老！」低聲笑道：「咱倆說了這會子話，只怕他們要疑心了。」韋小寶也尖聲大叫，說了一連串「蠻話」。楊溢之笑道：「兄弟的『蠻話』，比起做哥哥的來，可流利得多了。」韋小寶笑道：「這個自然，兄弟當年流落番邦，番邦公主要想招我爲駙馬，那蠻話是說慣了的。」楊溢之哈哈大笑。

韋小寶又道：「大哥，我有一件事好生爲難，你得幫我想個法子。」

楊溢之一拍胸膛，慨然道：「兄弟有甚麼事，做哥哥的把這條性命交了給你也成，只要你吩咐，無有不遵。」韋小寶嘆道：「多謝了，這件事說難不難，說易卻也十分不易。」楊溢之道：「兄弟說出來，我幫你琢磨琢磨。倘若做哥哥的辦不了，我去求我們王爺。幾萬兵馬，幾百萬兩銀子，也調動得來。」韋小寶微微一笑，說道：「千軍萬馬，金山銀山，只怕都無用。那是我師姊，她給逼著跟我拜堂成親，心中可老大不願意。最好你有甚麼妙法，幫我生米煮成熟飯，弄他一個木已成舟。」

楊溢之忍不住好笑，心想：「原來如此，我還道是甚麼大事，卻原來只不過要對付一個小姑娘。但你是太監，怎能娶妻？是了，聽說明朝太監常有娶幾個老婆的事，兄弟想是也要來搞這套玩意兒，過過乾癮。」想到他自幼給淨了身，心下不禁難過，攜著韋小寶的手，說道：「兄弟，人生在世，不能事事順遂。古往今來大英雄、大豪傑，身有缺陷之人極多，那也不必介意。咱們進去罷。」

韋小寶道：「好！」口中大叫「蠻話」，拔足向祠堂內奔了進去。楊溢之仗刀趕來，也是大呼「蠻話」，一進大廳，便將韋小寶一把抓住。兩人你一句「希里呼嚕」，我一句「阿依巴拉」，說個不休，一面指指吳立身，又指指阿珂。

吳立身和阿珂等又驚又喜，心下都存了指望，均想：「幸虧他懂得蠻子話，最好能說得眾蠻子收兵而去。」

楊溢之提起刀來，對準阿珂的頭頂，說道：「女人，不好，殺了。」韋小寶忙道：「老婆，我的，不殺！」楊溢之道：「老婆，你的，不殺？」韋小寶連連點頭，說道：「老婆，我的，不殺！」楊溢之大怒，喝道：「老婆，你的，不殺。殺你！」

韋小寶道：「很好，老婆，我的，不殺。殺我！」

楊溢之呼的一刀，砍向韋小寶胸口。這一刀劈下去時刀風呼呼，勁力極大，但刀鋒一碰到韋小寶身上，立即收勁，手腕一抖，那刀反彈了回來。他假裝大吃一驚，跳起身來，連砍三刀，在韋小寶衣襟上劃了三條長縫，大聲叫道：「你，菩薩，殺不死？」韋小寶搖頭道：「我，菩薩，不是，殺不死。」

楊溢之大拇指一翹，說道：「你，菩薩，不是的。大英雄，是的。」指指吳立身等人，問道：「漢人，殺了？」韋小寶搖手道：「朋友，我的，不殺。」楊溢之點點頭，問阿珂道：「你，老婆，大英雄的？」

阿珂見到他手中明晃晃的鋼刀，想要否認，卻又不敢。楊溢之一刀疾劈，將一張供桌削爲兩爿，喝道：「老公，你的？」指著韋小寶。阿珂無奈，只得低聲道：「老公，我的。」

楊溢之哈哈大笑，提起阿珂，送到韋小寶身前，說道：「老婆，你的，抱抱。」韋小寶張開雙臂，將阿珂緊緊抱住，說道：「老婆，我的，抱抱。」

楊溢之指著鄭克塽，問道：「兒子，你的？」韋小寶搖頭道：「兒子，我的，不是！」楊溢之大叫幾句「蠻話」，抓住鄭克塽奔了出去，口中連聲呼嘯。他手下蠻子從人一擁而出。只聽得馬蹄聲響，竟自去了。

阿珂驚魂略定，只覺韋小寶雙臂仍抱住自己的腰不放，說道：「放開手。」韋小寶道：「老婆，我的，抱抱。」阿珂又羞又怒，用力一掙，掙脫了他雙臂。

韋小寶拾起地下一柄鋼刀，將吳立身等人的綁縛都割斷了。吳立身道：「這些蠻子武功好生了得，虧得新郎官會說蠻話，又練了金鐘罩鐵布衫功夫，刀槍不入，大夥兒得你相救。」韋小寶道：「這些蠻子武功雖高，頭腦卻笨得很。我胡說一通，他們便都信了。」

阿珂道：「鄭公子給他們捉去了，怎生相救才是。」

那假新娘突然大叫：「我老公給蠻子捉了去，定要煮熟來吃了。」放聲大哭。

吳立身向韋小寶拱手道：「請教英雄高姓大名。」韋小寶道：「不敢，在下姓韋。」吳立身道：「韋相公和韋家娘子今日成親，一點小小賀儀，不成敬意。」說著伸手入懷，摸出兩隻小小的金元寶。韋小寶道：「多謝了。」伸手接過。

阿珂脹紅了臉，頓足道：「不是的，不算數的。」吳立身笑道：「你們天地也拜過了，你剛才對那蠻子說過『老公，我的』，怎麼還能賴？新郎新娘洞房花燭，我們不打擾了。」一揮手，和敖彪等人大踏步出了祠堂。

霎時之間，偌大一座祠堂中靜悄悄地更無人聲。

阿珂又害怕，又羞慚，向韋小寶偷眼瞧了一眼，想到自己已說過「老公，我的」這話，突然伏在桌上，哭了出來，頓足道：「都是你不好，都是你不好！」

韋小寶柔聲道：「是，是，都是我不好。幾時我再想個法兒，救了鄭公子出來，你就說我好了。」阿珂抬起頭來，說道：「你……你能救他出來麼？」

紅燭搖晃之下，她一張嬌艷無倫的臉上帶著亮晶晶的幾滴淚珠，眞是白玉鑲珠不足比其容色，玫瑰初露不能方其淸麗，韋小寶不由得看得呆了，竟忘了回答。

阿珂拉拉他衣襟，道：「我問你啊，怎麼去救鄭公子出來？」

韋小寶這才驚覺，嘆了口氣，說道：「那蠻子頭腦說，他們出來一趟，不能空手而回，定要捉一人回去山洞，煮來大夥兒吃了……」阿珂驚叫一聲，道：「煮來大夥兒吃了？」想起那「新娘」的哭叫，更是心驚。韋小寶道：「是啊，他們本來說你細皮白肉，滋味最好，要捉你去吃的……」阿珂不自禁的打了個寒戰，抬頭向門外一張，生怕那些蠻子去而復回。韋小寶續道：「我說你是我老婆，他們就放過了你。」阿珂急道：「鄭公子給他們捉了去，豈不是被他們煮……煮……」

韋小寶道：「是啊，除非我自告奮勇，去讓他們吃了，將鄭公子換了出來。」阿珂道：「那你就去換他出來！」這句話一出口，就知說錯了，俏臉一紅，低下頭來。

韋小寶大怒，暗道：「臭小娘，你瞧得你老公不值半文錢，寧可讓蠻子將我煮來吃了，好救你的奸夫出來。」冷冷的道：「就算換了他出來，那也沒用了？」阿珂急道：「怎……怎麼沒用了？」韋小寶道：「鄭公子已和那鄉下姑娘拜堂成親，你親眼見到了的。他已有了明媒正娶的老婆，木已成舟，你也嫁他不成了。」阿珂頓足道：「那是假的。」韋小寶氣忿忿的道：「好，你要我去換，我就去換。就不知蠻子的山洞在那裏。哼，咱們走罷。」

阿珂默默跟著他走出祠堂，生怕一句話說錯，他又不肯去換鄭公子了。來到大路，只見鄭府衆伴當提著燈籠，圍著在大聲說話。兩人走近身去，鄭府衆伴當道：「陳姑娘來啦，我家公子呢？我家公子呢？」快步迎上。

人叢中一個身材瘦削的人影突然一晃而前，身法極快，韋小寶眼睛一花，便見這人到了身前，聽得一個尖銳的聲音問道：「我家公子在那裏？」這人背著燈光，韋小寶瞧不見他的臉，心中一驚，退了兩步，豈知他退了兩步，那人跟著上前兩步，仍和他面對面的站立，相距不到一尺，又問：「我家公子在那裏？」

阿珂道：「他……他給蠻子捉去啦，要……要煮了他來吃了。」那人道：「中原之地，那來的蠻子？」阿珂道：「是眞的蠻子，快……快想法子救他。」那人道：「去了多久？」阿珂道：「沒多久。」

那人身子陡然拔起，向後倒躍，落下時剛好騎在一匹馬的鞍上，雙腿一夾，那馬奔馳而去，片刻間沒入了黑暗之中。

韋小寶和阿珂面面相覷，一個吃驚，一個歡喜，眼見這人武功之高，身法之快，生平殊所罕見，心下大爲欽佩。阿珂道：「不知這位高人是誰？」那年老伴當道：「他是公子的師父馮錫範，外號『一劍無血』。馮師傅天下無敵，去救公子，定然馬到成功。」韋小寶和阿珂都道：「原來是他。」阿珂又道：「既是馮師傅到了，你們怎麼不請他立即到那邊祠堂去救公子？」一名伴當道：「馮師傅剛到。他接到我們飛鴿傳書，連夜從河間府趕來。」

韋小寶道：「馮師傅在河間府，怎麼我們沒遇見？」衆伴當你望望我，我望望你，都不答話。那伴當自知失言，低下了頭。韋小寶心想：「原來臺灣鄭家在『殺龜大會』中暗伏高手，一直沒露面。這臭小子給人捉了去，這才趕來相救。」捏捏自己的面頰，說道：「肉啊肉，有人去救鄭公子，你們就不用去掉換這心肝寶貝，給衆蠻子吃了。」

阿珂臉上一紅，待要說幾句話解釋，轉念又想：「也不知道馮師傅單槍匹馬，打不打得過這許多蠻子。」

韋小寶見她欲言又止，猜到了她心思，說道：「你放心，馮師傅救他不出，仍舊拿我的臭肉去掉你心肝就是，大丈夫一言既出，甚麼馬難追。」阿珂道：「馮師傅能救他回來就好了。」韋小寶大怒，便即走開，但一瞥眼見到她俏臉，心中一軟，轉身回來，坐在路旁。

阿珂見他拔足欲行，不由得著急，心想如馮師傅救不出鄭公子，他又走了，誰去掉鄭公子回來？見他回來坐倒，這才放心。這時不敢得罪了他，將身子挨近他坐下。韋小寶心想：「此時你有求於我，不乘機佔些便宜，更待何時？」伸過左手，摟住了她腰，右手握住了她右手。阿珂微微一掙，就不動了。韋小寶大樂，心道：「最好這姓馮的給楊大哥他們殺了，永遠不回來，我就這樣坐一輩子等著。」他明知阿珂對自己沒半分情意，早已胸無大志，只盼這樣摟著她坐一輩子，也已心滿意足，更無他求了。

可是事與願違，只摟不到片刻，便聽得大路上馬蹄聲隱隱傳來。阿珂一躍而起，叫道：「鄭公子回來了。」蹄聲越來越近，已聽得出是兩匹馬的奔馳之聲。韋小寶道：「好啊，我拾回了一條性命，不用去送給蠻子們吃了。」語氣中充滿了苦澀之意。這時他便再說得氣惱十倍，阿珂也那裏還來理會？急步向大路上迎去。

兩匹馬先後馳到。衆伴當提起燈籠照映，歡呼起來，當先一匹馬上乘的正是鄭克塽。他見到阿珂飛奔過來，一躍下馬，兩人摟抱在一起，歡喜無限。阿珂將頭藏在他懷裏，哭了出來，道：「我怕……怕這些蠻子將你……將你……」

韋小寶本已站起，見到這情景，胸口如中重擊，一交坐倒，頭暈眼花了一陣，心下立誓：「你奶奶的，我今生今世娶不到你臭小娘爲妻，我是你鄭克塽的十七八代灰孫子。我韋小寶是王九蛋，王八蛋再加一蛋。就算再加二蛋、三蛋，又有何妨？」常人身歷此境，若非萬念俱灰，心傷淚落，便決意斬斷情絲，另覓良配，韋小寶卻天生一股光棍潑皮的狠勁韌勁，臉皮既老，心腸又硬：「總而言之，老子一輩子跟你泡上了，耗上了，陰魂不散，死纏到底。就算你嫁了十八嫁，第十九嫁還得嫁給老子。」他在妓院之中長大，見慣了衆妓女迎新送舊，也不以爲一個女子心有別戀是甚麼了不起的大事，甚麼從一而終，堅貞不二，他聽也沒聽見過。只難過得片刻，便笑嘻嘻的走上前去，說道：「鄭公子，你回來了，身上沒給蠻子咬下甚麼罷？」

鄭克塽一怔，道：「咬下甚麼？」阿珂也是一驚，向他上下打量，見他五官手指無缺，這才放心。

馮錫範騎在馬上，問道：「這小孩兒是誰？」鄭克塽道：「是陳姑娘的師弟。」馮錫範點了點頭。韋小寶抬頭看他，見他容貌瘦削，黃中發黑，留著兩撇燕尾鬚，一雙眼睛成了兩條縫，倒似個癆病鬼模樣，心中掛念著楊溢之，說道：「馮師傅，你眞好本領，一下子就將鄭公子救了轉來。那蠻子的頭腦可殺了嗎？」

馮錫範道：「甚麼蠻子？假扮的。」韋小寶心中一驚，道：「假扮？怎麼他們會說蠻子話？」馮錫範道：「假的！」不屑跟這孩子多說，向鄭克塽道：「公子，你累了，到那邊祠堂去休息一忽兒罷。」

阿珂記掛著師父，說道：「就怕師父醒來不見了我著急。」韋小寶道：「我們趕快回去罷。」阿珂瞧著鄭克塽，只盼他同去。鄭克塽道：「師父，大夥兒去客店吃些東西，再好好睡上一覺。」

路上韋小寶向鄭克塽詢問脫險經過。鄭克塽大吹師父如何了得，數招之間就將衆蠻子殺散。韋小寶問明「蠻子頭腦」並未喪命，這才放心。

衆人到得客店，天色已明，九難早已起身。她料到阿珂會拉著韋小寶去救鄭克塽，不見了二人，也不以爲奇。待得鄭克塽等到來，爲馮錫範向她引見了，九難見他一副沒精打采的模樣，但偶然一雙眼睛睜大了，卻是神光炯炯，心想：「此人號稱『一劍無血』，看來名不虛傳，武功著實了得。」

用過早飯後，九難說道：「鄭公子，我師徒有些事情要辦，咱們可得分手了。」鄭克塽一怔，好生失望，道：「難得有緣拜見師太，正想多多請教。不知師太要去何處，晚輩反正左右無事，就結伴同行好了。」

九難搖頭道：「出家人多有不便。」帶著阿珂和韋小寶，逕行上車。鄭克塽茫然失措，作聲不得。阿珂登時紅了雙眼，差點沒哭出聲來。韋小寶努力板起了臉，暗暗禱祝：「師父長命百歲，多福多壽，阿彌陀佛，菩薩保祐。」問道：「師父，咱們上那裏去？」

九難道：「上北京去。」過了半晌，冷冷的道：「那姓鄭的要是跟來，誰也不許理他。那一個不聽話，我就把那姓鄭的殺了！」

阿珂驚問：「師父，爲甚麼？」九難道：「不爲甚麼。我愛清靜，不喜歡旁人囉唆。」阿珂不敢再問，過了一會，忽然想到一事，問道：「要是師弟跟他說話呢？」九難道：「我一樣把鄭公子殺了。」韋小寶再也忍耐不住，咯的一聲，笑了起來。阿珂道：「師父，這不公平。師弟會故意去跟人家說話的。」九難瞪了她一眼，道：「這姓鄭的如不跟來，小寶怎能跟他說話？他同我糾纏不清，便是死有餘辜。」

韋小寶心花怒放，眞覺世上之好人，更無逾於師父者，突然拉過九難的手來，在她掌心中親了一吻。九難將手甩開，喝道：「胡鬧！」但二十多年來從未有人跟她如此親熱過，這弟子雖然放肆，卻顯然出自眞情，口中呼叱，嘴角邊卻帶著微笑。

阿珂見師父偏心，又不知何日再得和鄭公子重聚，越想越傷心，淚珠簌簌而下。

數日後三人又回北京，在東城一處僻靜的小客店中住下。九難走到韋小寶房中，閂上了門，低聲道：「小寶，你猜我們又來北京，爲了何事？」

韋小寶道：「我想不是爲了陶姑姑，就是爲了那餘下的幾部經書。」

九難點頭道：「不錯，是爲了那幾部經書。」頓了一頓，緩緩道：「我這次身受重傷，很有感觸。一個人不論武功練到甚麼境界，力量總有時而窮，天下大事，終須羣策羣力，衆志方能成城。羣雄在河間府開『殺龜大會』，我仔細想想，就算殺了吳三桂奸賊一人，江山還是在韃子手中，大家不過洩得一時之憤，又濟得甚事？倘若取齊了經書，斷了韃子龍脈，號召普天下仁人志士共舉義旗，那時還我大明江山，才有指望。」

韋小寶道：「是，是，師父說得不錯。」九難道：「我再靜養半月，內力就可全復，那時再到宮中探聽確訊，總要設法找到餘下的七部經書，才是第一等大事。」

韋小寶道：「待弟子先行混進宮去，豎起了耳朵用心探聽，說不定老天保祐，會聽到些甚麼線索。」

九難點頭道：「你聰明機靈，或能辦成這件大事。這一樁大功勞……」說到這裏，嘆了口長氣，眼光中盡是激勵之意。

韋小寶一陣衝動，登時便想吐露眞情：「另外五部經書，都在弟子手中。」但隨即轉念：「小玄子跟我是過命的交情，我如幫著師父，毀了他的江山，讓他做不成皇帝，那不是太也沒義氣嗎？」

九難見他有遲疑之色，只道他躭心不能成功，說道：「這件事本來難期必成。大家盡心竭力，也就是了。這叫做謀事在人，成事在天。唉，也不知朱家是氣數已盡呢，還是興復有望？這數十年來，我早已萬念俱灰，塵心已斷，想不到遇見了你和紅英之後，我本不想理會國家大事，國家大事卻理到我頭上來。」

韋小寶道：「師父，你是大明公主，這江山本來是你家的，給人強佔了去，非得搶它回來不可。」九難嘆道：「那也不單是我一家之事。我家裏的人，差不多都死光了。」伸手撫摸他頭，說道：「小寶，這些事情，可千萬不能在師姊面前洩漏半句。」

韋小寶點頭答應，心想：「師姊這等美麗可愛，師父卻不大喜歡她，不知是甚麼緣故？想來因爲她不會拍師父馬屁。」

次日清晨，他進宮去叩見皇帝。

康熙大喜，拉住了他手，笑道：「他媽的，怎麼今天才回來？我日日在等你。我先前一直躭心，怕你給那惡尼姑捉了去，小命兒不保。前天聽到多隆回奏，說見到了你，我這才放心。你怎麼脫險的？」

韋小寶道：「多謝皇上記掛，又派了御前侍衛來找尋奴才。那惡尼姑起初十分生氣，向我拳打腳踢，後來我說皇上是鳥生魚湯，是大大的好皇帝，殺不得的。她卻說了很多大逆不道的話。我讚你一句，她就打我一記耳光。後來我不肯吃眼前虧，只好悶聲大發財了。」

康熙點頭道：「你給她打死了也是白饒，這惡尼姑到底是甚麼來歷？她來行刺，是受了何人指使？」

韋小寶道：「奴才不知她受誰指使。那時候她捉住了我，用繩子綁住了我雙手，好像耍猴兒般拉著走。皇上，我嘴裏不敢罵，心裏卻將她十七八代祖宗罵了個夠。」康熙笑道：「這個自然，那還有不罵的？」韋小寶道：「她拉著我走了幾天，幾次想殺我，幸好在道上遇到了一個人。這人跟奴才大有交情，幫我說了好多好話，這尼姑才不打我。」康熙奇道：「那是誰？」韋小寶道：「這人姓楊，是平西王世子手下的衞士頭腦。」

康熙大感興味，問道：「是吳三桂那廝的手下，怎會幫你說好話？」韋小寶道：「其實那還是出於皇上的恩典。那次雲南沐家的人進宮來搗亂，想誣攀吳三桂，大家都信了，但皇上英明無比，識破了陰謀。皇上派我向吳三桂的兒子傳諭，那個姓楊的，就是那一次上識得奴才的。」康熙點頭道：「原來如此。」

韋小寶進宮之時，早已想好了一肚子謊話，又道：「那姓楊的名叫楊溢之，跟那尼姑說起沐家這會事，說道皇上年紀雖輕，見識可勝得過鳥生魚湯，聰明智慧，簡直就是神仙菩薩下凡。尼姑將信將疑，對我就看得不怎麼緊了。一天晚上，楊溢之和尼姑在房裏說話，我假裝睡著偷聽，原來這尼姑來行刺皇上，果然是有人主使。」

康熙道：「是吳三桂這廝。」韋小寶滿臉驚異之色，道：「原來皇上早知道了。是多隆奏知的麼？」康熙道：「不是。吳三桂的衞士頭目識得這尼姑，跟她鬼鬼祟祟的商議，還能有甚麼好事了？」韋小寶又驚又喜，跪下磕頭，說道：「皇上，我跟著您辦事，眞是痛快。甚麼事情您一猜就中，用不著我說。咱們這一輩子可萬事大吉，永遠不會輸了給人家。」

康熙笑道：「起來，起來！上次在五台山清涼寺也夠凶險的了。若不是你捨命在我身前這麼一擋……」說到這裏，臉色轉爲鄭重，續道：「這奸賊的陰謀已然得逞了。」想到當日白衣尼那猶似雷轟電閃般的一擊，兀自不寒而慄。韋小寶道：「其實這尼姑一劍刺來，你身手敏捷，自然會使一招『孤雲出岫』避了開去。你跟著反手一招『仙鶴梳翎』，打在那惡尼姑肩頭，她非大叫『投降』不可。不過我生怕傷了你，一時胡塗了，只想到要擋在你身前，代你受這一劍。皇上一身武功沒機會施展，在少林和尚面前出出風頭，實在可惜。」

康熙哈哈大笑，他自知當日若非韋小寶這麼一擋，定然給白衣尼刺死了，這小傢伙如此忠心，卻又不居功，當眞難得，笑道：「你小小年紀，官兒已做得夠大了。等你大得幾歲，再升你的官。」韋小寶搖頭道：「我也不想做大官，只盼常常給皇上辦事，不惹你生氣，那就心滿意足了。」

康熙拍拍他肩頭，道：「很好，很好。你好好爲我辦事，我很歡喜，怎會生氣？那姓楊的跟那尼姑還說些甚麼？」

韋小寶道：「楊溢之不斷勸那尼姑，說了皇上的許許多多好處。他說吳三桂對他父親有恩，他父親臨死之時，囑咐他要保護吳三桂，但吳三桂一心一意想做皇帝，大逆不道，那是萬萬不可。將來事情敗露，大家都要滿門抄斬。那尼姑卻說，她全家都給韃……韃……都給咱們滿洲人殺了，吳三桂又對她這樣客氣。她來行刺，一來是衝著吳三桂的面子，二來是爲自己爹娘報仇。她家裏人早死光了，也不怕甚麼滿門抄斬。」

康熙點了點頭。韋小寶又道：「楊溢之說，皇上待百姓好，如果……如果害了你，吳三桂做了皇帝，他自己雖可做大官、做大將軍，天下百姓卻要吃大苦了。那尼姑心腸很軟，講究甚麼慈悲，想了很久，說他的話很對，這件事她決定不幹了。二人商商量量，說道吳三桂如再派人來行刺，他兩個暗中就把刺客殺了。」

康熙喜道：「這兩人倒深明大義哪。」

韋小寶道：「不過楊溢之說，另外有一件事不易辦。」康熙問：「又有甚麼古怪？」韋小寶道：「他二人低聲說了好多話，我可不大懂，只聽到老是說甚麼延平郡王，臺灣鄭家甚麼的，好像吳三桂說要跟一個姓鄭的平分天下。」

康熙站起身來，大聲道：「原來這廝跟臺灣的反賊暗中也有勾結。」韋小寶問道：「臺灣鄭家是他媽的甚麼王八蛋？」康熙道：「那姓鄭的反賊盤踞臺灣，不服王化，只因遠在海外，一時不易平定。」

韋小寶一臉孔的恍然大悟，說道：「原來如此。那時奴才越聽越氣，心想這江山是皇上的，他姓吳姓鄭的是甚麼東西，膽敢想來平分皇上的天下？楊溢之說，臺灣姓鄭的派了他的第二個兒子，叫作鄭克……鄭克……」康熙道：「鄭克塽。」韋小寶喜道：「是，是。皇上甚麼都知道。」

康熙微笑不語。他近年來一直在籌劃將臺灣收歸版圖，鄭家父子兄弟，以及臺灣的軍政大事、兵將海船等情形，早打聽得清清楚楚。

韋小寶道：「這鄭克塽最近到了雲南，跟吳三桂去商議了大半個月。」

康熙勃然變色，道：「有這等事？」臺灣和雲南兩地，原是他心中最大的隱憂，沒想到鄭吳二人竟會勾結密謀，鄭克塽到雲南之事，直到此刻方知。

韋小寶道：「臺灣有個武功很高的傢伙，一路上保護鄭克塽。這傢伙姓馮，叫甚麼一劍出血……」康熙道：「一劍無血馮錫範。他和劉國軒、陳永華三人，號稱『臺灣三虎』。」

韋小寶聽得皇帝提到師父的名字，心中一凜，說道：「是，是。正是一劍無血馮錫範。楊溢之說，臺灣這三隻老虎之中，陳永華是好人，馮錫範和另外那人是壞的。陳永華不肯做反叛皇上的事情，不過他一隻老虎，敵不過另外兩隻老虎。」他在康熙面前大說九難、楊溢之、陳近南三人的好話，以防將來三人萬一爲淸廷所擒，有了伏筆，易於相救。

康熙搖頭道：「那也未必，陳永華可比另外兩隻老虎厲害得多。」

韋小寶道：「楊溢之跟那尼姑又說，江湖上有許多吳三桂的對頭，要在河間府聚會，開一個『殺龜大會』，商量怎樣殺了吳三桂。那鄭克塽和馮錫範要混到會裏打探消息，然後去通知吳三桂。他們越說越低聲，我聽了半天聽不眞，好在他們不是想加害皇上，也就不去理會，後來我眞的睡著了。皇上，奴才這件事有點貪懶了，不過那時實在倦得要命。半夜裏楊溢之悄悄來叫醒了我，解開我的穴道，說那尼姑在打坐練功，叫我溜之大吉。」

康熙點頭道：「這姓楊的倒還有良心。」韋小寶道：「可不是麼？將來皇上誅殺吳三桂，這楊溢之還請皇上開恩饒了他性命。」康熙道：「倘若他能立功，我不但饒他性命，還有封賞。在『殺龜大會』中，還聽到了些甚麼？」韋小寶道：「他們每一省推舉一個盟主，那鄭克塽做了福建省的盟主，好像將福建、廣東、浙江、陝西甚麼，都劃歸他鄭家的。」

康熙微微一笑，心想：「小桂子弄錯了，定是江西，不是陝西。」雙手負在背後，在書房中踱來踱去，來來回回走了十幾趟，突然說道：「小桂子，你敢不敢去雲南？」

韋小寶一驚，這一著大出意料之外，問道：「皇上派我到吳三桂那裏去打探消息？」

康熙點了點頭，道：「這件事著實有點危險，不過你年紀小，吳三桂不會怎麼提防。那楊溢之又是你朋友，定會照顧你。」

韋小寶道：「是。皇上，我不是怕去雲南，只是剛回宮來，沒見到你幾天，又要離開你身邊，實在捨不得。」康熙點頭道：「不錯，我也是一般的心思。只可惜我做了皇帝，不能隨便走動，否則咱倆同去雲南，我揪住吳三桂的鬍子，你抓住他雙手，同時問他：『他媽的吳三桂，投不投降？』豈不有趣？」韋小寶笑道：「這可妙極了。皇上，你不能去雲南，待我去將吳三桂騙到宮來，咱們再揪他鬍子，好不好？」

康熙哈哈大笑，道：「好就極好，就怕這廝老奸巨猾，不肯上當。啊，小桂子，我想到個法子，令他不會起疑。」韋小寶道：「皇上神機妙算，一定高明之極。」康熙道：「我們把建寧公主嫁給他兒子，結成親家，他就一點也不會防備了。」

韋小寶一怔，道：「嫁給吳應熊這小子？這……這豈不太便宜了他？」

康熙道：「這是那老賤人的女兒，咱們把她嫁到雲南去，讓她先吃點兒苦頭。將來吳三桂滿門抄斬，連她一起殺了。」說著恨恨不已。他本來挺喜歡這個妹子，但自從知道太后害死自己親生母親、氣得父皇出家之後，連這妹子也恨上了，又道：「那時候我就可說老賤人教女無方，逼她自盡。」

韋小寶道：「皇上，奴才打聽到一個天大的好消息，皇上聽了一定十分歡喜。」康熙道：「甚麼好消息？」韋小寶將嘴湊到他耳邊，低聲道：「老賤人是假太后，眞的太后還好端端地在慈寧宮中。」在康熙面前，他終究不敢口出「老婊子」三字。

康熙大吃一驚，顫聲道：「甚麼？甚麼假太后？」

韋小寶於是將假太后囚禁太后、她自己冒充太后爲非作惡之事，一一說了。

康熙只聽得目瞪口呆，半晌說不出話來，隔了好一會，才道：「有這等事？有這等事？……你怎麼知道？」韋小寶道：「奴才知道老賤人心地惡毒，只怕她加害皇上，因此買通了慈寧宮裏的宮女，暗中監視，只要一覺情形不對，就來奏知皇上，咱們好先下手爲強。奴才今日一進宮，那宮女就將這件大事跟我說了。」

康熙額頭汗水涔涔而下，顫聲道：「那宮女呢？」韋小寶道：「我想這件事情太大，倘若她洩漏出去，那可不得了。因此奴才大膽，將她推入了一口井裏，倒也沒旁人瞧見。唉，實在對她不住。」康熙點了點頭，臉上閃過一絲寬慰之色，道：「辦得好，明兒你撈起她屍身，妥爲安葬，查明她家屬，厚加撫卹。」韋小寶道：「是，是，遵皇上吩咐辦理。」

康熙道：「事不宜遲，咱們即刻去慈寧宮。」說著站起身來，摘下牆上兩口寶劍，將一口交了給韋小寶，低聲道：「這事就咱兩人去幹，可不能讓宮女太監們知道了。」

韋小寶點頭道：「皇上，老賤人武功厲害，我一進房就抱住她，皇上一劍先斬斷她一條手臂，然後再問詳情。」康熙點頭道：「好！」韋小寶道：「皇上還是多帶侍衛，候在慈寧宮外，當眞情形不對，只好叫人進來。否則倘若奴才抱不牢假太后，這賤人行兇，衝撞了皇上萬金之體，那……那可不妥了。」

康熙點了點頭，打定了主意：「倘若非要侍衛相助不可，事成之後，將這些侍衛處死滅口便是。」

康熙出得書房，傳八名侍衛護駕，來到慈寧宮外，命侍衛在花園中遠遠守候，與韋小寶兩人走向太后寢殿。慈寧宮的宮女太監紛紛跪下迎接。康熙道：「你們都到花園去，誰也不許過來。」衆人凜遵退開。

韋小寶知道當日假太后向他師父九難拍了七掌「化骨綿掌」，陰毒掌力盡數逼還給自身，他師父雖教了化解之法，但自此之後，只要一使內力，全身骨骼立即寸斷。屈指算來，此時體內掌力尚未化盡，就算已經化去，諒她也不敢動武，再加自己有五龍令在手，一切有恃無恐，心下泰然。康熙卻知這假太后武功厲害，自己所學的功夫全是她所授，即使加上個韋小寶，兩人仍和她相差甚遠，只有兩人以雙劍攻她空手，打她個措手不及，就如當年暗算鰲拜一般，才能取勝，是以一踏進寢殿，手掌心中就滲出汗水。

韋小寶心想：「今日是立大功的良機，我向老婊子撲將過去，皇上只道我奮不顧身，其實只不過是打一隻動彈不得的死狗。見到瘋狗，老子遠而避之，打死狗嘛，老子最拿手不過。」低聲道：「這賤人武功了得，皇上千萬不可涉險。由奴才先上！」康熙點點頭，右手緊緊抓住了劍柄。

走進寢殿，卻見殿中無人，床上錦帳低垂。

太后的聲音從帳中傳了出來：「皇帝，你多日不到慈寧宮來了，身子可安好嗎？」

康熙先前每日來慈寧宮向太后請安，自從得悉內情之後，心中說不出的憎恨，便來得甚疏。兩人沒料到她白天也睡在床上，先前商量好的法子便不管用了。康熙道：「聽說太后身子不適，兒子瞧太后來著。」向韋小寶使個眼色，吩咐：「掛起了帳子！」韋小寶應道：「喳！」走向床前。太后道：「我怕風，別掛帳子。」

康熙心想：「如不理她的話，逕去揭開帳子，只怕她有了提防。」說道：「是，不知太后是甚麼不舒服，服過藥了麼？」太后道：「服過了。太醫說受了小小風寒，不打緊的。」康熙道：「兒子想瞧瞧太后面色怎樣？有沒發燒？」太后嘆了口氣，道：「我面色很好，不用瞧了。皇帝回去休息罷。」康熙心下起疑：「不知她在搗甚麼鬼？」

韋小寶見寢殿中黑沉沉地，當下轉過身子，向著康熙大打手勢，示意讓自己去抱住了她雙腳，皇帝便一劍斬落。

突然之間，康熙心念一動：「倘若小桂子所說的言語都是假的，那便如何？雖然那男人假扮宮女，確爲實情，但說不定太后只穢亂宮禁，並無別情。我這一劍砍了下去，如果她竟是眞太后，並非假冒，我豈不是既胡塗，又不孝？寧可讓假太后有了提防，不得不召進侍衛來擒拿，可不能魯莽從事，由我親手斬傷了眞太后。」當即搖搖頭，揮手命韋小寶退開，說道：「太后，兒子放心不下。」快步走到床前，伸手揭開帳子。

錦帳兩下一分，只見太后急速轉身，面向裏床，但就這麼一瞥之間，康熙已見到太后臉頰瘦削，容貌大不相同，說道：「太后，你老人家近來忽然瘦了很多。」語音已然發顫。

太后嘆了口氣，道：「自從五台山回來後，胃口一直不好，每天吃不上半碗飯，照照鏡子，幾乎自己也不認得了。」

康熙心想：「小桂子的話果然不假。這老賤人沒料到我突然會來，她睡在床上，沒人瞧見，今日沒喬裝改扮，是以說甚麼也不肯讓我瞧她容貌。我已親眼目睹，難道還會弄錯？」怒火中燒，大聲道：「啊喲，太后，一隻大老鼠鑽到了掛氈後面。來人哪，快捲起掛氈來捉老鼠！」說著急退兩步，生怕假太后見事情敗露，便即暴起發難。

只聽太后顫聲道：「掛氈後面有甚麼老鼠？」韋小寶上前拉動羊毛索子，捲起掛氈，露出櫃門。康熙道：「咦！原來這裏有隻大櫃子，老鼠鑽進櫃裏去啦！」心想：「這時候事情已揭開了大半，她已然有備，再也不能偷襲了。」退到門口，向韋小寶招招手，道：「傳侍衛進來。櫃子裏有古怪聲音，別要躲藏著刺客，驚嚇了太后。」

韋小寶道：「是。」向著門外大聲叫道：「傳侍衛。」

八名侍衛走到寢殿門口，躬身聽旨。

太后怒道：「皇帝，你在玩甚麼花樣？」康熙笑道：「啊，是了，建寧公主躲在櫃子裏玩捉迷藏。太后，我到處找她不到，定是在櫃子裏。」右手揮了揮。韋小寶過去開櫃，但櫃門上了鎖，打不開。康熙笑道：「太后，櫃子的鑰匙在那裏？」

太后怒道：「我身子不舒服，你們兩個小孩子卻到我屋裏來玩，快快給我出去。」眾侍衛知皇帝常和建寧公主比武鬧玩，聽太后這麼說，都露出笑容。

康熙說道：「把櫃門撬開來。太后身子欠安，咱們別打擾她老人家。」

韋小寶應道：「是。」從靴筒中拔出匕首，揷入了櫃門，輕輕一割，鎖扣已斷，一拉之下，櫃門應手而開，只見櫃內堆著一條錦被，似乎便是那晚在櫃中所見，卻那裏有甚麼人？

韋小寶一驚，尋思：「那天晚上明明見到眞太后給藏在櫃裏，怎麼忽然不見了？莫非老婊子怕洩漏了大事，將眞太后殺了？」翻開櫃中錦被，依稀見到被底有一部書，似乎便是《四十二章經》，忙放下錦被蓋住，回過頭來，見康熙一臉驚疑之色，再向床上瞧去，只見那被窩高高隆起，似乎另行藏得有人，喜道：「公主藏在太后被窩裏。」

康熙急道：「快拉她出來。」只怕假太后見事情敗露，立即殺了眞太后。

韋小寶搶到床邊，從太后足邊被底伸手進去，要把眞太后拉出來，觸手之處，卻是一條毛茸茸的大腿，不由得大吃一驚。便在此時，一隻大腳突然撐出，踹中他胸膛。韋小寶「啊喲」一聲大叫，跌了出去。

被窩一掀，一個赤條條的肉團從被中躍出，連被抱著太后，向門口衝去。

八名侍衛大驚，急忙攔阻，給那赤裸肉團一撞，三名侍衛飛摔出去。那肉團抱了太后直衝而出。康熙奔到門口，但見那肉團奔躍如飛，身法奇快，幾個起伏，已到了御花園牆邊，一躍上了牆頭，隨即翻身出外。康熙叫道：「快追！」三名侍衛給那赤裸肉團一撞，倒在地下爬不起來。餘下五名侍衛繞出圍牆，再也瞧不見那肉團的影子。

韋小寶腦海中一片混亂，胸口劇痛，掙扎著爬起，奔到櫃邊，伸手入被，抓起那部經書藏入懷中，只聽得康熙在花園中大叫：「回來，回來！」韋小寶又一交摔倒。聽得腳步聲響，衆侍衛奔回，康熙在寢宮外吩咐衆侍衛：「大家站好，別出聲。」

康熙回進寢殿，關上房門，低聲問道：「怎麼一回事？」

韋小寶扶桌站起，說道：「妖……妖怪！」驚得臉上已無半分血色。康熙搖頭道：「不是妖怪！是老賤人的奸夫。」韋小寶兀自不明所以，問道：「甚麼奸夫？」康熙道：「那是個男人。你沒瞧清楚麼？一個又矮又胖的男人。」韋小寶又吃驚，又好笑，顫聲道：「老賤人被窩裏，藏著一個不穿衣服的……矮胖子男人！」

康熙神色嚴重，道：「眞太后呢？」韋小寶道：「最好別……別給老賤人害死了……」忽然想到一事，掀開太后床上褥子，說道：「床底下有暗格。」只見暗格中放著一柄出鞘的白金蛾眉鋼刺，此外更無別物，沉吟道：「咱們掀開床板瞧瞧。」

康熙搶上前去，幫著韋小寶掀開床板，只見一個女子橫臥在地下一張墊子上，身上蓋著薄被。當床板放上之時，看來距她頭臉不過半尺光景。

寢殿中黑沉沉地瞧不清楚，康熙叫道：「快點了蠟燭。」韋小寶點起燭火，拿著燭台湊近一照，見那女子容色蒼白，鵝蛋臉兒，果然便是那晚藏在櫃中的眞太后。

康熙以前見到眞太后時，年紀尚甚幼小，相隔多年，本已分不出眞假，但見這女子和平日所見的太后相貌極似，忙扶她起來，問道：「是……是太后？」

那女子見燭火照在臉前，一時睜不開眼，道：「你……你……」韋小寶道：「這位是當今皇上，親自來救聖駕。」那女子眼睜一線，向康熙凝視片刻，顫聲道：「你……你當眞是皇上？」突然哇的一聲，哭了出來，伸臂摟著康熙，緊緊抱住。

韋小寶拿著燭台退開幾步，四下照著，不見再有甚麼奸夫、刺客、假宮女之類，心想：「皇上和眞太后相會，必有許多話說。我多聽一句，腦袋兒不穩一分。」將燭台放在桌上，悄悄退出，反手帶上了殿門。

只見門外院子中八名侍衛和宮女太監直挺挺的站著，個個神色惶恐，他招手將衆人召到花園之中，說道：「剛才皇上跟建寧公主鬧著玩捉迷藏。公主穿了一套古怪衣衫，扮成好像一個大肉球一般，跳了出去，大夥兒可瞧見沒有？」

一名侍衛十分乖覺，忙道：「是，是。建寧公主身手好快，扮的模樣也眞好玩。」

韋小寶微微一笑，說道：「這些孩子們的玩意兒，皇上不想讓人家知道。有那一個嘴巴發癢，脖子上的腦袋瓜兒坐得不穩，想多嘴多舌，胡說八道？」

衆侍衛、宮女、太監齊聲道：「我們不敢！」

韋小寶點點頭，向著三名給撞倒受傷的侍衛道：「你們怎麼搞的，無端端的受了傷？」一名侍衛道：「回副總管：小人三個兒今日上午練武藝，大家出手重了些，互相打傷了。」韋小寶罵道：「你奶奶的，自己兄弟，練武藝也出手這般重，又不是拚命！」三名侍衛齊道：「是，是，下次一定小心。」韋小寶道：「受了傷的，每個人去支二十兩銀子湯藥費。」三名侍衛忙躬身道謝。韋小寶道：「你奶奶的，爹娘養到你們這麼大，這條性命可不太便宜啊。大夥兒倘若還想留著腦袋瓜兒吃飯的，這幾張狗嘴，就都給我小心些！如怕自己睡著說夢話，乾脆自己把舌頭割掉了的好。你們一個個給老子報上名來。」

衆侍衛、宮女、太監都報了自己姓名。韋小寶道：「好，今日捉迷藏的事，今後老子只要聽到半點風聲，不管是誰多口，總之三十五人一起都砍了。你們服不服了？」衆人心中明白，大家見到了剛才的怪事，不免性命難保，皇上多半要殺人滅口。桂公公這麼說，實是救了自己性命，感激之下，一齊跪下磕頭，說道：「謝公公救命大恩。」韋小寶揮手道：「謝我幹甚麼？是皇上的恩典。」

他回到寢殿門口，坐在階石上靜靜等候，直過了大半個時辰，才聽得康熙叫道：「小桂子進來。」他初時不應，表示坐得挺遠，聽不到屋裏話聲。待康熙叫了第二聲，才答應道：「是！來了。」他走進寢殿，只見太后和康熙並肩坐在床上，手拉著手，兩人臉上均有淚痕。

他跪下磕頭，說道：「太后大喜，皇上大喜。外面一共是三十五名奴才，今日皇上跟建寧公主捉迷藏之事，要是有那一個膽敢洩漏半句，奴才把這三十五人盡數處死，一個不留。他們都已嚇破了膽子，料想也沒那一個敢胡說八道。」康熙點了點頭。韋小寶道：「倘若要現下就殺了，以免後患，奴才這就去辦。」

康熙微一遲疑。太后道：「今日你我母子相見，實是天大的喜事，不可多傷人命。」康熙接口道：「是！咱們須得大做佛事，感謝上天和菩薩保祐。」太后凝視韋小寶，道：「你小小年紀，立下這許多功勞，實在難得。」韋小寶道：「那都是太后和皇上的洪福。只恨做奴才的無能，沒盡忠辦事，不能及早揭破奸謀，累得太后受了這許多年辛苦。」

太后心中一酸，流下淚來，向康熙道：「須得好好封賞這孩子才是。」康熙道：「是，是。小桂子，你官已做得不小了，今日再封你一個爵位。我大清有公侯伯子男五等爵位，太后恩典，封你爲一等子爵。」

韋小寶磕頭謝恩，道：「謝太后恩典，謝皇上恩典。」心想：「這子爵有甚麼用？值得多少銀子？」見康熙揮了揮手，便退了出去。

韋小寶回到下處，從懷中取出書來，果然便是見慣了的《四十二章經》，這部是藍綢書面，鑲了紅邊，尋思：「這是鑲藍旗的經書，嗯，是了，陶姑姑說，她太師父在鑲藍旗旗主府中盜經書，經書沒盜到，卻給神龍教的高手打得重傷而死，這部經書多半便落入了那神龍教高手的手裏。怎地事隔多年，仍不將經書交給洪教主？也說不定當時沒得到，最近才拿到的。」料想中間曲折甚多，難以推測，只覺胸口兀自痛得厲害，又想：「這矮胖子肉團武功了得，啊喲，莫非他就是盜得這部經書的神龍教高手？他到宮裏跟老婊子相會，老婊子倒待他挺好，把眞太后搬到床底下，將大櫃子讓了出來給他睡。我和小皇帝剛才去慈寧宮，事也眞巧，恰好是捉奸在床。這肉團可別來報仇，又想到慈寧宮去取回經書。」

於是去告知多隆，說道得知訊息，日內或有奸人入宮行刺，要他多派侍衛，嚴密保衛皇上和太后，心想：「老婊子倘若回去神龍島，向洪教主稟報，可不妙了。老子先下手爲強，把經書中的地圖取了出來，然後將一兩部空經書送去神龍島，洪教主要我再找餘下的經書，非給解藥不可。他在空經書中找不到地圖，那是他的事，跟老子可不相干。反正他壽與天齊，不用心急，慢慢的找，找上這麼九萬八千年、十萬八千年，總會找到罷！」

錢老本和高彥超頭腦暈眩，突然搖晃幾下，都倒了下來。韋小寶只覺眼前金星亂冒，一碗酸梅湯只喝得一口，雙手酸軟，已盡數潑在身上。

第二十九回　捲幔微風香忽到　瞰床新月雨初收

韋小寶出宮去和李力世、關安基、玄貞道人、錢老本等人相見。天地會羣雄盡皆歡然。李力世道：「屬下剛得到訊息，總舵主已到天津，日內就上京來。韋香主也正回京，那眞太好了。」韋小寶道：「是，是。那眞太好了！」想到再見師父，心下不免惴惴。羣雄當即打酒殺鷄，爲他接風。

傍晚時分，韋小寶將高彥超拉在一旁，說道：「高大哥，請你給我預備一把斧頭，還要一柄鐵鎚，一把鑿子。」高彥超答應了，去取來給他。韋小寶命他帶到停放那口棺木的園中土屋，說道：「我要打開棺材，放些東西進去。」高彥超應道：「是！」甚覺奇怪，但香主不說，也不便多問。韋小寶道：「前天夜裏，這個死了的朋友託夢給我，說要這件東西。瞧在朋友一場，非給他不可。」高彥超更奇怪了，唯唯稱是。韋小寶道：「你給我守在門外，誰也不許進來。」當下推門而入，關上了門，上了門閂。

只見那口棺木上灰塵厚積，顯是無人動過，用鑿子斧頭逐一撬開棺材釘，推開棺蓋，取出包著五部經書的油布包，正要推上棺蓋，忽聽得高彥超在門外呼喝：「甚麼人？」接著有人喝問：「陳近南在那裏？」韋小寶吃了一驚：「誰問我師父？」聽口音依稀有些熟悉。

高彥超喝問：「你是誰？」又有一人冷冷的道：「不論他躲到了那裏，總能揪他出來。」這人的聲音韋小寶入耳即知，卻是鄭克塽。他更加驚奇：「怎麼這臭小子到了這裏？」隨即想起，先前說話之人乃是「一劍無血」馮錫範。只聽得錚的一聲，兵刃相交，跟著高彥超悶哼一聲，砰的一聲倒地。

韋小寶一驚更甚，當下不及細想，縱身鑽入棺材，只聽得鄭克塽道：「這叛賊定是躲在裏面。」韋小寶驚惶之下，托起棺蓋便即蓋上，緊跟著喀喇一聲，土屋的木門已給踢破，鄭克塽和馮錫範走了進來。韋小寶從棺材內望出去，見到一線亮光，知道慌忙之中，棺材蓋並未密合，暗暗叫苦：「糟糕，糟糕！他們要找我師父，卻找到了他的徒弟。」

忽聽得門外有人說道：「公子要找我嗎？不知有甚麼事？」正是師父陳近南的聲音。韋小寶大喜：「師父來了！」

突然之間，陳近南「啊」的一聲大叫，似乎受了傷。跟著錚錚兩聲，兵刃相交。陳近南怒喝：「馮錫範，你忽施暗算？幹甚麼了？」馮錫範冷冷的道：「我奉命拿你！」

只聽鄭克塽道：「陳永華，你還把我放在眼裏麼？」語氣中充滿怒意。陳近南道：「二公子何出此言？屬下前天才得知二公子駕臨北京，連夜從天津趕來。不料二公子已先到了。屬下未克迎迓，還請恕罪。」

韋小寶聽師父說得恭謹，暗罵：「狗屁二公子，神氣甚麼？」

只聽鄭克塽道：「父王命我到中原來公幹，你總知道罷？」陳近南道：「是。」鄭克塽道：「你既得知，怎地不早來隨侍保護？」陳近南道：「屬下有幾件緊急大事要辦，未能分身，請二公子原諒。屬下又知馮大哥隨侍在側，馮大哥神功無敵，羣小懾伏，自能衛護二公子平安周全。」鄭克塽哼了一聲，怒道：「怎麼我來到天地會中，你手下這些蝦兵蟹將，狐羣狗黨，對我又如此無禮？」陳近南道：「想是他們不識得二公子。在這京師之地，咱們天地會幹的又是反叛韃子之事，大家特別小心謹慎，以致失了禮數。屬下這裏謝過。」

韋小寶越聽越怒，心道：「師父對這臭小子何必這樣客氣？」

鄭克塽道：「你推得一乾二淨，那麼反倒是我錯了？」陳近南道：「不敢！」隨即聽到紙張翻動之聲，鄭克塽道：「這是父王的諭示，你讀來聽聽。」陳近南道：「是。王爺諭示說：『大明延平郡王令曰：派鄭克塽前赴中原公幹，凡事利於國家者，一切便宜行事。』」（按：文書中「便宜行事」意謂有權依據情況任意行動。）

鄭克塽道：「甚麼叫做『便宜行事』？」韋小寶心想：「便宜就是不吃虧，那有甚麼難解的？你老子叫你有便宜就佔，不必客氣。」那知陳近南卻道：「王爺吩咐二公子，只要是有利於國家之事，可以不必回稟王爺，自行處斷。」鄭克塽道：「你奉不奉父王諭示？」陳近南道：「王爺諭示，屬下自當遵從。」鄭克塽道：「好，你把自己的右臂砍去了罷。」

陳近南驚道：「卻是為何？」鄭克塽冷冷的道：「你目無主上，不敬重我，就是不敬重父王。我瞧你所作所為，大有不臣之心。哼，你在中原拚命培植自己勢力，擴充天地會，那裏還把臺灣鄭家放在心上。你想自立為王，是不是？」陳近南顫聲道：「屬下決無此意。」鄭克塽道：「哼！決無此意？這次河間府大會，他們推我為福建省盟主，你知道麼？」陳近南道：「是。這是普天下英雄共敬王爺忠心為國之意。」鄭克塽道：「你們天地會卻得了幾省盟主？」陳近南默然。

韋小寶心道：「他媽的，你這小子大發脾氣，原來是喝天地會的醋。」又想：「我老婆的奸夫是我師父的上司，本來這件事很有點麻煩。現下他二人大起衝突，那是妙之極矣。只不過師父中了暗算，身上受傷，可別給他們害死才好。」

只聽鄭克塽大聲道：「你天地會得了三省盟主，我卻只得福建一省。跟你天地會相比，我鄭家算是老幾？我只不過是小小福建省的盟主，你卻是『鋤奸盟』總軍師，你這可不是爬到我頭上去了啦？你心裏還有父王沒有？」陳近南道：「二公子明鑒：天地會是屬下秉承先國姓爺將令所創，旨在驅除韃子。天地會和王爺本是一體，不分彼此。天地會的一切大事，屬下都稟明王爺而行。」鄭克塽冷笑道：「你天地會只知有陳近南，那裏還知道臺灣鄭家？就算天地會當眞成了大事，驅逐了韃子，這天下之主也是你陳近南，不是我們姓鄭的。」陳近南道：「二公子這話不對了。驅除韃子之後，咱們同奉大明皇室後裔姓朱的爲主。」

鄭克塽道：「你話倒說得漂亮。此刻你已不把姓鄭的放在眼裏，將來又怎會將姓朱的放在眼裏？我要你自斷一臂，你就不奉號令。這一次我從河間府回來，路上遇到不少危難，卻不見有你天地會的一兵一卒來保護我。若不是馮師父奮力相救，我這時候也不知是不是還留得性命。你巴不得我命喪小人之手，如此用心，便已死有餘辜。哼，你就只會拍我哥哥馬屁，平時全沒將我瞧在眼裏。」陳近南道：「大公子、二公子是親兄弟，屬下一般的侍奉，豈敢有所偏頗？」鄭克塽道：「我哥哥日後是要做王爺的，在你眼中，我兄弟倆怎會相同？」

韋小寶聽到這裏，已明白了一大半，心道：「這小子想跟他哥哥爭位，怪我師父擁他哥哥，受了馮錫範的挑撥，想乘機除了我師父。」

只聽鄭克塽又道：「反正你在中原勢大，不如就殺了我罷。」陳近南道：「二公子如此相逼，屬下難以分說，這就回去臺灣，面見王爺，聽由王爺吩咐便是。王爺若要殺我，豈敢違抗？」

鄭克塽哼了一聲，似乎感到難以回答，又似怕在父親面前跟他對質。

馮錫範冷冷的道：「只怕陳先生一離此間，不是去投降韃子，出賣了二公子，便是獨樹一幟，自立爲王，再也不回臺灣去了。」陳近南怒道：「你適才偷襲傷我，是奉了王爺之命嗎？王爺的諭示在那裏？」馮錫範道：「王爺將令，二公子在中原便宜行事。不奉二公子號令，便是反叛，人人得而誅之。」陳近南道：「二公子好端端地，都是你在從中挑撥離間。國姓爺創業維艱，這大好基業，只怕要敗壞在你這等奸詐小人手裏。你姓馮的就算武功天下無敵，我又何懼於你？」馮錫範厲聲道：「如此說來，你是公然反叛延平王府了？」陳近南朗聲道：「我陳永華對王爺赤膽忠心，『反叛』二字，再也誣加不到我頭上。」

鄭克塽喝道：「陳永華造反，給我拿下。」馮錫範道：「是。」只聽得錚錚聲響，兵刃相撞，三人交起手來。

陳近南叫道：「二公子，請你讓在一旁，屬下不能跟你動手。」鄭克塽道：「你不跟我動手？你不跟我動手？」連問兩句，兵刃響了兩下，似是他問一聲，向陳近南砍一刀。

韋小寶大急，輕輕將棺材蓋推高寸許，望眼出去，只見鄭克塽和馮錫範分自左右夾攻陳近南。陳近南左手執劍，右臂下垂，鮮血不斷下滴，自是給馮錫範偷襲所傷。馮錫範劍招極快，陳近南奮力抵禦。鄭克塽一刀刀横砍直劈，陳近南不敢招架，只是閃避，變成了只挨打不還手的局面，加之左手使劍不便，右臂受傷又顯然不輕。韋小寶心下焦急：「風際中、關夫子、錢老本他們怎麼一個也不進來幫忙？這樣打下去，師父非給他們殺了不可。」但外面靜悄悄地，土屋中乒乒乓乓的惡鬥，外間竟似充耳不聞。

只見馮錫範挺劍疾刺，勢道極勁，陳近南舉劍擋格，雙劍立時相黏。鄭克塽揮刀斜砍，陳近南側身避開。鄭克塽單刀横拖，嗤的一聲輕響，在陳近南左腿上劃了一道口子。陳近南「啊」的一聲，長劍一彈而起，馮錫範就勢挺劍，正中他右肩。

陳近南浴血苦戰，難以支持，一步步向門口移動，意欲奪門而出。馮錫範知他心意，搶到門口堵住，冷笑道：「反賊，今日還想脫身麼？」

韋小寶只盼馮錫範走到棺材之旁，就可從棺材中挺匕首刺出，便以客店中殺喇嘛的手法殺了他。這一招「隔板刺人」原是他的生平絕招，遠勝拳術高手的「隔山打牛」。可是馮錫範越鬥越遠，卻如何刺得著他？鄭克塽喝道：「反賊，還不棄劍就縛？」韋小寶見情勢危急，心想今日捨了性命也要相救師父，逼緊了喉嚨，吱吱吱的叫了三聲。

馮錫範等三人聽了，都吃了一驚。鄭克塽驚問：「甚麼？」馮錫範搖了搖頭，手上絲毫不緩。韋小寶又吱吱吱的叫了三聲。鄭克塽怕鬼，嚇得打了個寒戰。

突見棺材蓋開處，一團白色粉末飛了出來，三人登時眼睛刺痛，嗆個不住。原來屍體入殮，棺材中必放大量石灰，當日高彥超曾購置了裝入，此刻韋小寶抓起一大把，撒了出來。

馮錫範情知決非鬼魅，急躍而前，閉住了眼睛，俯身向棺材中挺劍刺落。禿的一聲，劍尖刺入棺蓋，正待拔劍再刺，突覺右邊胸口劇痛，知是中了暗算，忙縱身躍起，後心重重撞在牆上。他左手按住胸前傷口，右手將一柄劍使得風雨不透，護住身前。

韋小寶在棺材中「隔板刺人」，一刺得手，握著匕首跳出棺材，只見馮錫範、鄭克塽和陳近南三人都緊閉雙目，手持刀劍亂揮亂舞。馮錫範雖胸口中劍，卻非致命之傷，韋小寶要待欺近前去再加上一劍，但馮鄭二人刀劍舞得甚緊，實不敢貿然上前。此刻時機緊迫，待得他二人抹去了眼中石灰，睁眼見物，那就糟了，一時彷徨無策，只得左手抓起石灰，一見馮錫範或鄭克塽伸手去抹眼睛，便一把石灰撒將過去。這一招「飛灰迷目」，原也是他的拿手絕招。

只擲得幾下，馮錫範估計到石灰擲來的方位，一招「渴馬奔泉」，挺劍直刺過來。韋小寶大駭，急忙坐倒，噗的一聲，那劍插入了棺材。韋小寶連爬帶滾，逃出門外。馮錫範提劍在棺中連連劈刺，還道敵人仍然在內。以他武功修爲，韋小寶狼狽萬狀的逃出，本可立時察覺，只陡然間眼不見物，胸口受傷，一時心神大亂，又知陳近南武功卓絕，不在自己之下，強敵在側，實是凶險無比，惶急間全沒想到陳近南也已眼不見物，只盼殺了暗算之人，立即逃出。他在棺材中刺得數下，都刺了個空，隨即一招「千巖競秀」，劍花點點，護住身周，聽得左邊並無兵刃劈風之聲，當下向左躍去，肩頭在牆上一撞，靠牆而立。

這麼一陣全力施爲，胸前傷口中更鮮血迸流。他微一睜眼，石灰粉末立時入眼，劇痛難當，生怕眼睛就此瞎了，不敢再睜，背靠牆壁，一步步移動，心想只須挨牆移步，便能找到門戶所在，一出門外，地勢空曠，就易於脫險了。

韋小寶站在門口，見他移動身子，已猜知他心意，只待他摸到門口時刺他一劍，但想此人武功太高，就算刺中，他臨死時回手一劍，自己小命不免危危乎哉，於是將匕首輕輕插入門框約莫兩寸，見馮錫範離門已不過兩尺，突然尖聲叫道：「我在這……」一個「裏」字還沒出口，馮錫範出招快極，一劍斬落，噹的一聲響，長劍碰到匕首，斷爲兩截，半截斷劍跳將上來，在他額頭上一斬，這才跌落。

韋小寶早已躲到了土屋之側，心中怦怦亂跳。只聽得馮錫範大聲吼叫，疾衝而出。

韋小寶回到門口，但見陳近南和鄭克塽仍在揮舞刀劍。強敵既去，他對這鄭家二公子可絲毫不放在心上，叫道：「師父，那『一劍無血』已給我斬得全身是血，逃之夭夭了。你請出來罷。」陳近南一怔，問道：「誰？」韋小寶道：「是弟子小寶。」陳近南大喜，橫劍當胸，不再舞動。

韋小寶叫道：「張大哥、李二哥、王三哥，你們都來了，很好，很好。這姓鄭的臭小子還不放下兵器投降，你們一齊上去，把他亂刀分屍了罷！」

鄭克塽大驚，那知他是虛張聲勢，叫道：「師父，師父！」不聽馮錫範回答，微一遲疑，便即抛下手中單刀。韋小寶喝道：「跪下！」鄭克塽雙膝一曲，跪倒在地。

韋小寶哈哈大笑，拾起單刀，將刀尖輕輕抵住鄭克塽咽喉，喝道：「站起來，向右，上前三步，爬上去，鑽進去！」

韋小寶叫一句，鄭克塽便戰戰兢兢的遵命而行，爬入了棺材。韋小寶哈哈大笑，搶上前去，推上了棺材蓋，拿起那包經書揣入懷裏，說道：「師父，咱們快洗眼去。」拉著陳近南的手，走出土屋。

走得七八步，只見高彥超倒在花壇之旁，韋小寶吃了一驚，上前相扶。高彥超道：「救總舵主要緊，屬下只是給封了穴道，沒甚干係。」陳近南俯下身來，在他背心和腰裏推拿了幾下，穴道登時解了。高彥超道：「總舵主眼睛怎樣？」陳近南皺眉道：「石灰。」高彥超道：「得用菜油來洗去，不能用水。」挽住他手臂快步而行。

韋小寶道：「我馬上就來。」回進土屋，提起斧頭，將七八枚棺材釘都釘入棺材蓋中，說道：「鄭公子，你躺著休息幾天。算你運氣，欠我的一萬兩銀子，一筆勾銷，也就不用還了。你是大大的便宜了。」大笑一陣，走回大廳。

只見高彥超已用菜油爲陳近南洗去眼中石灰，又縛好了他手臂上傷口。廳上風際中、錢老本、玄貞道人等躺滿了一地，陳近南正在給各人解穴。

原來馮錫範陡然來襲，他武功既高，又攻了衆人個措手不及。風際中等並非聚在一起，聞聲出來應戰，給他逐一點倒。衆人都惱怒已極，只是在總舵主面前，不便破口大罵。高彥超說了韋小寶使詭計重創馮錫範的情形，衆人登時興高采烈，都說這廝如此奸惡，只盼石灰便此弄瞎了他雙眼。

陳近南雙目紅腫，淚水仍不斷滲出，臉色鄭重，說道：「錢兄弟、高兄弟，你們去洗了鄭二公子眼中石灰，請他到這裏來。」錢高二人答應了。

韋小寶突然「啊」的一聲，假裝暈倒，雙目緊閉。陳近南左手一伸，拉住了他手臂，問道：「怎樣？」韋小寶道：「我……我剛才……嚇得厲害，怕他們害死了師父，這會兒……手腳都沒了力氣……」陳近南抱著他放在椅上，道：「你休息一會。」

原來韋小寶自知用石灰撒人眼睛，實是下三濫的行逕，當年茅十八曾爲此打了他一頓，雖然羣雄大讚他機智，但想他們是我屬下，自然要拍馬屁，師父是大英雄、大豪傑，比之茅十八又高出十倍，定要重責，索性暈在前頭，叫他下不了手，當眞要打，落手也好輕些。

錢高二人匆匆奔回大廳，稟道：「總舵主，沒見到鄭二公子，想是他已經走了。」陳近南皺眉道：「走了？不在棺材裏麼？」錢高二人面面相覷，土屋中棺材倒是有一口，但鄭二公子怎麼會在其中？

陳近南道：「咱們去瞧瞧。」領著衆人走向土屋。韋小寶大急，只得跟在後面，雙手揉擦屁股，心道：「屁股啊屁股，師父聽到我將那臭小子趕入了棺材，你老兄難免要多挨幾板了，眞正對不住之至。」

來到土屋之中，只見滿地都是石灰和鮮血，果然不見鄭克塽的人影。陳近南明明聽得韋小寶逼著鄭克塽爬入棺材，這時棺材蓋卻釘上了，疑心大起，問道：「小寶，你將二公子釘入了棺材裏麼？」韋小寶見師父面色不善，賴道：「我沒有。說不定他怕師父殺他，自己釘上了。」陳近南喝道：「胡說！快打開，別悶死了他。快，快！」

錢老本和高彥超拿起斧頭鑿子，忙將棺材釘子起下，掀開棺材蓋，裏面果眞躺著一人。陳近南叫道：「二公子！」將那人扶著坐起。

衆人見了，都「啊」的一聲驚呼。陳近南手一鬆，退了兩步，那人又倒入棺材。

衆人齊聲叫道：「是關夫子！」在這一刹那間，衆人已看淸棺中那人乃是關安基。

陳近南搶上又再扶起，只見關安基雙目圓睜，沒了呼吸，已然斃命，但身子尙自溫蹤跡。

暖，卻是死去未久。衆人又驚又悲，風際中、玄貞道人等躍出牆外察看，已找不到敵人

陳近南解開關安基衣衫，見他胸口上印著一個血紅的手印，失聲叫道：「馮錫範！」

玄貞道人怒道：「確是馮錫範！這紅砂掌是他崑崙派的獨門武功。這惡賊重傷之餘，片刻間便去而復回，當眞……他媽的，他要救鄭二公子那也罷了，怎地卻害死了關二哥？」衆人紛紛怒罵。關安基的舅子賈老六更呼天搶地的大哭。陳近南黯然不語。

衆人回到大廳。錢老本道：「總舵主，二公子與大公子爭位，那是衆所周知之事。咱們天地會向來秉公行事，大公子居長，自然擁大公子。二公子早就把你當作了眼中釘，這次更受了馮錫範的挑撥，想乘機除了你。今日大夥兒更得罪了二公子，這麼一來，只怕王爺也要信他們的讒言。總舵主此後不能再回臺灣了。」

陳近南嘆了口氣，說道：「國姓爺待我恩義深重，我粉身碎骨，難以報答。王爺向來英明，又對我禮敬有加，決不是戕害忠良之人。」玄貞道人道：「常言道：疏不間親。二公子咬定我們天地會不服臺灣號令，在中原已是如此，到得臺灣，更有甚麼分辯的餘地？他鄭家共八位公子，大家爭權奪位，咱們天地會用不著牽涉在內。總舵主，咱們秦檜固然不做，卻也不做岳飛。」錢老本道：「總舵主忠心耿耿，一生爲鄭家效力，卻險些兒給二公子害死，這口氣無論如何嚥不下。」陳近南又嘆了口氣，說道：「大丈

夫行事無愧於天地，旁人要說短長，也只好由他。只萬萬料想不到，竟會有此變故。剛才若不是小寶機智，大夥兒都已死於非命了，唉，可惜關二哥……」

韋小寶聽師父並不追究撒石灰、釘棺材之事，登時寬心，生怕他只是一時想不起，須得立即岔開話頭，說道：「咱們這麼一鬧，只怕左鄰右舍都知道了，要是報知官府，只怕……只怕……須得趕快搬家。」陳近南道：「正是。我心神不定，竟沒想到此節。」

當下衆人匆匆在花園中掘地埋葬了關安基的屍身，洒淚跪拜，攜了隨身物件，便即分批離去。天地會羣雄在京中時時搬遷，換個住所乃家常便飯。韋小寶生怕師父考問武功，乘機辭別，回去皇宮。

他回到自己住處，閂上房門，將六部經書逐一拆開，果見每部經書封皮的夾縫中，都有不少羊皮碎片。他取出碎片，將書函縫起還原，縫不到半部，便覺厭煩，心想：「雙兒如在這裏就好了，她此刻多半還在少林寺外等我。我給九難師父捉了去，這好丫頭一定躭心得要命，得派人去叫她來。」又縫了幾針，眼睛已不大睜得開，藏好經書便睡。

次日一早去上書房侍候聽旨。康熙說道：「明日便有朝旨，派你送建寧公主去雲南，賜婚給吳家的小王八蛋。」韋小寶道：「是。可惜沒服侍得皇上幾天，又得遠離。」康熙低聲道：「太后跟我說了件大事，這次你去雲南，可以乘機辦一辦。」韋小寶應了。康熙道：「太后說道，那惡婢假冒太后，原來有個重大陰謀，她想查知我們滿洲龍脈的所在，想要設法破了。」

韋小寶衝口而出：「這老婊子罪大惡極！」忙伸手按住嘴巴，自知在皇帝面前罵這等粗話，未免太過不敬。豈知康熙絲毫不以爲意，跟著道：「對！這老婊子當真不是東西。太后忍辱耐苦，寧死不說，才令老婊子奸計不逞。上天保祐，太后所以得保平安至今，卻也全仗了不肯吐露這個大秘密。」

韋小寶早已知道，卻道：「皇上，這個天大的秘密，你最好別跟我說。多一人知道，多一分洩漏的危險。」康熙讚道：「你越來越長進啦，懂得諸事須當謹慎。不過你跟我辦事以來，從來沒洩漏過甚麼。倘若連你都信不過，我是沒人可以信得過的了。」韋小寶周身數百根骨頭，每根骨頭登時都輕了幾兩幾錢，跪下磕頭，說道：「皇上如此信得過，奴才就是把自己舌頭割了，也不敢洩漏半句皇上交代的話。」

康熙點點頭，說道：「我大清龍脈的秘密，原來藏在八部《四十二章經》之中。」

韋小寶假作驚異，連聲道：「咦，奇怪，有這等事？這可萬萬想不到！」

康熙續道：「當年攝政王爺進關之後，將八部經書分賜八旗旗主。八旗之中，正黃、正白、鑲黃上三旗的兵馬是天子自將，但田地財物，仍分屬三旗旗主管領。正黃旗的經書，父皇一直放在身邊，帶了去五台山，後來命你拿回來賜給我。鑲白旗旗主因事獲罪，鑲白旗的經書沒入宮中，父皇賜了給端敬皇后。」

韋小寶心道：「老皇爺寵愛端敬皇后，最好的東西自然要賜給她。要是換作我，八部經書一古腦兒沒入宮中，全都賜了給她。」

康熙續道：「老婊子害死端敬皇后，自然也就佔了她的經書。鰲拜是鑲黃旗旗主。那日派你去抄鰲拜的家，老婊子要你找兩部經書，一部是鑲黃旗的，另一部是正白旗的。」韋小寶道：「是。早知老婊子這樣壞，奴才便回稟老婊子說找不到，將經書悄悄獻給皇上。」康熙笑道：「那時咱們既不知老婊子是假太后，又不知這《四十二章經》中有這等重大干係，你如這樣胡鬧，我非……非打你屁股不可。」韋小寶道：「是，是。」心道：「打打屁股就算了嗎？那你也甭客氣啦！」問道：「另外那部正白旗的，不知鰲拜是那裏來的？」

康熙道：「他害死了正白旗旗主蘇克薩哈，將家產、財物，連經書一起佔了去。哼，這逆賊死有餘辜。」韋小寶道：「是。這樣一來，老婊子手裏有了三部經書啦。」

康熙道：「豈止三部？她又派御前侍衛副總管瑞棟，去跟鑲紅旗旗主和察博為難。當時我不知甚麼緣故，和察博這傢伙一向跟鰲拜勾結，我也不去理會。現下想來，自然是去取他的賜經。瑞棟又莫名其妙的失了蹤，定是給老婊子殺了滅口。」

韋小寶忙道：「是，是。皇上料事如神。」心道：「你認定瑞棟是給老婊子殺的，我又讚過你料事如神，那就已敲釘轉腳。日後你就算知道瑞棟是我殺的，也已不能轉口，再來向我查問了。否則的話，你就承認自己不是料事如神。身為皇上，豈可料事不如神而如鬼？」

康熙道：「如果我所料不錯……」韋小寶忙道：「決計不錯。」康熙道：「……老婊子手中已有了四部經書。可是有一件事奇怪得很，父皇賜我的那部正黃旗經書，我一直放在上書房桌上，卻忽然不見了。你想又有誰這麼大膽，竟敢到上書房來偷盜物事？」韋小寶道：「能出入上書房，又膽敢擅自拿書的，只有……只有……」康熙道：「建寧公主！」韋小寶不敢接口，心道：「這次你是眞的料事如神。」

康熙道：「老婊子派女兒來偷了我這部經書，這一來，她手裏已有五部了。」

韋小寶道：「咱們快去慈寧宮搜查。老婊子光著身子逃出宮去，甚麼也沒帶。」心中怦怦而跳：「此刻皇上如到我屋中一查，小桂子便有一百個腦袋，也都砍了。」

康熙搖頭道：「我早細細搜過了，甚麼也查不到。只查到一套僧袍，老婊子那個相好，原來是個和尚。哈哈，哈哈！」韋小寶跟著大笑，笑得兩聲，覺得甚為無禮，忙忍住了笑。康熙仍放聲大笑，說道：「不過那矮冬瓜抱著老婊子逃走之時，我瞧到他留著一頭長髮，這倒奇了。多半他也假扮宮女，頭髮是假的。這傢伙又矮又胖，老婊子甚麼漢子不好偷，卻去找這樣個矮冬瓜。」韋小寶笑道：「這矮冬瓜武功很高。相貌英俊的，未必有本事偷進宮來。上次那個假宮女，也就醜得很。」

康熙笑道：「那也說得是。」頓了一頓，續道：「另外三部經書，分別在正紅旗、正藍旗、鑲藍旗三旗手中。正紅旗的旗主目下是康親王，我已命他將經書獻上來。」

韋小寶心想：「康親王那部經書，那天晚上已給人偷了去，此刻在我手中。康親王怎麼還獻得出？這一下老康可要大糟而特糟了。」

康熙又道：「正藍旗旗主富登年歲尚輕，我剛才問過他。他說上一任的旗主嘉坤在攻打雲南時陣亡，一切後事都是吳三桂給料理的。吳三桂交到他手裏的，只是一顆印信、幾面軍旗，還有幾萬兩銀子，此外甚麼都沒有了。」韋小寶道：「這部經書定是吳三桂吞沒了。」康熙道：「是啊。因此你到了吳三桂府中，仔細打聽這件事，想法子把經書取了來，吳三桂這廝老奸巨猾，千萬不能讓他得知內情。」

韋小寶道：「是，奴才隨機應變，設法騙他出來。」

康熙皺起眉頭，在書房中踱來踱去，說道：「鑲藍旗旗主鄂碩克哈是個大胡塗蛋，我要他呈繳經書，他竟說好幾年前就不見了。我派了侍衛到他家搜查，一無蹤跡，我已將他下在天牢，叫人好好拷問，到底是當眞給人盜去了，還是他隱匿不肯上繳。」

韋小寶道：「就怕也是老婊子派人弄了去，也不知是明搶還是暗偷。」心想：「這可不是冤枉老婊子，明搶暗偷之人，多半便是那矮冬瓜。」又道：「倘若也是老婊子得了去，這六部經書卻又到了何處？」隨即微感懊悔：「我這句話可說錯了，自己太也吃虧。我說老婊子得了六部經書，得了六部經書的其實是韋小寶。這麼一來，我豈不成了老婊子？」

康熙道：「老婊子到底是甚麼來歷，此刻毫無線索可尋。她幹此大事，必有同謀之人。她得到經書之後，必已陸續偷運出宮，要將這六部經書盡數追回，那就難得很了。好在太后言道，要尋找大淸龍脈的所在，必須八部經書一齊到手，就算得了七部，只要少了一部，也是無用。咱們只須把康親王和吳三桂手中的兩部經書拿來毀了，那就太平無事。咱們又不是去尋龍脈，只消不讓人得知，那就行了。不過失了父皇所賜的經書，倘若從此尋不回來，我實是不孝。哼，建寧公主這小……小……」

康熙這一聲罵不出口，韋小寶肚裏給他補足：「小婊子！」

這時康熙心中所想到的，是順治在五台山金閣寺僧房中囑咐他的話：

「兒啊，你精明能幹，愛護百姓，做皇帝是比我強得多了。那八部《四十二章經》中所藏地圖，是一個極大藏寶庫的所在。當年我八旗兵進關，在中原各地擄掠所得的金銀財寶，都藏在這寶庫之中。寶庫是八旗公有，因此地圖要分爲八份，分付八旗，以免爲一旗獨吞。關內漢人比咱們滿洲人多過百倍，倘若一齊起來造反，咱們萬萬壓制不住，那時就當退回關外，開了寶庫，八旗平分，今後數百年也就不愁溫飽。」

康熙當時便想起了父皇要韋小寶帶回來的話：「天下事須當順其自然，不可強求，能給中原蒼生造福，那是最好。倘若天下百姓都要咱們走，那麼咱們從那裏來，就回那裏去。」記得順治又說：「我滿清唾手而得天下，實是天意，這中間當眞十分僥倖。咱們不可存著久居中原之心，可別弄得滿洲人盡數覆滅於關內，匹馬不得出關。」

康熙口中唯唯稱是，心中卻大不以爲然：「我大清在中原的大業越來越穩，今後須當開疆拓土，建萬世不拔之基，又何必留甚麼退步？一留退步，只有糟糕。父親出了家，心情恬退，與世無爭，才這樣想。」果然聽得父親接下去道：「不過當年攝政王吩咐各旗旗主：關外存有大寶藏之事，萬萬不能洩漏，否則滿洲王公兵將心知尙有退步，遇上漢人造反，大家不肯拚死相鬥，那就大事去矣。因此八旗旗主傳交經書給後人之時，只能說經中所藏秘密，關及滿清的龍脈，龍脈一遭人掘斷，滿洲人就人人死無葬身之地。一來使得八旗後人不敢忽起貪心，偷偷去掘寶藏；二來如知有人前去掘寶，八旗便羣起而攻，竭力阻止。只有一國之主，纔能得知這眞正秘密。」

康熙回思當日的言語，心中又一次想到：「攝政王雄才大略，所見極是。」向韋小寶瞧了一眼，心道：「小桂子雖然忠心，卻也只能跟他說龍脈，不能說寶庫。這小子日後年紀大了，怎保得定他不起貪心。太后昨天對我說，父皇當年決意出家之前，已將這大秘密告知了太后，要她等我年長之後轉告。太后所以忍辱偷生，正是爲了這件大事。

她可不知我已到五台山去見到了父皇，也幸而如此，太后沒給老婊子害死。」

韋小寶見康熙來回踱步思索，突然心念一動，說道：「皇上，倘若老婊子是吳三桂派進宮來的，他……他手裏就有七部經書。」

康熙一驚，心想此事倒是大有可能，叫道：「傳尚衣監！」

過了一會，一名老太監走進書房磕頭，是尚衣監的總管太監。康熙問道：「查明白了嗎？」那太監道：「回皇上：奴才已仔細查過了，這件僧袍的衣料，是北京城裏織造的。」康熙嗯了一聲。韋小寶這才明白：「原來皇上要查那矮冬瓜的來歷。衣料是京裏織造，就查不到甚麼了。」那太監又道：「不過那套男子內衣內褲，是遼東的繭綢，出於錦州一帶。」康熙臉上現出喜色，點點頭道：「下去罷。」那太監磕頭退出。

康熙道：「只怕你料得對了，這矮冬瓜說不定跟吳三桂有些瓜葛。」韋小寶道：「奴才可不明白了。」康熙道：「吳三桂以前鎮守山海關，錦州是他的轄地。這矮冬瓜或許是他的舊部。」韋小寶喜道：「正是，皇上英明，所料定然不錯。」

康熙沉吟道：「倘若老婊子逃回雲南，你此行可多一分危險。你多帶侍衛，再領三千驍騎營軍士去。」韋小寶道：「是，皇上放心。最好奴才能將老婊子和矮冬瓜都抓了來，千刀萬剮，好給太后出這口氣。」

康熙拍拍韋小寶肩膀，微笑道：「你如能再立此大功，給太后出了這口氣，嘿嘿，你年紀太小，官兒太大，我倒有些爲難了。不過咱們小皇帝、小大臣，一塊兒幹些大事出來，讓那批老官兒們嚇得目瞪口呆，倒也有趣得緊。」

韋小寶道：「皇上年紀雖小，英明遠見，早已叫那批老東西打從心眼兒裏佩服出來。待您再料理了吳三桂，那更是前無來者，後無古人。」

康熙哈哈大笑，說道：「他媽的，前無古人，後無來者！你這傢伙聰明伶俐，就是不學無術，不肯讀書。」韋小寶笑道：「是，是。奴才幾時有空，得好好讀他幾天書。」

其實韋小寶粗鄙無文，康熙反而歡喜，他身邊文學侍從的臣子要多少有多少，整日價詩云子曰聽得多了，和韋小寶說些市井俗語，頗感暢快。

韋小寶辭了出來，剛出書房，便有一名侍衛迎上來，請了個安，低聲道：「韋副總管，康親王想見您，不知韋副總管有空沒有？」韋小寶問道：「王爺在那裏？」那侍衛道：「王爺在侍衛房等候回音。」韋小寶道：「他親自來了？」那侍衛道：「是，是。他說想請韋副總管去喝酒聽戲，就是躭心皇上有要緊大事差韋副總管去辦，您老人家分不了身。」韋小寶笑道：「他媽的，我是甚麼老人家了？」

來到侍衛房中，只見康親王一手拿著茶碗，坐著呆呆出神，眉頭皺起，深有憂色。他一見韋小寶進來，忙放下茶碗，搶上來拉住他手，說道：「兄弟，多日不見，可想殺我了。」

韋小寶明知他為了失卻經書之事有求於己，但見他如此親熱，也自歡喜，說道：「王爺有事，派人吩咐一聲就行了，賞酒賞飯，卑職還不巴巴的趕來麼？你這樣給面子，卻自己來找我。」康親王道：「我家裏已預備了戲班子，就怕兄弟沒空。這會兒能過去坐坐嗎？」韋小寶笑道：「好啊，王爺賞飯，只要不是皇上吩咐我去辦甚麼急事，就是我親生老子死了，卑職也要先擾了王爺這頓飯再說。」

兩人攜手出宮，乘馬來到王府。康親王隆重款待，極盡禮數，這一次卻無外客。飯罷，康親王邀他到書房之中，說些閒話，讚他代皇上在少林寺出家，積下無數功德善果，又讚他年紀輕輕，竟已做到御前侍衛副總管、驍騎營都統，前程實是不可限量。韋小寶謙遜一番，說以後全仗王爺提攜栽培。

康親王嘆了一口氣，說道：「兄弟，你我是自己人，甚麼都不用瞞你，做老哥的眼前大禍臨頭，只怕身家性命都難保了。」韋小寶假裝大為驚奇，說道：「王爺是代善大貝勒的嫡派子孫，鐵帽子王，皇上正信任重用，有甚麼大禍臨頭了？」

康親王道：「兄弟有所不知。當年咱們滿清進關之後，每一旗旗主，先帝都賜了一部佛經。我祖上是正紅旗旗主，也蒙恩賜一部。今日皇上召見，要我將先帝賜經呈繳。可是……可是我這部經書，卻不知如何，竟……竟給人盜去了。」

韋小寶滿臉訝異，說道：「眞希奇了！金子銀子不妨偷偷，書有甚麼好偷？這書是金子打的麼？還是鑲滿了翡翠珠寶，値錢得很？」

康親王道：「那倒不是，也不過是尋常的經書。可是我沒能好好保管先帝賜物，實是大不敬。皇上忽然要我呈繳，只怕是知道了我失去賜經，要追究此事。兄弟，你可得救我一救。」說著站起身來，請下安去。

韋小寶急忙還禮，說道：「王爺這等客氣，可不折殺了小人？」康親王愁眉苦臉的道：「兄弟，你如不給我想個法子，我……我只好自盡了。」韋小寶道：「王爺也未免把事情看得太重了。我明日將這件事奏知皇上，最多也不過罰王爺幾個月俸銀，或者交宗人府嚴詞申斥一番，那有性命交關之理？」康親王搖頭道：「只要保得性命，就算把我這親王的王爵革去，貶作庶人，我也已謝天謝地，心滿意足了。鑲藍旗旗主鄂碩克哈就因爲丟了賜經，昨兒給打入了天牢，聽說很受了拷打，皇上派人嚴審，那部經書到底弄到那裏去了。」說著臉上肌肉抖動，顯是想到了身入天牢、備受苦刑的慘酷。

韋小寶皺眉道：「這部經書當眞如此要緊？啊，是了，那日抄鰲拜的家，太后命我到他家裏去找兩部甚麼三十二章經、四十三章經甚麼的。王爺不見了的，就是這個東西麼？」康親王臉上憂色更深，說道：「正是，是《四十二章經》。一抄鰲拜的家，太后甚麼都不要，單要經書，可見這東西非同小可。兄弟可找到了沒有？」韋小寶道：「找是找到了。鰲拜那廝把經書放在他臥房的地板洞裏，找得我出了一身大汗。這經書有甚麼希奇？我給你到和尚廟裏去要他十部八部來，繳給皇上就是。」康親王道：「先皇欽賜的經書，跟和尚廟裏的尋常佛經大不相同，可混冒不來。」

韋小寶神色鄭重，說道：「這樣倒真有點兒麻煩了。不知王爺要我辦甚麼事？」

康親王搖搖頭，說道：「這件事我實在說不出口，怎……怎能要兄弟去做欺君之事？」韋小寶一拍胸膛，道：「王爺但說不妨。你當韋小寶是朋友，我爲你送了這條小命，也是一場義氣。好，你去奏知皇上，就說這部經書我韋小寶借去瞧瞧，卻不小心弄丟了。皇上問起來，我一口承認，毫不推搪。皇上這幾天很喜歡我，最多打我一頓板子，未必就會砍了我的頭。」康親王道：「多謝兄弟好意，但這條路子恐怕行不通。皇上不會相信兄弟借經書去看。」韋小寶點頭道：「我雖然做過和尚，但西瓜大的字識不了一擔，借經書去看，皇上恐怕不大相信。咱們得另想法子。」

康親王道：「我是想請兄弟……想請兄弟……想請兄弟……」連說三句「想請兄弟」，卻不接下去，只是眼望韋小寶，瞧著他臉上神氣。

韋小寶道：「王爺，你不必爲難。做兄弟的一條小性命……」左手抓住自己辮子，右手在自己頭頸裏一斬，做個雙手捧著腦袋送上的姿勢，說道：「已交了給你，只要不是危害皇上的大事，甚麼事都聽你吩咐。」

康親王大喜，道：「兄弟如此義氣深重，唉，做哥哥的別的話也不多說了。我是想請兄弟到太后或皇上身邊，去偷一部經書出來。我已叫定了幾十名高手匠人等在這裏，咱們連夜開工，仿造一部，好渡過這個難關。」

韋小寶問道：「能造得一模一樣？」

康親王忙道：「能，能，定能造得一模一樣，包管沒半點破綻。做了樣子之後，兄弟就把原來的經書放回，決不敢有絲毫損傷。」其實他明知倉卒之間仿造一部經書，要造得全無破綻，殊所難能，他是想將眞假經書掉一個包，將假經書讓韋小寶放回原處，眞的經書呈繳皇帝。料想韋小寶不識之無，難以分辨眞僞，將來能不發覺，那是上上大吉，就算發覺，也已連累不到自己頭上。只是這番用意，此刻自不能直言。

韋小寶道：「好，事不宜遲，我這就想法子去偷，王爺在府上靜候好音便了。」

康親王千恩萬謝，親自送他到門外，又不住叮囑他務須小心。

韋小寶回到屋中，將幾十片羊皮碎片在燈下拚湊，心想八部已得其七，就算空下一些，也能拚個大概出來。那知足足花了大半個時辰，連地圖的一隻角也湊不起來。他本無耐心，厭煩起來，便不再拚，當下將千百片碎片用油紙包了，外面再包了層油布，貼身藏好。心想：「老康是正紅旗旗主，他這部經書自然是紅封皮的，明兒我另拿一部給他便是。」

次日清晨，將鑲白旗經書的羊皮面縫好，黏上封皮，揣入懷中，逕去康親王府。

康親王一聽他到來，三腳兩步的迎了出來，握住他雙手，連問：「怎樣？怎樣？」

韋小寶愁眉苦臉，搖了搖頭。康親王一顆心登時沉了下去，說道：「這件事本來爲難，今日沒能成功……」韋小寶低聲道：「東西拿到了，就怕你十天半月之內，假冒不成。」

康親王大喜，一躍而起，將他一把抱住，抱入書房。

衆親隨、侍衛見王爺這等模樣，不由得都暗暗好笑。

韋小寶將經書取出，雙手送將過去，問道：「是這東西嗎？」康親王緊緊抓住，全身發抖，打開書函一看，道：「正是，正是，這是鑲白旗的賜經，因此是白封皮鑲紅邊兒的。咱們立刻開工雕版。兄弟，你得再教我一個法兒，怎生推搪得幾天。嗯，我假裝從馬上跌了下來，摔得頭破血流，昏迷不醒。待得冒牌經書造好，再去叩見皇上，你說可好？」

韋小寶搖頭道：「皇上英明之極，你掉這槍花，他心中犯了疑，你將西貝貨兒呈上去，皇上細細一看，只怕西洋鏡當場就得拆穿。這部書跟你失去的那部，除了封皮顏色之外，還有甚麼不同？」康親王道：「就只封皮顏色不同，另外都是一樣。」韋小寶道：「這個容易！你將這部書換個封皮，今日就拿去呈給皇上。」

康親王又驚又喜，顫聲道：「這……這……宮裏失了經書，查究起來，只怕要牽累到兄弟。」韋小寶道：「我昨晚悄悄在上書房裏偷了出來，沒人瞧見的。就算有人瞧見，哼哼，諒這狗崽子也不敢說。我跟你擔了這干係便是。」康親王心下感激，不由得眼眶也濕了，握住他雙手，再也說不出話來。

韋小寶回到宮中，另行拿了兩部經書，去尋胖頭陀和陸高軒。他想正黃旗的經書上浸滿了毒水，給桑結喇嘛搶去了；鑲白旗的給了康親王；賸下五部之中，鑲黃、正白兩部從鰲拜家中抄來，鑲藍從老婊子的櫃中取得，這三部書老婊子都見過的，這時老婊子如在洪教主身邊，呈上去可大大不妙。正紅旗的從康親王府中順手牽來，鑲紅旗的從瑞棟身上取得，老婊子雖知來歷，卻也不妨。於是交給胖陸二人的是一部正紅，一部鑲紅。胖陸二人早已等得望眼欲穿，見他突然到來，又得到了教主所要的兩部經書，當眞喜從天降。

韋小寶道：「陸先生，你將經書呈給教主和夫人，說道我打聽到，吳三桂知道另外六部經書的下落。我白龍使爲教主和夫人辦事，忠字當頭，十萬死百萬死不辭，因此要到雲南去赴湯蹈火，找尋經書。胖尊者，你護送我去再爲教主立功。」胖陸二人欣然答應。

胖頭陀道：「陸兄，白龍使立此大功，咱二人也跟著有了好處。教主賜下豹胎易筋丸的解藥，你務必儘快差妥人送到雲南來。」

陸高軒連聲稱是，心想：「白龍使小小年紀，已如此了得。教主這大位，日後非傳給他不可。我此刻不乘機討好於他，更待何時？」說道：「這解藥非同小可，屬下決不放心交給旁人，定當親自送來。白龍使，屬下對你忠心耿耿，定要服侍你服了解藥之後，屬下和胖兄再服。否則就算豹胎易筋丸藥性發作，屬下有解藥在手，寧死也決不先服。」

韋小寶笑道：「很好，很好，你對我如此忠心，我總忘不了你的好處。」陸高軒大喜，躬身道：「屬下恭祝白龍使永享清福，壽比南山。」韋小寶心想：「我只比教主低了一級，永享清福，壽比南山，倒也不錯了。」

他回宮不久，便有太監宣下朝旨，封韋小寶為一等子爵，賜婚使，護送建寧公主前赴雲南，賜婚平西王世子吳應熊。吳應熊封三等精奇尼哈番，加少保，兼太子太保。

韋小寶取錢賞了太監，心想：「倒便宜了吳應熊這小子，娶了個美貌公主，又封了個大官。說書先生說精忠岳傳，岳飛岳爺爺官封少保，你吳應熊臭小子如何能跟岳爺爺相比？」轉念又想：「皇上封他做個大官，只不過叫吳三桂不起疑心，遲早會砍他的腦袋。鰲拜可也不是官封少保嗎？對，對，岳飛岳少保也給皇帝殺了。可見官封少保，便是要殺他的頭。下次皇上如封我做少保，可得死命推辭。」

當下去見皇帝謝恩，說道：「皇上，奴才這次去雲南跟你辦事，你有甚麼錦囊妙計，那就跟我說了罷。」康熙哈哈大笑，說道：「小桂子沒學問。錦囊妙計，是封在錦囊之中的，天機不可洩漏，怎能先跟你說？」韋小寶道：「原來如此。可惜我不識字，皇上若有錦囊妙計，須得畫成圖畫。皇上，上次你吩咐我去清涼寺做住持，這道聖旨，畫得可挺美哪。」

康熙笑道：「自古以來，聖旨不用文字而用圖畫，只怕以咱們君臣二人開始了。」韋小寶道：「這叫做前無古人，後無來者。」康熙笑道：「很好。你記心好，教了你的成語，便記住了。」韋小寶道：「皇上教的，我總記得，別人教的，可記來記去總記不住，也不知是甚麼道理。好比一言既出，甚麼馬難追，這匹甚麼馬，總是記不住。」

說到這裏，太監稟報建寧公主前來辭行。康熙向韋小寶望了一眼，吩咐進見。

建寧公主一進書房，便撲在康熙懷裏，放聲大哭，說道：「皇帝哥哥，我……我……我不願嫁到雲南，求你收回聖旨罷。」

康熙本來自幼便喜歡這個妹子，但自從得知假太后的惡行之後，連帶的對妹子也生了厭憎之心，將她嫁給吳應熊，實是有心陷害，這時見她哭得可憐，倒有些不忍，但事已至此，已難收回成命，拍拍她肩膀，溫言道：「女孩子長大了，總是要嫁人的。我給你揀的丈夫可很不錯哪。小桂子，你跟公主說，那吳應熊相貌挺英俊的，是不是？」

韋小寶道：「正是。公主，你那位額駙，是雲南省有名的美男子，上次他來北京，前門外有十幾個姑娘打架，打出了三條人命。」建寧公主一怔，問道：「那為甚麼？」韋小寶道：「平西王世子好俊好帥，天下有名。他進京那天，北京城裏成千成萬的姑娘太太們都擠著去瞧。有十幾個姑娘你擠我，我擠你，便打起來啦。」建寧公主破涕為笑，啐道：「呸！你騙人，那有這等事？」

韋小寶道：「公主，你猜皇上為甚麼派我護送你去雲南？又吩咐我多帶侍衛兵勇，妥為保護？」公主道：「那是皇帝哥哥愛惜我。」韋小寶道：「是啊，這是皇上的英明遠見，深謀遠慮。你想，額駙這樣英俊瀟洒，不知有多少姑娘想嫁給他做夫人，現今給你一下子佔了去，天下不知道打翻了多少醋缸子、醋罈子、醋罐子、醋瓶子。有些會武藝的姑娘一怒，說不定要來跟你為難。雖然公主自己武功高強，終究寡不敵衆，是不是？因此奴才這一次護送公主南下，肩頭的擔子可眞不輕，要對付這一隊糖醋娘子軍，你想想，可有多難？」

建寧公主笑道：「甚麼糖醋娘子軍，你眞會胡說八道！」她這時笑靨如花，臉頰上卻兀自掛著幾滴亮晶晶的淚珠，向康熙道：「皇帝哥哥，小桂子送我到了雲南之後，就讓他陪著我說話兒解悶，否則我可不去。」康熙笑道：「好，好，讓他多陪你些時候，等你一切慣了再說。」建寧公主道：「我要他永遠陪著我，不讓他回來。」

韋小寶一伸舌頭，道：「那不成，你的駙馬爺倘若見我惹厭，生起氣來，一刀將我砍了，沒了腦袋的小桂子，可不能陪公主說話解悶了。」建寧公主小嘴一扁，道：「哼，他敢？」

康熙道：「小桂子，你去雲南之前，有件事先給我查查。上書房裏不見了一部佛經，這事可有點奇怪，連這裏的東西，竟也有人敢偷！」說到最後一句話時，語氣已頗爲嚴峻。韋小寶應道：「是，是。」建寧公主插口道：「皇帝哥哥，你這部佛經是我拿的。嘻嘻！」

康熙道：「你拿去幹甚麼？怎麼沒先問過我？」公主笑道：「是太后吩咐我拿的。太后說，皇帝每天要辦千百件軍國大事，問你要部佛經這等小事，便不用來麻煩你啦。」康熙哼了一聲，便不言語了。建寧公主伸伸舌頭，央求道：「皇帝哥哥，你別爲這件事生我的氣。以後我去了雲南，便想再來這裏拿你的書，可也來不了啦。」

康熙聽她說得可憐，心腸登時軟了下來，溫言道：「你去了雲南，要甚麼東西，儘管向我要好了。」頓了一頓，說道：「平西王府裏，又有甚麼東西沒有？」

韋小寶從上書房出來，眾侍衛、太監紛紛前來道賀。每個侍衛都盼能得他帶去雲南，吳三桂富可敵國，這一趟美差，發一筆財是十拿九穩之事。

到得午後，康親王又進宮來相見，喜氣洋洋的道：「兄弟，經書已呈繳給了皇上。

皇上很高興，著實誇獎了我幾句。」韋小寶道：「那好得很啊。」康親王低聲問道：「宮裏失了那部經書，皇上沒查問吧？」韋小寶低聲道：「我求得建寧公主認了帳。她就要遠嫁了，皇上很捨不得她，自然算了。」

康親王大喜，道：「你不日就去雲南，今日哥哥作個小東，一來慶賀你封了子爵，二來給你餞行。」攜著他手出得宮來，這次卻不是去康親王府，來到東城一所精致的宅第。這屋子雖沒康親王府宏偉，但雕樑畫棟，花木山石，陳設甚是奢華。

康親王道：「兄弟，你瞧這間房子怎樣？」韋小寶笑道：「好極，漂亮之極！王爺眞會享福。這是小福晉的住所麼？」康親王微笑不答，邀他走進大廳。

廳上已等著許多貴官，索額圖、多隆等都出來相迎，「恭喜」之聲，不絕於耳。

康親王笑道：「咱們今日慶賀韋大人高升，按理他該坐首席才是。不過他是本宅主人，只好坐主位了。」韋小寶奇道：「甚麼本宅主人？」康親王笑道：「這所宅子，是韋大人的子爵府。做哥哥的跟你預備的。車夫、廚子、僕役、婢女，全都有了。匆匆忙忙的，只怕很不周全，兄弟見缺了甚麼，只管吩咐，命人到我家裏來搬便是。」

韋小寶驚喜交集，自己幫了康親王這個大忙，不費分文本錢，不擔絲毫風險，雖然明知他定有酬謝，卻萬想不到竟會送這樣一件重禮，一時說不出話來，只道：「這……這個……那怎麼可以？」

康親王捏了捏他手，說道：「咱哥兒倆是過命的交情，那還分甚麼彼此？來來來，大夥兒喝酒。那一位不喝醉的，今日不能放他回去。」

這一席酒喝得盡歡而散。韋小寶貴爲子爵，大家又早知他那太監是奉旨假扮的，便不能再回宮住宿了。這一晚睡在富麗華貴的臥室之中，放眼不是金器銀器，就是綾羅綢緞，忽想：「他奶奶的，我如在這子爵府開座妓院，十間麗春院也比下去了。」

次日一早去見九難，告知皇帝派他去雲南送婚。九難道：「很好，我陪你一起去。」韋小寶大喜，轉頭向阿珂瞧去。九難道：「阿珂也去。」韋小寶更喜從天降，這個喜訊，便皇帝連封他一百個子爵也比不上。從九難處告辭出來，便去天地會新搬的下處。

陳近南沉吟道：「韃子皇帝對吳三桂如此寵幸，一時是扳他不倒了。不過這實是大好機會。小寶，吳三桂這奸賊不造反，咱們要激得他造反，激不成功，就冤枉他造反。我本該和你同去，只二公子和馮錫範回到臺灣之後，定會向王爺進讒，料想王爺會派人來查詢天地會之事。我得留在這裏，據實稟告。這裏衆兄弟，你都帶了去雲南罷。」

韋小寶道：「就怕馮錫範這傢伙又來加害師父，這裏衆位兄弟還是留著相助師父罷，否則弟子放心不下。」

陳近南拍拍他肩膀，溫言道：「難得你如此孝心。馮錫範武功雖強，你師父也不見得就弱於他了。這次他只不過攻了咱們個出其不意，一上來躲在門後偷襲，先傷了我右臂。下次相遇，他未必能再佔到便宜。誅殺吳三桂是當前第一大事，咱們須得傾全力以赴。只盼這裏的事情了結得快，我也能趕來雲南。咱們可不能讓沐家著了先鞭。」韋小寶點頭道：「倘若給沐王府先得了手，今後天地會要奉他們號令，可差勁得很了。」

陳近南伸手搭他脈搏，又命他伸出舌頭瞧瞧，皺眉道：「你中的毒怎麼又轉了性？幸好一時也不會發作。我傳你的內功暫且不可再練，以防毒性侵入經脈。」

韋小寶大喜，心道：「你叫我不練功夫，這是你自己說的，以後可不能怪我。」又想：「這豹胎易筋丸當眞厲害，連師父也不知是甚麼東西，但盼陸先生快些送來解藥才好。」

數日後諸事齊備，韋小寶率領御前侍衛、驍騎營、天地會羣雄、神龍教的胖頭陀等人，辭別了康熙和太后，護送建寧公主前赴雲南。九難和阿珂扮作宮女，混入人羣。天地會羣雄和胖頭陀也都喬裝改扮，算是韋小寶的親隨，穿了驍騎營軍士的服色。韋小寶胯下康親王所贈的玉驄馬，前呼後擁，得意洋洋的往南進發。他已派人前往河南，通知雙兒南來，盼能和她在途中會合。此時唯一美中不足的，便是身邊少了這個溫柔體貼的俏丫頭。

一路之上，官府盡力鋪張供應，對這位賜婚使大人巴結奉承，馬屁拍到了十足十。韋小寶心花怒放，自從奉旨出差以來，從未有如這次那麼舒服神氣，心想：「老婊子不爭氣，只生了一個女兒，倘若一口氣生他媽的十七八個，老子專做賜婚大臣，送了一個又一個。這一輩子吃喝玩樂，金銀珠寶花差花差，可比幹甚麼都強了。」

這一日到了開封，河南省巡撫、藩台、臬台等宴請韋小寶後告辭，知府迎接一行人在當地大富紳家的花園中歇宿。建寧公主又把韋小寶召去閒談。自從出京以來，日日都是如此。韋小寶生怕公主拳打腳踢，每次均要錢老本和高彥超隨伴在側，不論公主求懇也好，發怒也好，決不遣開兩人單獨和她相對。

這日晚飯過後，公主召見韋小寶。三人來到公主臥室外的小廳。公主要韋小寶坐了，錢高二人站立其後。其時正當盛暑，公主穿著薄羅衫子，兩名宮女手執團扇，在她身後撥扇。公主臉上紅撲撲地，嘴唇上滲出一滴滴細微汗珠，容色甚是嬌艷，韋小寶心想：「公主雖不及我老婆美貌，也算是一等一的人才了。吳應熊這小子娶得了她，當眞艷福不淺。」

公主側頭微笑，問道：「小桂子，你熱不熱？」韋小寶道：「還好。」公主道：「你不熱，爲甚麼額頭這許多汗？」韋小寶笑著伸袖子抹了抹汗。

一名宮女捧進一隻五彩大瓦缸來，說道：「啓稟公主，這是孟知府供奉的冰鎭酸梅湯，請公主消暑消渴。」公主喜道：「好，裝一碗給我嘗嘗。」

一名宮女取過一隻碎瓷青花碗，斟了酸梅湯，捧到公主面前。公主取匙羹喝了幾口，吁了口氣，說道：「難爲他小小開封府，也藏得有冰。」酸梅湯中清甜的桂花香氣瀰漫室中，小小冰塊和匙羹撞擊有聲，韋小寶和錢高二人不禁垂涎欲滴。公主道：「大家熱得很了，每人斟一大碗給他們。」韋小寶和錢高二人謝了，冰冷的酸梅湯喝入口中，涼氣直透胸臆，說不出的暢快。片刻之間，三人都喝得乾乾淨淨。

公主道：「這樣大熱天趕路，也眞夠受的。打從明兒起，咱們每天只行四十里，一早動身，太陽出來了便停下休息。」韋小寶道：「公主體貼下人，大家都感恩德，就只怕時日躭擱久了。」公主笑道：「怕甚麼？我不急，你倒著急？讓吳應熊這小子等著好了。」

韋小寶微笑，正待答話，忽覺腦中一暈，身子晃了晃。公主問道：「怎麼？熱得中了暑麼？」韋小寶道：「怕……怕是剛才酒喝多了。公主殿下，奴才要告辭了。」公主道：「酒喝多了？那麼每人再喝一碗酸梅湯醒酒。」韋小寶道：「多……多謝。」

宮女又斟了三碗酸梅湯來。錢高二人也感頭腦暈眩，當即大口喝完，突然間兩人搖晃幾下，都倒了下來。韋小寶一驚，只覺眼前金星亂冒，一碗酸梅湯只喝得一口，已盡數潑在身上，轉眼間便人事不知了。

也不知過了多少時候，昏昏沉沉中似乎大雨淋頭，待欲睜眼，又是一場大雨淋了下來，過得片刻，腦子稍覺清醒，只覺身上冰涼，忽聽得格的一笑，睜開眼睛，只見公主笑嘻嘻的望著自己。韋小寶「啊」的一聲，卻發覺自己躺在地下，忙想支撐起身，那知手足都已給綁住，大吃一驚，掙扎幾下，竟絲毫動彈不得。

但見自己已移身在公主臥房之中，全身濕淋淋的都是水，突然之間，發覺身上衣服已給脫得精光，赤條條一絲不掛，這一下更嚇得昏天黑地，叫道：「怎……怎麼啦？」燭光下見房中只公主一人，衆宮女和錢高二人都已不知去向，驚道：「我……我……」

公主道：「你……你……你怎麼啦？竟敢對我如此無禮？」韋小寶道：「他們呢？」公主俏臉一沉，道：「你兩個從人，我瞧著惹厭，早已砍了他們腦袋。」韋小寶不知這話是眞是假，但想這公主行事不可以常理測度，錢高二人眞的給她殺了，也不希奇。一轉念間，已猜到酸梅湯中給她作了手腳，問道：「酸梅湯中有蒙汗藥？」

公主嘻嘻一笑，道：「你眞聰明，就可惜聰明得遲了些。」韋小寶道：「這蒙汗藥……你向侍衛們要來的？」自己釋放吳立身等人之時，曾向侍衛要蒙汗藥。後來這包蒙汗藥在迷倒桑結等喇嘛時用完了，這次回京，立即又要張康年再找了一大包來，放入行囊之中，「匕首、寶衣、蒙汗藥」，乃小白龍韋小寶攻守兼備的三大法寶。建寧公主平時向衆侍衛討教武功，和他們談論江湖上的奇事軼聞，向他們要些蒙汗藥來玩玩，自是半點不奇。

公主笑道：「你甚麼都知道，就不知道酸梅湯中有蒙汗藥。」韋小寶道：「公主比奴才聰明百倍，公主要擺布我，奴才縛手縛腳，毫無辦法。」口頭敷衍，心下籌思脫身之策。公主冷笑道：「你賊眼骨溜溜的亂轉，打甚麼鬼主意啊？」提起他那把匕首揚了揚，道：「你只消叫一聲，我就在你肚上戳十八個窟窿。你說那時候你是死太監呢，還是活太監？」

韋小寶見匕首刃上寒光一閃一閃，心想：「這死丫頭、瘟丫頭，行事無法無天，這把匕首隨便在我身上甚麼地方輕輕一劃，老子非歸位不可，只有先嚇得她不敢殺我，再行想法脫身。」說道：「那時候哪，我既不是死太監，也不是活太監，變成了吸血鬼、毒殭屍。」公主提起腳來，在他肚子上重重一踹，罵道：「死小鬼，你又想嚇我！」韋小寶痛得「啊」的一聲大叫。公主罵道：「肚腸又沒踏出來，好痛嗎？喂，你猜猜看，我踏得你幾腳，肚腸就出來了？猜中了，就放你。」

韋小寶道：「奴才一給人綁住，腦子就笨得很了，甚麼事也猜不中。」公主道：「你猜不中，我就來試。一腳，二腳，三腳！」數一下，伸足在他肚子踹一腳。韋小寶叫道：「不行，不行，你再踏得一腳，我肚子裏的臭屎要給你踏出來了。」公主嚇了一跳，便不敢再踏，心想踏出肚腸來不打緊，踏出屎來，那可臭氣沖天，再也不好玩了。

韋小寶道：「好公主，求求你快放了我，小桂子聽你吩咐，跟你比武打架。」公主搖頭道：「我不愛打架，我愛打人！」唰的一聲，從床褥下抽出一條鞭子來，啪啪啪啪，在韋小寶精光皮膚上連抽了十幾下，登時血痕斑斑。

公主一見到血，不由得眉花眼笑，俯下身去，伸手輕輕撫摸他傷痕。韋小寶只痛得全身猶似火炙，央求道：「好公主，今天打得夠了，我可沒得罪你啊。」公主突然發怒，一腳踢在他鼻子上，登時鼻血長流，說道：「你沒得罪我？皇帝哥哥要我去嫁給吳應熊這小子，全是你的鬼主意。」韋小寶忙道：「不，不！這是皇上自己的聖斷，跟我可沒干係。」

公主怒道：「你還賴呢？太后向來最疼我的，為甚麼我遠嫁雲南，太后也不作聲？甚至我向太后辭行，太后也不理不睬，她……她可是我的親娘哪！」說著掩面哭了起來。韋小寶心道：「太后早就掉了包，老婊子已掉成了眞太后，她恨你入骨，自然不來睬你。不臭罵你一頓，已客氣得很了。這個秘密可不能說。」

公主哭了一會，恨恨的道：「都是你不好，都是你不好！」說著在他身上亂踢。

韋小寶靈機一動，說道：「公主，你不肯嫁吳應熊，何不早說？我自有辦法。」公主睜眼道：「騙人，你有甚麼法子？這是皇帝哥哥的旨意，誰也不能違抗的。」韋小寶道：「人人都不能違抗皇上的旨意，那是不錯，可是有一個傢伙，連皇上也拿他沒法子。」公主奇道：「那是誰？」韋小寶道：「閻羅王！」公主尙未明白，問道：「閻羅王又怎麼啦？」

韋小寶道：「閻羅王來幫忙，把吳應熊這小子捉了去，你就嫁不成了。」公主一怔，道：「那有這麼巧法？吳應熊偏偏就會這時候死了？」韋小寶笑道：「他不去見閻羅王，咱們送他去見便是。」公主道：「你說把他害死？」韋小寶搖頭道：「不是害死，有些人忽然不明不白的死了，誰也不知是甚麼緣故。」

公主向他瞪視半晌，突然叫道：「你叫我謀殺親夫？不成！你說吳應熊這小子俊得不得了，天下的姑娘人人都想嫁他。你如害死了他，我可不能跟你干休。」說著提起鞭子，在他身上一頓抽擊。韋小寶只痛得大聲叫嚷。

公主笑道：「很痛嗎？越痛越有趣！不過你叫得太響，給外面的人聽見了，可不大英雄氣概。」韋小寶道：「我不是英雄，我是狗熊。」公主罵道：「操你媽！原來你是狗熊。」

這位金枝玉葉的天潢貴裔突然說出如此粗俗的話來，韋小寶不由得一怔。公主順手拿起一隻襪子，乃是從韋小寶腳上除下來的，一把塞在他嘴裏，提起鞭子又狠狠抽打。

打了幾下，韋小寶假裝暈死，雙眼反白，全身不動。公主罵道：「小賊，你裝死？我在你肚子上戳三刀，如果你眞的死了，就不會動。」韋小寶心想這件事可試不得，急忙扭動掙扎。公主哈哈大笑，提起鞭子又打，皮鞭抽在他精光的肌肉上，噼噼啪啪，聲音清脆。

她打了十幾鞭，丟下鞭子，笑嘻嘻的道：「諸葛亮又要火燒籐甲兵了。」韋小寶大急：「今日遇上了這女瘋子，老子祖宗十九代都作了孽。」只聽公主自言自語：「籐甲兵身上沒了籐甲，不大容易燒得著，得澆上些油才行。」說著轉身出外，想是去找油。

韋小寶拚命掙扎，但手足上的繩索綁得甚緊，卻那裏掙扎得脫，情急之際，忽然想起師父來：「老子師父拜了不少，海大富老烏龜是第一個，後來是陳總舵主師父、洪教主壽與天齊師父、洪夫人騷狐狸師父、小皇帝師父、澄觀師姪老和尚師父、九難美貌尼姑師父，可是這一大串師父，沒一個教的功夫當眞管用。老子倘若學到了一身高強內功，雙手雙腳只須輕輕這麼一迸，繩索立時斷了，還怕甚麼鬼丫頭來火燒籐甲兵？」

正在焦躁惶急、怨天尤人之際，忽聽得窗外有人低聲說話：「快進去救他出來。」正是九難美貌尼姑師父。

這句話一入耳，韋小寶喜得便想跳了起來，就可惜手足被綁，難以跳躍。又聽得阿珂的聲音說道：「他……他沒穿衣服，不能救啊！」韋小寶大怒，心中大罵：「死丫頭，我不穿衣服，爲甚麼不能救，難道定要穿了衣服，才能救麼？你不救老公，就是謀殺親夫。自己做小寡婦，好開心麼？」只聽九難道：「你閉著眼睛，去割斷他手腳的繩索，不就成了？」阿珂道：「不成啊。我閉著眼睛，瞧不見，倘若……倘若碰到他身子，那怎麼辦？師父，還是你去救他罷。」九難怒道：「我是出家人，怎能做這等事？」韋小寶雖年紀尚小，也是個十幾歲的少年男子，赤身露體的醜態，如何可以看得？

韋小寶只想大叫：「你們先拿一件衣服擲進來，罩在我身上，豈不是瞧不見我了？」苦於口中塞著一隻臭襪子，說不出話，而九難、阿珂師徒二人，卻又殊乏應變之才。

她二人扮作宮女，以黃粉塗去臉上麗色，平時生怕公主起疑盤問，只和粗使宮女混在一起，從不見公主之面。這一晚隱約聽得公主臥室中傳出鞭打和呼叫之聲，便到臥室窗外來察看，見到韋小寶給剝光了衣衫綁著，正遭公主狠狠鞭打。

窗外九難師徒商議未決，建寧公主已回進室來，笑嘻嘻的道：「一時之間找不到豬油、牛油、菜油，咱們只好熬些狗熊油出來。你自己說，不是英雄是狗熊，狗熊油怎生模樣，我倒沒見過。你見過沒有？」說著拿起桌上燭台，將燭火去燒韋小寶胸口肌膚。

韋小寶劇痛之下，身子向後急縮。公主左手揪住他頭髮，不讓他移動，右手繼續用燭火燒他肌膚，片刻之間，已發出焦臭。

九難大驚，當即推開窗戶，提起阿珂投入房中，喝道：「快救人！」自己轉過了頭，緊緊閉上了雙眼，生怕見到韋小寶的裸體。

阿珂給師父投入房中，全身光溜溜的韋小寶赫然便在眼前，欲待不看，已不可得，只得伸掌向建寧公主後頸中劈去。公主驚叫：「甚麼人？」伸左手擋格，右手一晃，燭火便即熄滅。但桌上几上還是點著四五枝紅燭，照得室中明晃晃地。阿珂接連出招，公主如何是她敵手？喀喀兩聲響，右臂和左腿給扭脫了關節，倒在床邊。她生性悍狠，口中仍是怒罵。阿珂怒道：「都是你不好，還在罵人？」突然「啊」的一聲，哭了出來，心中無限委屈。

公主一呆，便不再罵，心想你打倒了我，怎麼反而哭了起來？阿珂抓起地下匕首，割斷韋小寶手上綁住的繩索，臉上已羞得飛紅，擲下匕首，立即跳出窗去，飛也似的向外直奔。九難隨後跟去。

臥房中鬧得天翻地覆，房外宮女太監們早已聽見。但他們事先曾受公主叮囑，不論房中發出甚麼古怪聲音，不奉召喚，誰也不得入內，那一顆顆腦袋伸進房來，便砍下了這顆腦袋。衆人面面相覷，臉上神色極是古怪。這位公主自幼便愛胡鬧，千奇百怪的花樣層出不窮，大家許多年來早已慣了，誰也不以爲異。公主的親生母親本是個冒牌貨色，出身於江湖草莽，怎會好好管束教導女兒？順治出家爲僧，康熙又是年幼，建寧公主再鬧得無法無天，也沒人來管。適才她命宮女太監進來將暈倒了的錢老本、高彥超二人拖出，綁了起來，各人已知今晚必有怪事，只萬萬料不到公主竟會給人打得動彈不得。

韋小寶聽得美貌尼姑師父和阿珂已然遠去，當即掏出口中塞著的襪子，反身關上了窗，罵道：「臭小娘，狐狸精油你見過沒有？我可沒有見過，咱們熬些出來瞧瞧。」向她身上踢了兩腳，抓住她雙手反到背後，扯下她一片裙子，將她雙手綁住了。公主手足上關節給扭脫了骱，已痛得滿頭大汗，那裏還能反抗？韋小寶抓住她胸口衣衫，用力一扯，嗤的一聲響，衣衫登時撕裂，她所穿羅衫本薄，這一撕之下，露出胸口的一片雪白肌膚。

韋小寶心中恨極，拾起地下的燭台，點燃了燭火，便來燒她胸口，罵道：「臭小娘，咱們眼前報，還得快。狐狸精油我也不要熬得太多，只熬酸梅湯這麼一碗，也就夠了。」公主受痛，「啊」的一聲。韋小寶道：「是了，讓你也嘗嘗我臭襪子的滋味。」俯身拾起襪子，便要往她口中塞去。

公主忽然柔聲道：「桂貝勒，你不用塞襪子，我不叫便是。」「桂貝勒」三字一入耳，韋小寶登時一呆，那日在皇宮的公主寢室裏，她扮作奴才服侍他時，也曾如此相稱，此刻聽得她又這樣暱聲相呼，不由得心中一陣蕩漾。只聽她又柔聲道：「桂貝勒，你就饒了奴才罷，你如心裏不快活，就鞭打奴才一頓出氣。」韋小寶道：「不狠狠打你一頓，也難消我心頭之恨。」放下燭台，提起鞭子便往她身上抽去。

公主輕聲呼叫：「唉唷，唉唷！」媚眼如絲，櫻唇含笑，竟似說不出的舒服受用。韋小寶罵道：「賤貨，好開心嗎？」公主柔聲道：「我……奴才是賤貨，請桂貝勒再打重些！唉唷！」韋小寶鞭子一拋，道：「我偏偏不打了！」轉身去找衣衫，卻不知給她藏在何處，問道：「我的衣服呢？」

公主道：「求求你，給我接上了骱罷，讓……奴才來服侍桂貝勒穿衣。」韋小寶心想：「這賤貨雖然古怪，但皇上派我送她去雲南，總不成殺了她。」罵道：「操你奶奶，你這臭小娘。」心道：「你媽是老婊子，操媽沒胃口。你奶奶雖然也好不了，可是老子沒見過。」公主笑問：「好玩嗎？」韋小寶怒道：「你奶奶才好玩。」拿起她手臂，對準了骱骨，用力兩下一湊，他不會接骨之術，接了好幾下才接上，公主只痛得「唉唷，唉唷」的呼叫不止。

待爲她接續腿骨上關節時，公主伏在他背上，兩人赤裸的肌膚相觸，韋小寶只覺脣乾舌燥，心中如有火燒，說道：「你給我坐好些！這樣搞法，老子可要把你當老婆了。」公主暱聲道：「我正要你拿我當老婆。」手臂緊緊摟住了他。

韋小寶輕輕一掙，想推開她，公主扳過他身子，向他脣上吻去。韋小寶登時頭暈眼花，此後飄飄盪盪，便如置身雲霧之中，只覺眼前身畔這個賤貨騷狐狸精說不出的嬌美可愛，室中的紅燭一枝枝燃盡熄滅，他似睡似醒，渾不知身在何處。

正自昏昏沉沉、迷迷糊糊之際，忽聽到窗外阿珂叫道：「小寶，你在這裏麼？」韋小寶一驚，登時從綺夢中醒覺，應道：「我在這裏。」阿珂怒道：「你還在這裏幹甚麼？」韋小寶驚惶失措，道：「是！幹……不……不幹甚麼。」想推開公主，從床上坐起，公主卻牢牢抱住了他，悄聲道：「別去，你叫她滾蛋，那是誰？」韋小寶道：「是……是我老婆。」公主道：「我……我是你老婆，她不是的。」

阿珂又羞又怒，一跺腳，轉身去了。韋小寶叫道：「師姊，師姊！」不聽得答應，兩片溫軟的嘴唇貼了上來，封住了口，再也叫不出聲了。

次晨韋小寶穿好衣衫，躡手躡足的走出公主臥室，一問在外侍候的太監，知錢老本和高彥超無恙，兀自給綁在東廂房中。他稍覺放心，自覺羞慚，不敢去見兩人，命太監快去釋縛。回到自己房中，一時歡喜，一時害怕，不敢多想，鑽入被窩中便即睡了。

這日午後才和九難見面，他低下了頭，滿臉通紅，心想這一次師父定要大大責罰，說不定會一掌打死了自己，不料九難毫不知情，反溫言相慰，說道：「這小丫頭如此潑辣，當眞是有其母便有其女。可傷得厲害麼？」

韋小寶心中大定，道：「還好，只……只是……幸虧沒傷到筋骨。」見阿珂瞪眼瞧著自己，道：「多蒙師父和師姊相救，否則她……她昨晚定然燒死了我。」阿珂道：「你……你昨晚……」突然滿臉紅暈，不說下去了。韋小寶道：「她……公主……下了蒙汗藥，師姊跳進房來救我，可是她……那時藥性還沒過，我走不動。」

九難心生憐惜，說道：「我雖收你爲徒，卻一直沒傳你甚麼功夫，不料你竟受這小丫頭如此欺侮。」

韋小寶倘眞有心學練上乘武功，此時出聲求懇，九難自必酌量傳授，只須學成少許，便終身受用不盡。但任何要下苦功之事，他都避之惟恐不及，昨晚給公主綁住了鞭打焚燒，心中怨怪衆師父不傳武功，此刻師父當眞要傳了，他卻哼哼唧唧的呻吟，說道：「師父，我頭痛得緊，好像要裂開來一般，身上皮肉也像要一塊塊的掉下來。」

九難點頭道：「你快去休息，以後跟這小丫頭少見爲是，當眞非見不可，也得帶上十幾個人在一起，她總不能公然跟你爲難。她給的飲食，不論甚麼，都不能吃喝。」

韋小寶連聲稱是，正要退出，九難忽問：「她昨晚爲了甚麼事打你？難道她不知皇帝很喜歡你麼？」韋小寶道：「她……她不願嫁去雲南，說是我出的主意。咱們師徒倆對付她母親，好像小賤人也知道了。」這樣輕輕一句謊話，便將公主昨晚打他的緣由，一大半推到了九難身上。

九難點頭道：「定是她母親跟她說過了，以後可得加倍小心。」心想：「那日我在宮中對付假太后，手段甚是狠辣。但那日小寶沒露面，難道竟給假太后看出了端倪，以致命她女兒下手報復？」

一行人緩緩向西南而行。每日晚上，公主都悄悄叫韋小寶去陪伴。韋小寶初時還怕師父和天地會同伴知覺，但少年人初識男女之事，一個嬌媚萬狀的公主纏上身來，那肯割捨不顧？便算是正人君子，也未必把持得定，何況他離「正人君子」四字十萬八千里。起初幾日還偷偷摸摸，到後來竟在公主房中整晚停宿，白天是賜婚使，晚上便是駙馬爺了。衆宮女太監一來畏懼公主，二來韋小寶大批銀子不斷賞賜下來，又有誰說半句閒話？

那晚阿珂扭脫公主手足關節，公主自然要問韋小寶這個「師姊」是誰。韋小寶花言巧語一番，公主性子粗疏，又正在情濃之際，便也不問了。

兩個少年男女乍識情味，好得便如蜜裏調油一般。公主收拾起刁蠻脾氣，自居奴才，一見他進房，便跪下迎接，「桂貝勒，桂駙馬」的叫不住口。當日方怡騙韋小寶去神龍島，海船之中，只不過神態親昵，言語溫柔，便已迷得他六神無主，這一會眞個銷魂，自是更加顚倒。兩人只盼這一條路永遠走不到頭。阿珂雜在宮女隊裏，韋小寶白天設法去討好勾搭，每次都給她厲聲呼斥，拔拳便打，只得訕訕離去。

這一日來到長沙，陸高軒從神龍島飛馬趕來相會，帶了洪敎主口諭，說道敎主得到兩部經書甚是喜悅，嘉獎白龍使辦事忠心，精明能幹，實是本敎大大功臣，特賜「豹胎易筋丸」的解藥。韋小寶這些日子來胡天胡帝，早忘了身中劇毒，聽他如此說，卻也歡喜，當下和陸高軒及胖頭陀一起服了解藥。胖陸二人躬身道謝，說道全仗白龍使建此大功，二人才得同蒙敎主恩賜靈藥，除去身上大患。

陸高軒又道：「敎主和夫人傳諭白龍使，餘下六部經書，尚須繼續尋訪。白龍使若能再建奇功，教主不吝重賞。」韋小寶道：「那自然是要努力的。教主和夫人恩重如山，咱們粉身碎骨，也難報答。」胖陸二人齊聲道：「教主永享仙福，壽與天齊。白龍使永享清福，壽比南山。」韋小寶微笑不語，心道：「清福有甚麼好享？日日像眼下這般永享艷福，壽比南山才有點兒道理。」

注：鄭成功生子鄭經等十人。鄭經於康熙元年繼位爲明延平郡王，生子克𡒉、克塽等八人。克𡒉最年長，庶出，是陳永華之婿，後爲監國世子，爲母親董夫人害死。次子克塽爲馮錫範之婿。鄭克塽繼位時年僅十二歲，本書因故事情節所需，加大了年紀，與史實稍有出入。

吳三桂捧起木盒，笑道：「這兩把傢伙，請欽差大人拿去玩罷。」韋小寶搖手不接，說道：「這是防身利器，多謝王爺賞賜，卑職可不敢收。」吳三桂將木盒塞在他手裏。

第三十回　鎮將南朝偏跋扈　部兵西楚最輕剽

韋小寶和公主只盼到雲南這條路永遠走不到盡頭，但路途雖遙，行得雖慢，終於也有到達的一日。

貴州省是吳三桂的轄地，在貴州羅甸駐有重兵。建寧公主一行剛入貴州省境，吳三桂便已派出兵馬，前來迎接。

將到雲南時，吳應熊出省來迎，見到韋小寶時稱謝不絕。按照朝禮，在成親之前，他與公主不能相見。

其時公主正和韋小寶好得如膠似漆，聽得吳應熊到來，登時柳眉倒豎，大發脾氣。當晚公主對韋小寶說，怎生想個法子，把吳應熊送去見閻王，便可和他做長久夫妻。韋小寶嚇了一跳，心想假駙馬不妨在晚上偷偷摸摸的做做，眞駙馬卻萬萬做不得。公主見他皺眉沉吟，怒道：「怎麼不作聲了？要送吳應熊這小子去見閻王，是你自己說的，又不是我想出來的主意。」韋小寶道：「送是一定要送的，只不過咱們得等個機會，這才下手，可不能讓人起了疑心。」公主道：「好，暫且聽你的。總而言之，我是跟定了你，我決不跟這小子同床。你如不送他去見閻王，咱們甚麼事都抖了出來。我跟吳三桂說，你強姦我。就算皇帝哥哥再寵你，只怕吳三桂也會將你斬成了十七廿八塊。你就先見到了閻王老子，算是替吳應熊做先行官罷！」

韋小寶大怒，揮手便是一記耳光，喝道：「胡說八道，我幾時強姦你了？」公主嘻嘻而笑，說道：「你沒強姦嗎？這就快強姦了！」伸臂摟住了他，柔聲道：「你這狠心短命的小冤家，下手這麼重，也不怕人家痛嗎？」

這一日將到昆明，只聽得隊中吹起號角，一名軍官報道：「平西王來迎公主鑾駕。」

韋小寶縱馬上前，只見一隊隊士兵鎧甲鮮明，騎著高頭大馬，馳到眼前，一齊下馬，排列兩旁。絲竹聲中，數百名身穿紅袍的少年手執旌旗，引著一名將軍來到軍前。一名贊禮官高聲叫道：「奴才平西親王吳三桂，參見建寧公主殿下。」

韋小寶仔細打量吳三桂，見他身軀雄偉，一張紫膛臉，鬚髮白多黑少，年紀雖老，仍步履矯健，高視闊步的走來。韋小寶心道：「普天下人人都提到這老烏龜的名頭，卻原來是這等模樣。」韋小寶見他走到公主車前，跪倒磕頭，站在一旁，心中先道：「老烏龜吳三桂免禮。」待他叩拜已畢，才道：「平西親王免禮。」

吳三桂站起身來，走到韋小寶身邊笑道：「這位便是勇擒鰲拜、天下揚名的韋爵爺？」韋小寶請了個安，說道：「不敢。卑職韋小寶，參見王爺。」吳三桂哈哈大笑，握住他手，說道：「韋爵爺大仁大義，小王久仰英名，便請免了這些虛禮俗套。小王父子今後全仗韋爵爺維持。如蒙不棄，咱們一切就像自己家人一般便是。」

韋小寶聽他說話中帶著揚州口音，倒有三分歡喜，心道：「辣塊媽媽，你跟我可是老鄉哪。」說道：「這個卻不敢當，卑職豈敢高攀？」話中也加了幾分揚州口音。吳三桂笑道：「韋爵爺是揚州人嗎？」韋小寶道：「正是。」吳三桂笑道：「那就更加好了。小王寄籍遼東，原籍揚州高郵。咱們眞正是一家人哪。」韋小寶心道：「辣塊媽媽，原來你是高郵鹹鴨蛋。揚州出了你這個大漢奸，老子可倒足了大霉啦。」

吳三桂和韋小寶並轡而行，在前開道，導引公主進城。昆明城中百姓聽得公主下嫁平西王世子，街道旁早就擠得人山人海，競來瞧熱鬧。城中掛燈結綵，到處都是牌樓、喜幛，一路上鑼鼓鞭炮震天價響。韋小寶和吳三桂並騎進城，見人人躬身迎接，大爲得意。但轉念又想：「這般如花似玉的公主，又騷又嗲，平白地給了吳應熊這小子做老婆，老子還千里迢迢的給他送親，臭小子的艷福也忒好了些。」又感憤憤不平。

吳三桂迎導公主到昆明城西安阜園暫住。那是明朝黔國公沐家的故居，本就崇樓高閣，極盡園亭之勝，吳三桂得到公主下嫁的訊息後，更大興土木，修建得煥然一新。吳三桂父子隔著簾帷向公主請安之後，這才陪同韋小寶來到平西王府。

那平西王府在五華山，原是明永曆帝的故宮，廣袤數里，吳三桂入居之後，連年來不斷增添樓台館閣。這時巍閣雕牆，紅亭碧沼，和皇宮內院也已相差無幾。

廳上早已擺設盛筵，平西王麾下文武百官俱來相陪。欽差大臣韋小寶自然坐了首席。

酒過三巡，韋小寶笑道：「王爺，在北京時，常聽人說你要造反……」吳三桂立時面色鐵青，百官也均變色，只聽他續道：「……今日來到王府，才知那些人都是胡說八道。」吳三桂神色稍寧，道：「韋爵爺明鑒，卑鄙小人的妒忌誣陷，決不可信。」韋小寶道：「是啊，我想你要造反，也不過是想做皇帝。可是皇上的宮殿沒你華麗，衣服沒你漂亮。皇上的飯食向來是我一手經辦，慚愧得緊，也沒你王府的美味。你做平西王可比皇上舒服得多哪，又何必去做皇帝？待我回到北京，就跟皇上說，平西王是決計不反的，就是請你做皇帝，您老人家也萬萬不幹。」

一時之間，大廳上一片寂靜，百官停杯不飲，怔怔的聽著他不倫不類的一番說話，心下都怦怦亂跳。吳三桂更臉上一陣紅、一陣白，不知如何回答才是，尋思：「聽他這麼說，皇帝果然早已疑我心有反意。」只得哈哈的乾笑幾聲，說道：「皇上英明仁孝，勵精圖治，實是自古賢皇所不及。」韋小寶道：「是啊，鳥生魚湯，甘拜下風。」

吳三桂又是一怔，隔了一會，才明白他說的是「堯舜禹湯」，說道：「微臣仰慕皇上儉德，本來也不敢起居奢華，只不過聖恩浩蕩，公主來歸，我們不敢簡慢，只好盡心竭力，侍奉公主和韋爵爺。待得婚事一過，便要大大節省了。」心想這小子回去北京，跟皇帝說我這裏窮奢極欲，皇帝定然生氣，總得設法塞住他嘴巴才好。

那知韋小寶搖頭道：「還是花差花差、亂花一氣的開心。你做到王爺，有錢不使，又做甚麼王爺？你如嫌金銀太多，躭心一時花不完，我跟你幫忙使使，有何不可？哈哈！」他這句話一說，吳三桂登時大喜，心頭一塊大石便即落地，心想你肯收錢，那還不容易？

文武百官聽他在筵席之上公然開口要錢，人人笑逐顏開，均想這小孩子畢竟容易對付。各人一面飲酒，一面便心中籌劃如何送禮行賄。席間原來的尷尬惶恐一掃而空，各人歌頌功德，吹牛拍馬，盡歡而散。

吳應熊親送韋小寶回到安阜園，來到大廳坐定。吳應熊雙手奉上一隻錦盒，說道：「這裏一些零碎銀子，請韋爵爺將就著在手邊零花。待得大駕北歸，父王另有心意，以酬韋爵爺的辛勞。」韋小寶笑道：「那倒不用客氣。我出京之時，皇上吩咐我說：『小桂子，大家說吳三桂是奸臣，你給我親眼去瞧瞧，到底是忠臣還是奸臣。你可得給我瞧得仔細些，別走了眼。』我說：『皇上萬安，奴才睜大了眼睛，從頭至尾的瞧個明白。』

哈哈，小王爺，是忠是奸，還不是憑一張嘴巴說麼？」

吳應熊不禁暗自生氣：「你大清的江山，都是我爹爹一手給你打下的。大事已定之後，卻忘恩負義，來查問我父子是忠是奸，這樣看來，公主下嫁，也未必安著甚麼好心。」說道：「我父子忠心耿耿爲皇上辦事，做狗做馬，也報答不了皇上的恩德。」

韋小寶架起了腿，說道：「是啊，我也知你是最忠心不過的。皇上倘若信不過你，也不會招你做妹夫了。小王爺，你一做皇帝的妹夫，連升八級，可眞快得很哪。」吳應熊道：「那是皇上天恩浩蕩。韋爵爺維持周旋，我也感激不盡。」韋小寶心道：「我給一隻小烏龜你做做，不知你是不是也感激不盡？」

送了吳應熊出去，打開錦盒一看，裏面是十扎銀票，每扎四十張，每張五百兩，共是二十萬兩銀子。韋小寶又驚又喜，心想：「他出手可闊綽得很哪，二十萬兩銀子，只是給零星花用。老子倘若要大筆花用，豈不是要一百萬、二百萬？」

次日吳應熊來請欽差大臣賜婚使赴校場閱兵。韋小寶和吳三桂並肩站在閱兵台上。平西王屬下的兩名都統率領數十名佐領，頂盔披甲，下馬在台前行禮。隨即一隊隊兵馬在台下操演。藩兵過盡後，是新編的五營忠勇兵、五營義勇兵，每一營由一名總兵統帶，排陣操演，果然是兵強馬壯，訓練精熟。

韋小寶雖全然不懂軍事，但見兵將雄壯，一隊隊的老是過不完，向吳三桂道：「王爺，今日我可眞服了你啦。我是驍騎營都統，我們驍騎營是皇上的親軍，說來慚愧，倘若跟你部下的忠勇營、義勇營當眞交手，驍騎營非大敗虧輸、落荒而逃不可。」

吳三桂甚是得意，笑道：「韋爵爺誇獎，愧不敢當。小王是行伍出身，訓練士卒，原是本份的事兒。」

只聽得號砲響聲，衆兵將齊聲吶喊，聲震四野，韋小寶吃了一驚，雙膝一軟，一屁股坐倒椅中，登時面如土色。

吳三桂心下暗笑：「你只不過是皇上身邊的一個小小弄臣，仗著花言巧語，哄得小皇帝的歡心，除此之外，又有屁用？一個乳臭未乾的黃口小兒，居然晉封子爵，做到驍騎營都統、欽差大臣，可見小皇帝莫名其妙，只會任用親信。」他本來就沒把康熙瞧在眼裏，這時見了韋小寶這等膿包模樣，更暗暗歡喜，料想朝廷無人，不足爲慮。

閱兵已畢，韋小寶取出皇帝的聖諭，交給吳三桂，說道：「這是皇上的聖諭，王爺給大夥兒讀讀罷。」吳三桂跪下接過，說道：「是皇上的聖諭，還是請欽差宣讀。」韋小寶笑道：「它認得我，我可不認得它。我瞎字不識，怎生讀法？」

吳三桂一笑，捧著聖諭，向著衆兵將大聲宣讀。他聲音淸朗，中氣充沛，一句句遠遠傳了出去。廣場上數萬兵將屈膝跪倒，鴉雀無聲的聆聽。聖諭中嘉獎平西親王功高勳重，勤勞王事，鎭守邊陲，撫定蠻夷，屬下諸將士卒俱有辛績，各升職一級，賞賜有差。

待聖諭讀完，吳三桂向北磕頭，叫道：「恭謝皇上恩典，萬歲萬歲萬萬歲！」

眾兵將一齊叫道：「恭謝皇上恩典，萬歲萬歲萬萬歲！」

這一次韋小寶事先有備，倒沒吃驚，但數萬兵將如此驚天動地的喊了出來，卻也令他心旌搖動，站立不穩。

回到平西王府，吳三桂便跟他商量公主的吉期，韋小寶皺起眉頭，甚是不快。

吳三桂道：「下月初四是黃道吉日，婚嫁喜事，大吉大利。韋爵爺瞧這日子可好？」

韋小寶心想：「公主一嫁了給吳應熊，我這假駙馬便做不成了。」說道：「這似乎太局促些了罷？公主下嫁，非同小可，王爺，你可得一切準備周到才是。不瞞你說，這位公主很得太后和皇上寵幸，有甚麼事馬虎了，咱們做奴才的可不大方便。」吳三桂一凜，心想：「你故意刁難，還不是在勒索賄賂？」笑道：「是，是。全仗韋爵爺照顧，有甚麼不到之處，請你吩咐指點，我們自當盡力辦理。初四倘若太急促，那麼下月十六也是極好的日子，跟公主和小兒的八字全不沖剋，百無禁忌。」

韋小寶道：「好罷！我去請示公主，瞧她怎麼說。」

回到安阜園，已有雲南的許多官員等候傳見，韋小寶收了禮物，隨口敷衍幾句，打發他們走了。想起來到雲南之後，結義兄長楊溢之卻未見過，便差人去告知吳應熊，請楊溢之過來一見。

楊溢之沒來，吳應熊卻親自來見，說道：「韋爵爺，父王派了楊溢之出外公幹未回，不能來伺候爵爺。」韋小寶好生失望，問道：「不知他去了何處？幾時可以回來？」吳應熊臉色微變，說道：「他……他去了西藏，路途遙遠，這一次……韋爵爺恐怕見他不著了。」韋小寶見他似有支吾之意，心想：「他說話不盡不實，在搗甚麼鬼？」問道：「不知楊兄去西藏辦甚麼要事？去了多久？」吳應熊道：「也不是甚麼要緊大事，西藏的喇嘛差人送了禮來，父王便命楊溢之送回禮去。還是前幾天走的。」韋小寶道：「這可不巧得很了。」

送走吳應熊後，越想越覺這件事中間有些古怪，他們明知自己跟楊溢之交情甚好，自己來到雲南，正好派楊溢之陪伴接待，怎麼遲不走，早不走，自己剛到雲南，吳三桂便派了楊溢之出門，倒似故意不讓他跟自己相見。當下叫了趙齊賢和張康年二人來，命他們去和吳三桂父子的侍衛喝酒賭錢，設法打探楊溢之的消息。

這晚他和公主相見，說起完婚之期已定了下月十六。公主柳眉倒豎，怒道：「我限你在婚期之前，送吳應熊這小子親眼去見閻王，否則我在拜堂之時大叫大嚷，說甚麼也不行禮。」韋小寶心情本已不佳，聽她這麼說，更怒火上衝，一蹤腳便出了房門。公主搶上拉住他手，給他重重一甩，出房去了。公主大哭大叫，他只當沒聽見。

坐下半晌，甚感無聊，叫了十幾名侍衛來擲骰賭錢，這才心情暢快。賭到半夜，趙齊賢和張康年走進房來。韋小寶拿起一把骰子，還沒擲下去，見到二人，笑道：「現下是霉莊，要下注乘早。」趙齊賢道：「副總管吩咐的事，屬下查到了些消息。」韋小寶道：「好！」骰子擲下，翻牌吃了天門，賠了上門下門，拉了二人的手來到廂房，問道：「怎麼？」

趙齊賢道：「回副總管的話：那楊溢之果然沒去西藏，原來是犯了事，給平西王關起來了。」韋小寶皺眉道：「犯了甚麼事？」趙齊賢道：「屬下跟王府的衛士喝酒，說起識得這個姓楊的，想請他來一起喝酒賭錢。一名衛士說：『找楊溢之嗎？得去黑坎子。』我問他黑坎子在那裏。旁的衛士罵他胡說八道，愛說笑話，叫我別信他的。」

韋小寶沉吟道：「黑坎子？」趙齊賢道：「我們知道其中必有古怪，跟他們喝了一會子酒，就分了手。回到這裏，向人一問，原來黑坎子是大監的所在，才知楊溢之是給平西王關了。到底犯了甚麼事，我怕引起疑心，沒敢多問。」韋小寶問：「黑坎子在甚麼地方？」趙齊賢道：「在五華宮西南約莫五里地。」

韋小寶點頭道：「是了，兩位大哥辛苦，你們到外面玩玩去罷，代我做莊。」趙張二人大喜，逕去賭錢。二人知道代他做莊，輸了算他的，贏了有紅分，那是大大有好處的差使。

韋小寶悶悶不樂，尋思：「楊大哥定是犯了大事，否則吳應熊不會騙我，說派他去了西藏。若非大罪，他爺兒倆定會衝著我的面子，放了他出來。吳應熊已撒了謊，我若再去說情，他們一定死賴到底，多半還會立刻殺了他，毀屍滅跡，從此死無對證。要救他出來，只有硬幹。吳三桂就算生氣，老子也不怕他，諒他也不敢跟我翻臉。」

當下把李力世、樊綱、風際中、高彥超、錢老本、玄貞道人、徐天川等天地會羣雄請來，告知此事，籌商如何救人。李力世道：「韋香主，這件事咱們幹了！能救得出這位楊大哥，那是最好。就算救不出，吳三桂知道你向他動手，必定以為你是奉了皇帝之命。不是將他嚇個半死，便逼得他早日造反。」

韋小寶道：「正是如此，就怕他立刻造反，咱們一古腦兒給他抓了起來，大夥兒在黑坎子大監獄裏賭錢，那可不妙了。」玄貞道人道：「一見情勢不對，大家快馬加鞭就是。」韋小寶道：「你們去設法救人，我把吳應熊這小子請了來，扣在這裏，做個抵押，教吳三桂不敢胡來。」錢老本道：「韋香主這著棋極是高明。咱們明天先去察看了黑坎子的地勢，然後扮著吳三桂的手下親隨，衝進監獄去提人。」

次日午後，韋小寶命人去請吳應熊來赴宴，商議婚事。

安阜園大廳中絲竹齊奏、酒肉紛呈之際，天地會羣雄已穿起平西王府親隨的服色，闖入了黑坎子大監。韋小寶吩咐驍騎營軍士和御前侍衛前後嚴密把守，監視吳應熊帶來的衛隊。他和吳應熊一面飲酒，一面觀賞戲班子做戲。這時所演的是一齣崑曲〈鍾馗嫁妹〉，五個小鬼翻觔斗、鑽枱子，演出諸般武功，甚是熱鬧。韋小寶看得連連叫好，吩咐賞銀子。

正熱鬧間，有人走到他身後，悄悄拉了拉他衣袖。韋小寶回頭一看，卻是高彥超，見他緩緩點頭，知已得手，心中大喜，向吳應熊道：「小王爺，你請寬坐，我要去撒一泡尿。」吳應熊心道：「這小流氓，說話如此粗俗。」笑道：「爵爺請便。」

韋小寶來到後堂，見天地會羣雄一個不少，喜道：「很好，很好，衆兄弟都沒損傷，人救出來了嗎？」但見各人臉色鄭重，料想另有別情。高彥超恨恨的道：「吳三桂這奸賊下手好毒！」韋小寶道：「怎麼？」

高彥超和徐天川轉身出去，抬進氈毯裹著的一個人來。但見氈毯上盡是鮮血，韋小寶一驚之下，搶上前去，見氈毯中裹著的正是楊溢之。

但見他雙目緊閉，臉上更無半分血色，韋小寶叫道：「楊大哥，是我兄弟救你來了。」楊溢之微微點頭，也不知是否聽見。韋小寶道：「大哥，你受了傷麼？」徐天川輕輕揭開氈毯。韋小寶一聲驚呼，退後兩步，身子一晃，險些摔倒，錢老本伸手扶住。原來楊溢之雙手已給齊腕斬去，雙腳齊膝斬去。徐天川低聲道：「他舌頭也給割去了，眼睛也挖出了。」

眼前這般慘狀，韋小寶從所未見，心情激動，登時放聲大哭。他和楊溢之本來並沒太大交情，只不過言談投機，但既拜了把子，便存了有福共享、有難同當之心，見到他四肢俱斬的模樣，不禁悲憤難當，伸手拔出匕首，叫道：「我去把吳應熊的手腳也都斬了。」

風際中拉住他手臂，說道：「從長計議。」此人說話不多，但言必有中，韋小寶向來對他忌憚三分，當即定了定神，點頭道：「風大哥說得對。」

徐天川蓋上氈毯，說道：「這件事果然跟咱們有關。吳三桂怪楊大哥跟韋香主相交，又拜了把子，說他背叛舊主，貪圖富貴，投靠朝廷，因此整治得他死不死、活不活，好讓他手下的將領，沒一個敢起反叛之心。」

韋小寶垂淚道：「吳三桂他祖宗十八代都是死烏龜！楊大哥跟我拜把子，又沒背叛他。這大漢奸自己存心不良，瞎起疑心。楊大哥這等模樣，便是這大漢奸造反的明證。就算楊大哥眞的投靠朝廷，又有甚麼不對了？」

錢老本道：「正是。韋香主把楊大哥帶去北京，向小皇帝告上一狀。」

韋小寶問徐天川：「吳三桂下這毒手，是爲了怪楊大哥跟我結交，徐大哥怎麼得知？」

徐天川轉身出外，提進一個人來，重重往地下一擲。這人身穿七品官服色，白白胖胖，爬在地下，一動不動。徐天川道：「韋香主，這個傢伙，你是久聞大名了，卻從沒見過，他便是盧一峯。」

韋小寶冷笑道：「啊哈，原來是盧老兄，你在北京城裏大膽放肆，後來給吳應熊打斷了狗腿，怎麼又在這裏了？」盧一峯嚇得只說：「是，是，小人不敢！」

徐天川道：「當眞是冤家路窄，這傢伙原來是黑坎子大監的典獄官。他便是變了灰，老子也認他得出，我們扮了吳三桂的親隨去監獄提人，這傢伙神氣活現，又說要公事，又說要平西王的手諭。他媽的，他自己這條狗命，便是平西王的手諭。」

韋小寶點頭道：「那倒巧得很，遇上這傢伙，救人便容易了。」料想羣雄將刀子架在他頭頸裏，兵不血刃，便提了人出來，「八臂猿猴」反正手臂多，順手牽羊，將他也抓了來。

徐天川道：「楊大哥得罪吳三桂的事，就是他老兄向我告的密。」

盧一峯聽到「告密」二字，忙道：「是……是你老人家……你老人家逼我說的，我……我可萬萬不敢洩漏平西親王的機密。」

韋小寶一腳踢去，登時踢下了他三顆門牙，說道：「我去穩住吳應熊，防他起疑，各位仔細盤問這傢伙，他如不說，也把他兩雙手、兩隻腳割下來便是。」盧一峯滿口鮮血，忙道：「我說，我說。」他知這夥人行事無法無天，想起楊溢之的慘狀，險些便欲暈去。

韋小寶走到楊溢之身前，又叫：「楊大哥！」

楊溢之聽到叫聲，想要坐起，上身一抬，終於又向後摔倒。羣雄見到他的慘狀，都感憤慨。此人為漢奸做走狗，本來也不值得如何可惜，然而吳三桂父子對自己忠心部屬竟也下此毒手，心腸之狠毒，可想而知。

韋小寶拭乾了眼淚，定了定神，回到廳上，哈哈大笑，說道：「當眞有趣。」只見席前鴉雀無聲，鑼鼓絲竹全停，韋小寶心感詫異：「怎麼不演戲了？」席前的戲子站著呆呆不動，一見韋小寶到來，鑼鼓響起，扮演〈鍾馗嫁妹〉的衆戲子又都演了起來。原來他一進內，吳應熊就吩咐停演，直等他回來，這才接演下去，好讓他中間不致漏看一段。

韋小寶向吳應熊致歉，說道公主聽說額駙在此飲酒，叫了他進去，細問額駙平日愛穿甚麼衣服，愛吃甚麼食物，問了許久，累得他在廳上久候。吳應熊大喜，連說不妨。

吳應熊辭去後，韋小寶回到廂房中，不見天地會羣雄，一問之下，原來又都出去了，心下奇怪，不知他們又去幹甚麼。直等到深夜，羣雄才歸，卻又捉了一個人來。原來徐天川逼問盧一峯，得知吳三桂所以如此折磨楊溢之，一來固是疑心他和韋小寶拜了把子，有背叛吳藩之意，同時警告部屬不得模倣；二來卻還和蒙古王子葛爾丹有關。這葛爾丹和吳三桂近年來交往親熱，不斷的互送禮物，最近他又派了使者，攜帶禮物到昆明來。這使者名叫罕帖摩，跟吳三桂長談了數日，不知如何，竟給楊溢之得悉了內情，似乎向吳三桂進言，致觸其怒。盧一峯官卑職小，不知其詳，只從吳三桂衛士的口中聽得了幾句，在天地會羣雄拷打之下，不敢隱瞞，盡其所知的都說了出來。

羣雄一商議，一不做、二不休，索性再假扮吳三桂的親隨，又去將那蒙古使者罕帖摩捉了來。

韋小寶在少林寺中曾見過葛爾丹，這人驕傲橫蠻，曾令部屬向他發射金鏢，若不是有寶衣護身，早已命喪鏢下，心想他的使者也決非好人，眼見那罕帖摩約莫五十來歲年紀，頦下一部淡黃鬍子，目光閃爍不定，顯然頗為狡獪。

韋小寶道：「領他去瞧瞧楊大哥。要全身都瞧清楚！」高彥超答應了，推著他去鄰房。只聽得罕帖摩一聲大叫，語音中充滿了恐懼，自是見到楊溢之的模樣後嚇得魂不附體。高彥超帶了他回來，但見他臉上已無血色，身子不斷的發抖。

韋小寶道：「剛才那人你見到了？」罕帖摩點點頭。韋小寶道：「我有話問那人，他回答時不盡不實，說了幾句謊話。我向來有個規矩，有誰跟我說一句謊，我割他一條腿，說兩句謊，割兩條腿，這人說了幾句謊啊？」高彥超道：「說了七句。」韋小寶搖頭道：「唉，這人說謊太多，只好將他兩隻手、兩條腿、兩顆眼珠子、一條舌頭，一古腦兒都報銷啦。」拔了匕首出來，俯身輕輕一劃，已將一條木櫈腿兒割了下來，拿在手中玩弄，笑道：「我這把刀割人手腿，一點也不拖泥帶水，你要不要試試？」

罕帖摩本是蒙古勇士，但見到楊溢之的慘狀，卻也嚇得魂飛魄散，結結巴巴的道：「大人……大人有甚麼要問，小的……小的……不敢有半句隱……隱瞞。」韋小寶道：「很好。平西親王要我問你，你跟王爺說的話，到底是眞是假？其中有甚麼虛言？」罕帖摩道：「大人明鑒，小的……小的怎敢瞞騙王爺？的的確確並無虛言。」韋小寶搖頭道：「王爺可不相信，他說你們蒙古人狡獪得很，說過的話常常不算數，最愛賴帳。」

罕帖摩臉上出現又驕傲、又憤怒之色，說道：「我們是成吉思汗的子孫，向來說一是一，說二是二……」韋小寶點頭道：「不錯，說三是三，說四是四。」罕帖摩一怔，他漢話雖說得十分流利，但各種土話成語，卻所知有限，不知韋小寶這兩句話乃是貧嘴貧舌的取笑，只道另有所指，一時無從答起。

韋小寶臉一沉，問道：「你可知我是甚麼人？」罕帖摩道：「小的不知。」韋小寶道：「你猜猜看。」

罕帖摩見這安阜園建構宏麗，他自己是平西王府親隨帶來的，見韋小寶年紀輕輕，但身穿一品武官服色，黃馬褂，頭戴紅寶石頂子、雙眼孔雀翎，乃朝中的顯貴大官，賜穿黃馬褂，更是特異尊榮。這罕帖摩心思甚是靈活，尋思：「你小小年紀，做到這樣的大官，自是靠了父親的福蔭。昆明城中，除了平西親王之外，又誰能有這般聲勢？平西王屬下的親隨又對你如此恭謹，是了，定是如此。」當下恭恭敬敬的道：「小的有眼無珠，原來大人是平西王的小公子。」他見過吳應熊，眼見韋小寶的服色和吳應熊差不多，便猜到了這條路上去。

韋小寶一愕，罵道：「他媽的，你說甚麼？」心道：「你說我是大漢奸老烏龜的兒子，老子不成了小漢奸小烏龜？」隨即哈哈一笑，說道：「你果然聰明，難怪葛爾丹王子派你來幹這等大事。你們王子跟我交情也挺不錯的。」說了葛爾丹的相貌服飾，又道：「那日我和你家王子講論武功，他使的這幾下招式，當真了得。」於是便將葛爾丹在少林寺中所使的招式比劃了幾下。

罕帖摩大喜，當即請了個安，說道：「小王爺跟我家王子是至交好友，大家原來是一家人。」韋小寶道：「你家王子安好？他近來可和昌齊喇嘛在一起嗎？」罕帖摩道：「昌齊喇嘛刻下正在我們王府裏作客。」

韋小寶點頭道：「這就是了。」問道：「有一位愛穿藍色衫裙的漢人姑娘，名叫阿琪，也在你們王府嗎？」

罕帖摩睜大了眼睛，滿臉又驚又喜之色，說道：「原來……原來小王爺連這……這件事也知道，果然了……了不起。」韋小寶隨口一猜，居然猜中，十分得意，哈哈大笑，道：「你家王子甚麼也不瞞我，阿琪姑娘是你家王子的相好，他的師妹阿珂姑娘，就是我的相好。咱們還不算是一家人嗎？哈哈，哈哈！」兩人相對大笑，更無隔閡。

韋小寶道：「父王派我來好好問你，到底你跟父王所說的那番話，是否當眞誠心誠意，別無其他陰謀？」罕帖摩道：「小王爺，你跟我家王子這等交情，怎麼還會疑心？」

韋小寶道：「父王言道，一個人倘若說謊，第一次說的跟第二次再說，總有一些兒不同。這件事情實在牽涉重大，一個不小心，大家全鬧得灰頭土臉，狼狽之至，因此要你從頭至尾再跟我說一遍，且看兩番言語之中，有甚麼不接筍的地方。罕帖摩老兄，我不是信不過你家王子，不過跟你卻是初會，不明白你的爲人，因此非得仔細盤問不可，得罪莫怪。」

罕帖摩道：「那是應當的。這件事倘若洩漏了風聲，立時便有殺身之禍。平西王做事把細，在理之至。請小王爺回稟王爺，咱們四家結盟之後，一起出兵，四分天下。中原江山，準定由王爺獨得，其餘三家決不眼紅，另生變卦。」

韋小寶大吃一驚，心道：「四分天下！卻不知是那四家？但如問他，顯得我一無所知，不免洩了底。」笑吟吟的道：「這件事我跟你家王子也商量過幾次。只是事成之後，這天下如何分法，談來談去總是說不攏。這一次你家王子又怎麼說？」

罕帖摩道：「我家王子言道，他決不是有心要多佔便宜，不過聯絡羅刹國出兵，卻是他殿下……」韋小寶一聽到「羅刹國出兵」五字，心中一凜，只聽罕帖摩續道：「……是他殿下費了千辛萬苦才說成的。羅刹國火器厲害無比，槍砲轟了出來，淸兵萬難抵擋。只要羅剎國出兵，大事必成。平西王做了中國大皇帝，小王爺就是親王了。」

羅剎國就是俄羅斯，該國國人黃髮碧眼，形貌特異，中國人視之若鬼，「羅剎」是佛經中惡鬼之意，因此當時稱之羅剎國。順治年間，羅剎國的哥薩克騎兵曾和清兵數度交鋒，雖每次均爲清兵擊退，清兵卻也損傷甚重。韋小寶不懂軍國大事，然在皇宮之中，卻也聽說過羅剎國兵將殘暴兇悍，火器凌厲難當，心想：「乖乖不得了，吳三桂賣國成性，又要去勾結羅剎國了，可得趕緊奏知小皇帝，想法子抵擋羅剎國的槍砲火器。」

罕帖摩見他沉吟不語，臉有不愉之色，問道：「不知小王爺有甚麼指教？」

韋小寶嗯了幾聲，念頭電轉，如何再套他口風，突然想起鄭克塽和他哥哥爭位，派馮錫範來殺師父陳近南的事，當即站起，滿腔憤慨的道：「他媽的，我能有甚麼指教？父王做了皇帝，將來我哥哥繼承皇位，我只做個親王，又有甚麼好了？」

罕帖摩恍然大悟，走近他身邊，低聲道：「我家王子既和小王爺交好，小人回去跟王子說明小王爺這番意思，成了大事之後，我們蒙古和羅剎國，再加上西藏的活佛，三家力保小王爺。那麼……那麼……小王爺又何必躭心？」

韋小寶心道：「原來四家起兵的四家，是蒙古、西藏、羅剎國，再加上吳三桂。」當下臉現喜容，說道：「倘若你們三家眞的出力，我大權在手，自然重重報答，決忘不了你老兄的好處。」隨手從身邊抽出四張五百兩銀子的銀票，交了給他，說道：「這個你先拿去零花罷。」

罕帖摩見他出手如此豪闊，大喜過望，當即拜謝，心中本來就有一分半分懷疑的，此刻也消除得乾乾淨淨了，料定這位小王爺是要跟他哥哥吳應熊爭皇帝做，主子葛爾丹王子和自己正好從中上下其手，大佔好處。

韋小寶道：「你家王子說事成之後，天下如何分法？」罕帖摩道：「中原的花花江山，自然都是你吳家的。四川歸西藏活佛。天山南北路和內蒙東四盟、西二盟、察哈爾、熱河、綏遠城便歸我們蒙古。」韋小寶道：「這地面可大得很哪！」他本不知這些地方的大小，但聽罕帖摩說了許多地名，料想決計不小。

罕帖摩微微一笑，道：「我們蒙古爲王爺出的力氣，可也大得緊哪。」韋小寶點點頭，問道：「那麼羅剎國呢？」罕帖摩道：「羅剎國大皇帝說，羅剎國和王爺的轄地，以山海關爲界，他們決不踏進關內一步。山海關之外，本來都是滿洲的地界，羅剎國只佔滿洲人的，決不佔中國一寸土地。」

韋小寶點頭道：「如此說來，倒也算公平。你家王子預定幾時起事？」罕帖摩道：「這件大事王爺是主，其餘三家只呼應夾攻，自然一切全憑王爺的主意。」韋小寶道：「父王要的的確確知道，我們出兵之後，你們三家如何呼應？」

罕帖摩道：「這一節請王爺不必躭心。王爺大軍一出雲貴，我們蒙古精兵就從西而東，羅剎國的哥薩克精騎自北而南，兩路夾攻北京，西藏活佛的藏兵立刻攻掠川邊，而神龍教的奇兵……」

韋小寶「啊」的一聲，一拍大腿，說道：「神龍教的事，你……你們也知道了？洪教主他……他怎麼說？」聽到神龍教竟也和這項大陰謀有關，心下震盪，說話聲音也發顫了。

罕帖摩見他神色有異，問道：「神龍教的事，王爺跟小王爺說過嗎？」

韋小寶哈哈一笑，說道：「怎麼沒說過？我跟洪教主、洪夫人長談過兩次，教中五龍使我也都見到了。我只道你們王子不知這件事。」

罕帖摩微微一笑，說道：「神龍教洪教主既受羅剎國大皇帝的敕封，羅剎國一出兵，神龍教自然非響應不可。將來中國所有沿海島嶼，包括臺灣和海南島，那都是神龍教的轄地。再加上福建耿精忠、廣東尚可喜、廣西孔四貞，大家都會響應的。只須王爺登高一呼，東南西北一齊動手，這天下還不是王爺的嗎？」

韋小寶哈哈大笑，說道：「妙極，妙極！」心中卻在暗叫：「糟糕，糟糕！」他畢竟年紀幼小，尋常事情撒幾句謊，半點不露破綻，一遇上這軍國大事，不禁爲小皇帝暗暗擔憂，這「妙極，妙極」四字，說來殊無歡愉之意。

罕帖摩甚是精明，瞧出他另有心事，說道：「小王爺跟我家王子交情大非尋常，對小人又這等厚待，小人實是粉身難報。小王爺有甚麼為難之處，不妨明白指點。小人若有得能效勞之處，萬死不辭。」

韋小寶道：「我是在想，大家東分一塊，西分一塊，將來我如做成了皇帝，所管的土地七零八落，那可差勁之至了。」

罕帖摩心想：「原來你躭心這個，倒也有理。」低聲道：「小王爺明鑒，待得大功告成之後，耿精忠、尚可喜、孔四貞他們一夥人，一個個都除掉就是。那時候如要我們蒙古出兵相助，自然也義不容辭。」

韋小寶喜道：「多謝，多謝。這一句話，可得給我帶到你們王子耳中。你是葛爾丹王子的心腹親信，你答允過的話，就跟他王子殿下親口答允一般無異。」

罕帖摩微感為難，但想那是將來之事，眼前不妨胡亂答允，於是一拍胸膛，說道：「小人定為小王爺盡心竭力，決不有負。」

韋小寶又再盤問良久，實在問不出甚麼了，便道：「你在這裏休息，我去回報父王。」低聲道：「咱們的說話，你如洩漏了半句，我哥哥非下毒手害死我不可，只怕連父王也救我不得。」

蒙古部族中兄弟爭位、自相殘殺之事，罕帖摩見得多了，知道此事非同小可，當即屈膝跪倒，指天立誓。

韋小寶走出房來，吩咐風際中和徐天川嚴密看守罕帖摩，然後去看望楊溢之。推開房門，不禁大吃一驚，只見楊溢之半截身子已滾在地下，忙搶上前去，見他圓睜雙眼，一動不動，已然死去，床上的白被單上寫著幾個大血字。韋小寶只識得一個「三」字，一個「桂」字，轉頭問道：「是甚麼字？」高彥超道：「是『吳三桂造反賣國』七字。」韋小寶嘆了口氣，道：「楊大哥臨死時用斷臂寫的。」高彥超黯然道：「正是。」韋小寶命高彥超收起，日後呈給康熙作證。

韋小寶召集天地會羣雄，將罕帖摩的話說了。羣雄無不憤慨，痛罵吳三桂做了一次漢奸之後，又想做第二次。

玄貞道人咬牙切齒，突然解開衣襟，說道：「各位請看！」只見他胸口有個海碗大的疤痕，皮皺骨凸，極是可怖，左肩上又有一道一尺多長的刀傷。衆人和他相交日久，均不知他曾負此重傷，一見之下，無不駭然。玄貞道人道：「這便是羅刹國鬼子的火槍所傷。」韋小寶道：「道長曾和羅刹人交過手？」

玄貞道人神色慘然，說道：「我父親、伯叔、兄長九人，盡數死於羅刹人之手，貧道出家，也是爲此。」

當下略述經過。原來他家祖傳做皮貨生意，在張家口開設皮貨行，是家百年老店。

這一年他伯父和父親帶同兄弟子姪，同往塞外收購銀狐、紫貂等貴重皮貨，途中遇上了羅刹人，覷覬他們的金銀貨物，出手搶劫。他家皮貨行本僱有三名鏢師隨同保護，但羅刹人火器厲害，開槍轟擊，三名鏢師登時殞命，父兄伯叔也均死於火槍和馬刀之下。玄貞肩頭中刀，胸口為火藥炸傷，暈倒在血泊之中。羅刹人以為他已死，搶了金銀貨物便去。玄貞醒轉後在山林中掙扎了幾個月，這才傷愈。經此一場大禍，家業蕩然，皮貨行也即倒閉，他心灰意冷之下，出家做了道人。國變後入了天地會，但想起羅刹人火器的凌厲，雖事隔二十餘年，半夜裏仍時時突發噩夢，大呼驚醒。

李力世道：「羅刹人最厲害的是火器，只要能想法子破了，便不怕他們。」玄貞搖頭道：「火器一發，當眞如雷轟電閃一般，任你武功再高，那也閃避不及，抵擋不了。」徐天川道：「羅刹人要跟吳三桂聯手，搶奪韃子的天下，咱們正好袖手旁觀，讓他們打個天翻地覆。咱們漁翁得利，乘機便可規復大明江山。」玄貞道：「就怕前門拒虎，後門進狼。羅刹人比滿洲韃子更兇狠十倍，他們打垮了滿淸之後，決不能以山海關為界，定要進關來佔我天下。」徐天川道：「難道咱們反去幫滿洲韃子？」

羣雄議論紛紛。韋小寶自然決意相助康熙，卻也不敢公然說出口來，說道：「以後的事現下不忙定規。咱們刼了楊大哥，捉了罕帖摩和盧一峯，轉眼便會給吳三桂知道，那便如何應付？」衆人沉吟籌思，有的說立刻跟他翻臉動手，有的說不如連夜逃走。

韋小寶道：「這老烏龜手下兵馬衆多，打是打他不過的。雲貴地方這樣大，十天半月之間，也逃不出他手掌。嗯，這樣罷，各位把盧一峯這狗官，連同楊大哥的屍體，立刻送回黑坎子大監去。」羣雄一怔，都道：「送回去？」韋小寶道：「正是。咱們只消嚇一嚇盧一峯這狗賊，我看他多半不敢聲張。他如稟報上去，自己脫不了干係。楊大哥反正死了，留著他屍體也是無用。」

羣雄江湖上的閱歷雖富，對做官人的心性，卻遠不及韋小寶所知透徹，均覺這一著棋太過行險，這等劫獄擒官的大事，盧一峯豈有不向上司稟報之理？李力世躊躇道：「我瞧盧一峯這狗官膽小之極，只怕……只怕這件大事，不敢不報。」

韋小寶笑道：「倒不是怕他膽小，卻怕他愚蠢無用，不會做官。官場之中，有道是『瞞上不瞞下』，天大的事情，只消遮掩得過去，誰也不會故意把黑鍋兒拉到自己頭上來。你們把這狗官帶來，待我點醒他幾句。」

高彥超轉身出去，把盧一峯提了來，放在地下。他又挨打，又受驚，早已面無人色。

韋小寶道：「盧老哥，你可辛苦了。」盧一峯顫聲道：「不……不敢。」韋小寶道：「盧老哥很夠朋友，把平西王的機密大事，一五一十的都跟我們說了，絲毫沒有隱瞞。好罷，交情還交情，我們就放你回去。老哥洩漏了平西王機密的事，我們也決不跟人提起。江湖上好漢子，說話一是一，二是二。你老哥倘若自己喜歡張揚出去，要公然跟平西王作對，那是你自己的事了，哈哈，哈哈！」

盧一峯全身發抖，道：「小……小人便有天……天大的膽子，也……也是不敢。」韋小寶道：「很好，衆位兄弟，你們護送盧大人回衙門辦事。那個囚犯的屍身，也給送回去，免得上頭查問起來，盧大人難以交代。」羣雄齊聲答應。

盧一峯又驚又喜，又是胡塗，給羣雄擁了出去。

此後數日，天地會羣雄提心吊膽，唯恐盧一峯向吳三桂稟報，平西王麾下大隊人馬向安阜園殺將進來，但居然一無動靜，也不知吳三桂老奸巨猾，要待謀定而後動，還是韋香主所料不錯，盧一峯果然不敢舉報。羣雄心下均感不安，連日聚議。

韋小寶道：「這樣罷，我去拜訪吳三桂，探探他口風。」徐天川道：「就怕他扣留了韋香主，不放你回來，那就糟了。」韋小寶笑道：「咱們都在他掌握之中，老烏龜如要捉我，我就算不去見他，那也逃不了。」點了驍騎營官兵和御前侍衛，到平西王府來。

吳三桂親自出迎，笑吟吟的攜著韋小寶的手，和他一起走進府裏，說道：「韋爵爺有甚麼意思，傳了小兒去吩咐不就成了？怎敢勞動你大駕？」韋小寶道：「啊喲，王爺可說得太客氣了。小將官卑職小，跟額駙差著老大一截。王爺這麼說，可折殺小將了。」吳三桂笑道：「韋爵爺是皇上身邊最寵幸的愛將，前程遠大，無可限量，將來就算到這王府中來做王爺，那也毫不希奇。」

韋小寶嚇了一跳，不由得臉上變色，停步說道：「王爺這句話可不大對了。」

吳三桂笑道：「怎麼不對？韋爵爺只不過十五六歲年紀，已貴爲驍騎營都統、御前侍衛副總管、欽差大臣，爵位封到子爵。從子爵到伯爵、侯爵、公爵、王爵，再到親王，也不過是十幾二十年的事而已，哈哈，哈哈！」

韋小寶搖頭道：「王爺，小將這次出京，皇上曾說：『你叫吳三桂好好做官，將來這個平西親王，就是我妹婿吳應熊的；吳應熊死後，這親王就是我外甥的；外甥死了，就是我外甥的兒子的。總而言之，這平西親王，讓吳家一直做下去罷。』王爺，皇上這番話，可說得懇切之至哪。」

吳三桂心中一喜，道：「皇上眞的這樣說了？」韋小寶道：「那還能騙你麼？不過皇上吩咐，這番話可不忙跟你說，要我仔細瞧瞧，倘若王爺果然是位大大的忠臣呢，這些話就跟你說了，否則的話，嘿嘿，豈不是變成萬歲爺說話不算數？皇帝金口，說過了的話決不能反悔，那個一言既出，死馬難追！」

吳三桂哼了一聲，道：「韋爵爺今日跟我說這番話，那麼當我是忠臣了？」韋小寶道：「可不是麼？王爺若不是忠臣，天下也就沒誰是忠臣了。所以哪，倘若韋小寶將來眞有那一天，能如王爺金口，也封到甚麼征東王、掃北王、定南王，可是在這裏雲南的平西王府，哈哈，我一輩子是客人，永遠挨不到做主人的份兒。」

兩人一面說話，一面向內走去。吳三桂給他一番言語說得十分高興，拉著他手，說道：「來，來，到我內書房坐坐。」穿過兩處庭園，來到內書房中。

這間屋子雖說是書房，房中卻掛滿了刀槍劍戟，並沒甚麼書架書本，居中一張太師椅，上鋪虎皮。尋常虎皮必是黃章黑紋，這一張虎皮卻是白章黑紋，甚爲奇特。

韋小寶道：「啊喲，王爺，這張白老虎皮，那可名貴得緊了。小將在皇宮之中，可也從來沒見過，今日大開眼界了。」

吳三桂大是得意，說道：「這是當年我鎭守山海關時，在寧遠附近打獵打到的。這種白老虎叫做『騶虞』，極是少見，得到的大吉大利。」韋小寶道：「王爺天天在這白老虎皮上坐一坐，升官發財，永遠沒盡頭，嘖嘖嘖，當眞了不起！」

只見虎皮椅旁有兩座大理石屏風，都有五六尺高，石上山水木石，便如是畫出來一般。一座屏風上有一山峯，山峯上似乎有隻黃鶯，水邊則有一虎，顧盼生姿。韋小寶讚道：「這兩座屏風，那也是大大的寶物了。我在皇宮之中可也沒見過。王爺，我聽人說，老天爺生就這種圖畫，落在誰的手裏，這是有兆頭的。」吳三桂微笑道：「這兩座屏風，不知有甚麼兆頭？」韋小寶道：「依小將看哪，這高高在上的是隻小黃鶯兒，只會嘰嘰喳喳的叫，沒甚麼用，下面卻是一隻大老虎，威風凜凜，厲害得很。這隻大老虎，自然是王爺了。」

吳三桂心中一樂，隨即心道：「他說這隻小黃鶯兒站在高處，只會嘰嘰喳喳的叫，不管甚麼用，說的豈不就是小皇帝？他這幾句話，是試我來麼？」問道；「這隻小黃鶯兒，不知指的又是甚麼？」韋小寶笑道：「王爺以爲是甚麼？」吳三桂搖頭道：「我不知道，要請韋爵爺指教。」

韋小寶微微一笑，指著另一座屏風，道：「這裏有山有水，那是萬里江山了，哈哈，好兆頭，好兆頭！」

吳三桂心中怦怦亂跳，待要相問，終究不敢，一時之間，只覺唇乾舌燥。

韋小寶一瞥眼間，忽見書桌上放著一部經書，正是他見之已熟的《四十二章經》，不過是藍綢封皮，登時心中怦的一跳，尋思：「這第八部經書，果然是在老烏龜這裏，妙極，妙極！」當下眼角兒再也不向經書瞥去，瞧著牆上的刀槍，笑道：「王爺，你眞是大英雄、大豪傑，書房中也擺滿了兵器。不瞞你說，小將一字不識，一聽到『書房』兩字，頭就大了，想不到你這書房卻這等高明，當眞佩服之至。」

吳三桂哈哈大笑，說道：「這些兵器，每一件都有來歷。小王掛在這裏，也只是念舊之意。」

韋小寶道：「原來如此。王爺當年東掃西蕩，南征北戰，立下天大汗馬功勞，這些兵器，想來都是王爺陣上用過的？」吳三桂微笑道：「正是。本藩一生大小數百戰，出死入生，這個王位，那是拚命拚來的。」言下之意，似是說可不像你這小娃娃，只不過得到皇帝寵幸，就能升官封爵。韋小寶點頭稱是，問道：「當年王爺鎮守山海關，不知用的是那一件兵器？立的是那一件大功？」

吳三桂倏地變色，鎮守山海關，乃是與滿洲人打仗，立的功勞越大，殺的滿洲人越多，韋小寶問這句話，那顯是譏刺他做了漢奸，登時雙手微微發抖，忍不住便要發作。

韋小寶又道：「聽說明朝的永曆皇帝，給王爺從雲南一直追到緬甸，終於捉到，給王爺用弓弦絞死……」說著指著牆上的一張長弓，問道：「不知用的是不是這張弓？」

吳三桂當年害死明室永曆皇帝，是爲了顯得決意效忠清朝，更無貳心，內心畢竟深以爲恥，此事在王府中誰也不敢提起，不料韋小寶竟當面直揭他的瘡疤，一時胸中狂怒不可抑制，厲聲道：「韋爵爺今日一再出言譏刺，不知是甚麼用意？」

韋小寶愕然道：「沒有啊！小將怎敢譏刺王爺？小將在北京之時，聽得宮中朝中大家都說，王爺連明朝的皇帝也絞死了，對我大清可忠心得緊哪。聽說王爺絞死永曆皇帝之時，是親自下的手，弓弦吱吱吱的絞緊，永曆皇帝唉唉唉的呻吟，王爺就哈哈大笑。很好，很好，忠心得很哪！」

吳三桂霍地站起，握緊了拳頭，隨即轉念：「諒這小小孩童，能有多大膽子，竟敢衝撞於我？定是小昏君授意於他，命他試我；又或是朝中對頭，有意指使他出言相激，好抓住我的把柄。」他老奸巨猾，立即收起怒色，笑吟吟的道：「本藩汗馬功勞甚麼的，都不值一提，倒是對皇上忠心耿耿，才算是我的一點長處。小兄弟，你想做征東王、掃北王，可得學一學老哥哥這一份對皇上的忠心。」

韋小寶道：「是，是！那是非學不可的！就可惜小將晚生了幾十年，明朝的皇帝都給王爺殺光了，倒叫小將沒下手的地方。」吳三桂肚裏暗罵：「總有一日，教你落在我手中，將你千刀萬剮！」笑道：「韋爵爺要立功，何愁沒機會。」韋小寶笑道：「倘若有人造反，那就好了！」

吳三桂心中一凜，問道：「那爲甚麼？」韋小寶道：「有人造反，皇上派我出征，小將就學王爺一般，拚命廝殺一番，拿住反賊，就可裂土封疆了。」吳三桂正色道：「韋兄弟，這種言語是亂說不得的。方今聖天子在位，海內歸心，人人擁戴，又有誰會造反？」韋小寶道：「依王爺說，是沒有人造反的？」

吳三桂又是一怔，說道：「若說一定沒人造反，自也未必盡然。前明餘逆，或是各地不軌之徒，妄自作亂，只怕也是有的。」韋小寶道：「倘若有人造反，那就不是聖天子在位，不是海內歸心、人人擁戴了？」吳三桂強抑怒氣，嘿嘿嘿的乾笑了幾聲，說道：「小兄弟說話有趣得緊。」

原來韋小寶見到書案上的《四十二章經》後，便不斷以言語激怒吳三桂，盼他大怒之下，拂袖而出，自己便可乘機盜經。不料吳三桂城府甚深，雖然發作了一下，但隨即忍住，竟不中他計。

韋小寶見吳三桂竟不受激，這部經書伸手即可拿到，卻始終沒機會伸手，當下便即改口，儘說些吳三桂聽了十分受用的言語。他嘴裏大拍馬屁，心下卻在急轉念頭，如何能將經書盜了出去，尋思：「倘若我假傳聖旨，說道皇上要這部經書，諒來老烏龜也不敢不獻。何況皇上確是要得經書，曾吩咐我來雲南時乘機尋訪，我要老烏龜繳書，也不算是假傳聖旨。就怕老烏龜一口答允，卻暗做手腳，就像康親王那樣，另外假造一部西貝貨來敷衍皇帝，書中的碎皮就拿不到了。」

一想到假造經書，登時便有了主意，突然低聲道：「王爺，皇上有一道密旨。」吳三桂一驚，立即站起，道：「臣吳三桂恭聆聖旨。」韋小寶拉住他手，說道：「不忙，不忙，我先把這前因後果說給你聽。」吳三桂道：「是，是。」卻不坐下。

韋小寶道：「皇上明知你是大淸忠臣，卻一再吩咐我來查明你是忠是奸，王爺可知是甚麼用意？」吳三桂搔了搔頭，道：「這個我可就不明白了。」

韋小寶道：「原來皇上有一件大事，要差你去辦，只是有些放心不下，不知你肯不肯盡力。將建寧公主下嫁給你世子，原是有……有那個……」吳三桂道：「有勉勵之意？」韋小寶道：「是了，皇上說過有勉勵之意，我學問太差，這句話說不上來了。」吳三桂道：「皇上有何差遣，老臣自當盡心竭力，效犬馬之勞。但不知皇上吩咐老臣去辦甚麼事。」韋小寶道：「這件事哪，關涉大得很。明天這時候，請王爺在府中等候，小將再來傳皇上密旨。」吳三桂道：「是，是。皇上有旨，臣到安阜園來恭接便是。」韋小寶低聲道：「安阜園中耳目眾多，還是這裏比較穩妥。」說著便即告辭。

吳三桂不知他故弄甚麼玄虛，恭恭敬敬的將他送了出去。

次日韋小寶依時又來，兩人再到內書房中。韋小寶見那部《四十二章經》仍放在桌上，心中大定，說道：「王爺，我說的這件事，關連可大得很，你卻千萬不能漏了風聲，便是上給皇上的奏章之中，也不能提及一字半句。」

吳三桂應道：「是，是，那自然不敢洩漏機密。」

韋小寶低聲道：「皇上得到密報，尚可喜和耿精忠要造反！」

吳三桂一聽，登時臉色大變。平南王尚可喜鎮守廣東、靖南王耿精忠鎮守福建，和吳三桂合稱三藩。三藩共榮共辱，休戚相關。吳三桂陰蓄謀反，原是想和尚耿二藩共謀大舉，一聽得皇帝說尚耿二藩要造反，自不免十分驚慌，顫聲道：「那……那是真的麼？」

韋小寶昨日揑造有一道密旨，想嚇得吳三桂驚慌失措，以便乘機偷書，但他畢竟年幼，於軍國大事所知有限，心想倘若胡言亂語一番，一來吳三桂未必肯信，二來日後揭穿，說不定干係重大，受到康熙責怪；是以決定先回安阜園，和羣雄商議之後，次日再來假傳聖旨。祁彪清獻議誣陷尚耿二藩謀反，好嚇吳三桂一大跳，更促成他的謀反。此刻說了出來，果然驚得他手足無措。

韋小寶道：「本來嘛，說三藩要造反的話，皇上日日都聽到，全是生安白造，就像沐家後人的誣陷那樣，皇上從來不信。」吳三桂道：「是，是。皇上聖明，皇上聖明！」韋小寶道：「不過這次尚耿二藩的逆謀，皇上卻拿到了眞憑實據。皇上說道：他二藩反謀未顯，暫且不可打草驚蛇，不過要吳藩調集重兵，防守廣東、廣西邊界。一等他二藩起事，要吳藩立刻派兵去廣東、福建，將這二名反賊拿了，送到北京，那是一件大大的功勞。」

吳三桂躬身道：「謹領聖旨。尚耿二藩若有不軌異動，老臣立即出兵，擒獲二人，獻到北京。」韋小寶道：「皇上說道，尚可喜昏庸胡塗，耿精忠是個無用小子，決不是吳藩的對手，只須吳藩肯發兵，不用朝廷出一兵一卒，便能手到擒來。」

吳三桂微微一笑，說道：「請萬歲爺望安。老臣在這裏操練兵馬，不敢稍有怠忽，專候皇上調用。老臣麾下所轄的兵將，每一個都如上三旗親兵一般，對皇上誓死效忠。」韋小寶道：「我把王爺這番話照實回奏，皇上聽了，一定十分歡喜。」吳三桂心下暗喜：「這麼一來，我調兵遣將，小昏君就算知道了，也不會有甚麼疑心。」

韋小寶指著牆上所掛的一柄火槍，說道：「王爺，這是西洋人的火器麼？」吳三桂道：「正是，這是羅剎國的火槍。當年我大清和羅剎兵在關外開仗時繳獲來的，實是十分犀利的兵器。」韋小寶道：「我從來沒放過火槍，借給我開一槍，成不成？」

吳三桂微笑道：「自然成！這種火槍是戰陣上所用，很能及遠，但攜帶不便。羅剎人另有一種短銃火槍。」走到一隻木櫃之前，拉開抽屜，捧了一隻紅木盒子出來。

韋小寶本就站在書桌之旁，一見他轉身，也即轉身，掀開身上所穿黃馬褂，取出馬褂內口袋中的一部《四十二章經》，放在書桌上，將桌上原來那部經書放入馬褂袋中。這一調包，手法極是迅捷，別說吳三桂正在轉身取槍，便眼睜睜的瞧著他，也讓他背脊遮住了難以發覺。八部經書形狀一模一樣，所別者只書函顏色不同，韋小寶昨晚將一部鑲藍旗的經書封皮拆去了所鑲紅邊，便和正藍旗的顏色相同，當下掉了這部正藍旗經書。

只見吳三桂揭開木盒，取出兩把長約一尺的短槍來，從槍口中塞入火藥，用鐵條椿實火藥，再放入三顆鐵彈，取火刀火石點燃紙媒，將短槍和紙媒都交給韋小寶，說道：「一點藥線，鐵彈便射了出去。」

韋小寶接了過來，槍口對準窗外的一座假山，吹著紙媒，點燃藥線。只聽得轟的一聲大響，一股熱氣撲面，手臂猛烈一震，火槍落地，眼前煙霧瀰漫，不由得退了兩步。

吳三桂哈哈大笑，說道：「這火槍的力道十分厲害，是不是？」韋小寶手臂震得發麻，罵道：「他媽的，西洋人的玩意當眞邪門。」吳三桂笑道：「你瞧那假山！」

韋小寶凝目看去，只見假山已給轟去了小小一角，地下盡是石屑，不由得伸了伸舌頭，半晌縮不回來，說道：「這一槍倘若轟在身上，憑你銅筋鐵骨也抵擋不住。」俯身拾起短槍，放回盒中。

王府衛士聽得槍聲，都來窗外張望，見王爺安然無恙，正和韋小寶說話，這才放心。

吳三桂捧起木盒，笑道：「這兩把傢伙，請韋兄弟拿去玩罷。」韋小寶搖頭道：「這是防身利器，王爺厚賜，可不敢當。」吳三桂將盒子塞在他手裏，笑道：「咱們自己兄弟，何分彼此？我的就是你的。」

韋小寶道：「這是羅刹人的寶物，今後未必再能得到，小將萬萬不可收受。」心中卻道：「你和羅刹人勾結，這種火器你要多少有多少，自然毫不希罕。」

吳三桂笑道：「就是因爲難得，才敢送給兄弟。尋常的物事，韋兄弟也不放在眼裏。哈哈！」

韋小寶當即謝過收了，笑道：「以後倘若撞到有人想來害我，我取出火槍，砰的就是一槍，轟得他粉身碎骨。小將這條性命，就是王爺所賜的了。」吳三桂拍拍他肩頭，笑道：「那也不用說得這麼客氣。火槍的確很厲害，只不過裝火藥、上鐵彈、打火石、點藥線，手續挺麻煩，不像咱們的弓箭，連珠箭發，前後不斷。」

韋小寶道：「是啊。倘若洋人的火槍也像弓箭一樣，拿起來就能放，咱們中國人還有命嗎？大清的花花江山也難保了。」說到這裏，嘻嘻一笑，說道：「不過那倒也有一樁好處，我有了這兩把槍，武功也不用練了，甚麼武學高手大宗師，全都不是我對手。」

說了些閒話，韋小寶告辭出府，回到安阜園中，關上了房門，將那部正藍旗經書的封皮拆開，果然也有許多碎羊皮在內，心想：「八部經書中所藏的地圖碎片已全部到手，老子只須花點心思，慢慢拼湊起來，韃子的寶藏龍脈，龍頭龍尾龍心肝，全都在老子手中了。」不過要他花些心思，將這幾千片碎羊皮拼成一張圖形，想起來就覺頭痛，心道：「這件事也不忙幹，咱們有的是時候。」

當下縫好了封皮，將碎羊皮與其餘碎皮包在一起，貼身藏了，想起大功告成，不禁怡然自得：「小皇帝、老婊子、老烏龜、洪教主、大漢奸，還有我的師父不老不小中尼姑，人人都想得這八部經書，終究還是讓我韋小寶得了。哈哈，他們倘若知道了，一個拉我手，一個拉我腳，四下裏一扯，非把我五馬分屍不可。」這件事想來十分有趣，只可惜跟誰也不能說，沒法誇耀一番，未免美中不足。

他架起了腿，哼著揚州妓院中的小曲：「一杯酒，慢慢斟，我問情哥哥，是那裏人。揚州，那個地方，二十四條橋，每一條橋頭，有個美人，情哥哥，手攬個美人，坐在膝頭上，另外那廿三人……」忽然忘了另外那廿三人如何醋海興波，大鬧揚州，忽聽得有人輕敲房門，敲三下，停一停，敲了二下，又敲三下，正是天地會的暗號。

韋小寶起身開門，進來的是徐天川和高彥超。他見兩人神色鄭重，問道：「出了甚麼事嗎？」徐天川道：「聽得侍衛們說，王府的衛士東查西問，要尋一個蒙古人，那自是在查罕帖摩了。聽口氣似乎對咱們很有些懷疑，就只不敢明查而已。韋香主瞧怎麼辦？」

韋小寶道：「去把這傢伙提來，綁住了藏在我床底下，諒吳三桂的手下，也不敢來搜查我屋子。」徐天川道：「就怕韋香主出去之時，大漢奸手下的衛士借個甚麼因頭，硬要進來查看。」韋小寶道：「說甚麼也不讓他們進來，當眞說僵了，便跟他們動手，難道他們還敢行兇殺人？」徐天川、高彥超點頭稱是。

忽然錢老本匆匆進來，說道：「大漢奸要放火。」三人都是一驚，齊問：「甚麼？」錢老本道：「這幾天我在安阜園前後察看，防大漢奸搗鬼。剛才見到西邊樹林子中有人鬼鬼祟祟，悄悄過去一查，原來有十幾個人躲著，帶了不少火油硝磺等引火物事。」

韋小寶罵道：「他媽的，大漢奸好大膽子，想燒死公主嗎？」

錢老本道：「那倒不是。他們疑心罕帖摩給咱們捉了來，又不敢進園來搜，一起火，大批人馬來救火，就可乘機搜查了。」韋小寶點頭道：「不錯，定是這道鬼計。三位大哥有何高見？」徐天川揮手作個砍頭的姿勢，道：「殺人滅口，毀屍滅跡！」

韋小寶一聽到「毀屍滅跡」四字，便想：「那是我的拿手好戲，再也容易不過，管教這蒙古大鬍子片刻之間便化成一攤黃水。只是這傢伙熟知大漢奸跟羅剎國勾結的內情，須得送去讓小皇帝親自審問才好。」說道：「大漢奸造反，這蒙古大鬍子是最大的證據。咱們只須將他送到北京，大漢奸就算不反，也要反了。這個罕帖甚麼的，乃是要沐王府聽命於我天地會的法寶。」

如何搶先逼得吳三桂造反，好令沐王府歸屬奉令，正是羣雄心中念念不忘的大事，三人一聽此言，悚然動容，齊聲稱是。徐天川道：「若不是韋香主指點，我們險些誤了大事。」心中對這個油腔滑調的少年越來越佩服。

錢老本道：「眼前之事，是怎生應付大漢奸的手下放火搜查，又怎地設法將罕帖摩運出大漢奸的轄地。雲貴兩省各地關口盤查很緊，離開昆明更加不易。」韋小寶笑道：「錢老闆，你一口口茯苓花雕豬也運進皇宮去了，再運一口大肥豬出昆明，豈不成了？」錢老本笑道：「運肥豬出城，只怕混不過關，不過咱們可以想別的法子。當死屍裝在棺材裏，這法兒太舊，恐怕也難瞞過。」

韋小寶笑道：「裝死人不好，那就讓他扮活人。錢老闆，你去剃了他的大鬍子，給他臉上塗些麵粉石膏甚麼的，改一改相貌，給他穿上驍騎營官兵的衣帽。我點一小隊驍騎營軍士回北京去，說是公主給皇上請安，將成婚的吉期稟告皇太后和皇上。讓這個沒了大鬍子的大鬍子，混在驍騎營隊伍之中，點了他的啞穴，令他叫嚷不得。吳三桂的部下，難道還能叫皇上的親兵一個個自報姓名，才放過關？」三人一齊鼓掌稱善，連說妙計。

韋小寶忽然問道：「昆明地方也有妓院罷？」錢老本等三人相互瞧了一眼，均想：「韋香主要去嫖院？」錢老本笑道：「那自然有的。」韋小寶笑道：「咱們請玄貞道長去妓院逛逛，他肯不肯去呀？」錢老本搖頭道：「道長是出家人，妓院是不肯去的。韋香主倘若有興致，屬下倒可奉陪。」韋小寶道：「你當然要去。不過玄貞道長高大魁梧，咱們兄弟之中，只有他跟那大鬍子身材差不多。」

三人一聽，這才明白是要玄貞道人扮那罕帖摩。高彥超笑道：「爲了本會的大事，玄貞道長也只有奉命嫖院了。」四人一齊哈哈大笑。

韋小寶道：「你們請道長穿上大鬍子的衣服，帶齊大鬍子的物事，下巴上黏了從大鬍子臉上剃下來的、貨眞價實的黃鬍子，其餘各位兄弟，仍然穿了平西王府家將的服色，揀一間大妓院去喝酒胡鬧，大家搶奪美貌粉頭，打起架來，錢老闆一刀就將道長殺了……」

錢老本吃了一驚，但隨即領會，自然並非眞的殺人，笑道：「韋香主此計大妙，玄貞道長跟我爭風吃醋之時，還得嘰哩咕嚕，大說蒙古話。不過須得另行預備好一具屍體。」

韋小寶點頭道：「不錯。你們出去找找，昆明城裏有甚麼身材跟大鬍子差不多的壞人，隨便捉一個來殺了，把屍首藏在妓院之旁。錢老闆一殺了道長之後，將衆妓女轟了出去。道長翻身復活，把大鬍子的衣服穿在那屍首之上。」

高彥超笑道：「這具屍首的臉可得剁個稀爛，再將剃下來的那叢黃鬍子丟在床底下，好讓吳三桂的手下搜了出來，只道是殺人兇手有意隱瞞死者罕帖摩的眞相。」

韋小寶笑道：「高大哥想得比我周到。大夥兒拿些銀子去，這就逛窯子去罷！這件事好玩得緊，可惜我身材太小，容易露出破綻，不能跟大夥兒一起去。」

鏞